KB064401

전쟁포로

一九五〇년 九月十八日. 나는 강원도 이천군 판교면 명학리을 떠났다.
부역에서 부업을 하고. 계시는 어머님께. 어머님 잠시 밭에 다녀
올께요 하고 떠난것이. 오날에 이별이 될줄을 몰났다.
그날을 몹시 더우나. 날은 약간 흐리고 이었다. 나는 동네 청년들과.
함께 면인민위원회 앞에 모였는데. 특별한 일이 없는것 같은데. 우리를
돌여보내지 안코 있다가. 밤이 되니까 우리를 군인민위원회까지.
가야한다고. 내무소원이 우리를 인솔하고. 이천읍으로 걷기을 시작했다.
들이는 바에 의하면. 미군이 군함 500척을 이끌고. 인천에 상육작전을
하고있다는 얘기다. 머지않아 여기도. 국군이 두로 올꺼에다. 하는 소문이
돌고 있다. 나는 일행들과 거르면서 무루익은 들판에 곡식을 바라보며.
거름을 거웠다. 그날밤 11시경 이천읍 군사동원부에 도착했다.
밤에 지친몸으로. 잠에 드러갔다. 잠을 자고 께나 날이 밝아. 우리는
조반을 먹고. 대기하고 있는데. 어찌나 공습이 심한지. 바깥출입을 할수가
없섰다. 날에 面黨 民主당지부에서. 일을하시는 형님이. 군당부에 들였
다 우리가 여기에 있다는 소식을 듣고. 차자와 앙꼬빵을 사무로. 같이
먹으며 얘기을 했는데. 나보고 어찌된일이 냐고 묻기에. 본래 철원에 있는
군사동원부까지. 가야한다고 하니까. 가봐야 알겐다고. 대답을 하여는
데 그때아. 형님과의 마지막 만남이 였다. 나는 그날저녁에
아버지와 누이동생 셋을 보지을 못하고. 나선것이다. 그날 이천읍에
는 어찌나 공습이 많이 계속되는지 하루종일 꼼짝 몰하고 있다가
밤에 후퇴을 하고. 철원을 향해 걸을어 갔다.

송관호 육필 수기

PRISONER OF WAR

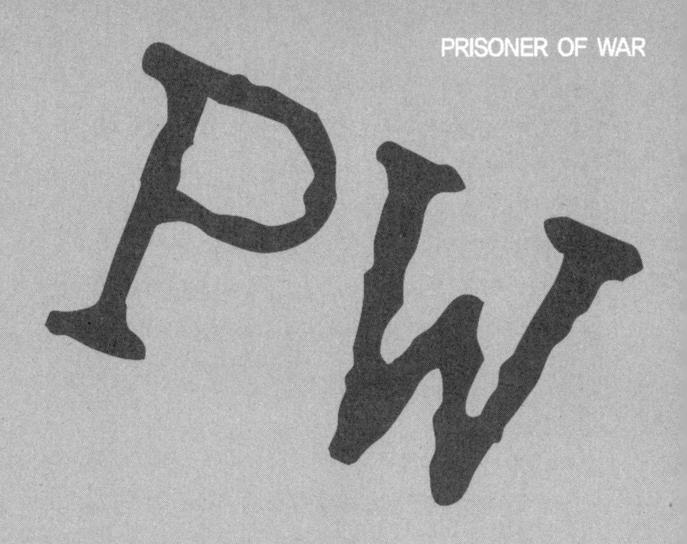

전쟁포로

송관호 6·25전쟁 수기

김종운 정리

눈빛

송관호 1929년 현재의 북한 지역인 강원도 이천군에서 태어나 한국전쟁 때 인민군에 징집된 후 탈영하여 귀가하던 중 유엔군에 포로가 되어 거제도 포로수용소에 수용되었다. 1953년 반공포로 석방 때 풀려났다가 정전 후 다시 국군에 징집되어 만기제대(1956년)하고 미군부대 군속으로 근무하다 결혼했다. 남과 북의 군생활을 두루 걸친 반공포로 출신의 실향민으로서 남한에 어렵게 정착해 슬하에 1남5녀를 두었으며, 현재 서울에서 자녀들의 극진한 보살핌 속에서 만년을 보내며 남북통일의 그날을 기다리고 있다.

김종운 1961년 경기도 양주에서 태어났다. 1982년 공주교육대학을 졸업하고 2001년에는 한국교원대학교 대학원을 졸업한 교육학 박사다. 현재는 경기도 용인시 어정초등학교에서 교사로 재직 중이다.

전쟁포로

송관호 6·25전쟁 수기 | 김종운 정리

초판 1쇄 발행일 — 2015년 6월 25일
발행인 — 이규상
편집인 — 안미숙
발행처 — 눈빛출판사
서울시 마포구 월드컵북로 361 이안상암2단지 506호
전화 336-2167 팩스 324-8273
등록번호 — 제1-839호
등록일 — 1988년 11월 16일
편집 — 성윤미·이솔
인쇄 — 예림인쇄
제책 — 일진제책사
값 13,000원

ISBN 978-89-7409-898-8 03810

머리말

이 책은 필자의 장인어른이신 송관호 선생이 기억을 더듬어 쓴 6·25전쟁 인민군 출신 포로의 수기이다. 송 선생은 전쟁 발발 직후 인민군에 징집되었다가 탈영하여 고향으로 돌아가던 중 유엔군에게 잡혀 거제도 포로수용소에 수용되었다. 그 후 반공포로로 석방되어 휴전 이후 다시 국군에 징집되어 최전방에서 병역을 마치었다. 동족상잔의 시기와 정전협정 후 남한에 정착하기까지 8년간의 인생역정을 통해 전쟁에 휘말린 민족의 비극을 생생하게 증언하고 있다.

송관호 선생은 일제강점기인 1929년 현재의 북한 지역인 강원도 이천군 판교면 명덕리에서 태어나 부모와 여동생 셋, 분가한 형과 함께 고향에 살던 중 6·25전쟁이 발발하여 스물한 살의 나이로 인민군에 징집되어 가족과 생이별을 하였다. 인민군 출신 포로로 포로수용소에 수용되었다가 기독교 집안에서 자라나 자유에 대한 갈망으로 반공포로로 남한을 선택하여 65년간 살아오면서 1남5녀를 성장시켰다.

혈혈단신으로 남한에 남게 된 송관호 선생은 언제나 북에 있는 가족을 만나는 것이 소원이었다. 1983년 KBS 이산가족 찾기 생방송과 이천군민회 등을 통해 헤어진 가족의 생사를 확인하려고 온갖 노력을 하다가 세월이 흘러 이제는 다른 세상에서의 만남을 기대하며 살고 계신다.

송관호 선생이 내게 자주 들려준 6·25에 대한 단편적인 이야기들은 그간 책이나 영화로만 알고 있었던 전쟁 이야기와는 또 다른 느낌을 줄 때가 많았다. 탈영병이 되어서 귀향을 하던 중 밤에 민가를 찾아가면 어느 집이던지 이유 불문하고 잠자리를 제공해 주었다는 이야기나 유엔군의 반대 속에서 단행되었던 반공포로 석방 때에 생면부지의 포로들을 마을에서 보호하고 돌봐주었던 이야기에서 남과 북을 막론하고 어려운 처지의 사람에게 인정을 베푸는 민심을 읽을 수 있었다.

이 수기는 어쩌면 평범한 사람의 작은 개인 기록일 수도 있겠지만 사장시키기에는 아까운 소중한 역사의 한 페이지가 될 수도 있다는 생각이 들었다. 노령에도 당시의 상황을 정확하게 기억하고 세세하게 적어 내려간 것을 보면 6·25전쟁이 그에게 얼마나 깊이 각인되어 있는지를 잘 알 수 있다. 기억의 미화된 재구성이 아니라 전쟁의 실상을 그대로 전하기 위해 가급적 원문 그대로 정리하려고 노력하였다.

송관호 선생은 2014년 12월, 평생의 반려자였던 아내(이기숙 권사)를 하나님의 품으로 먼저 보낸 후 지금은 의정부 만가대의 보금자리를 떠나 아들과 며느리의 사랑과 보호 속에서 서울에서 살고 계신다.

지난봄에는 아들, 손자와 함께 젊은 날 포로로 생활하셨던 거제도를 넘어 대한민국 최남단 영토인 마라도까지 여행

하셨다. 아흔을 바라보는 노구에도 남해 멀리 마라도까지 하룻길에 갈 수 있었지만 그토록 가보고 싶어 했던 고향 땅은 그간 65년이란 긴 세월이 흐르도록 지척에 두고도 갈 수가 없었다.

하루빨리 남과 북이 통일이 되어 꿈에도 그리던 고향 땅을 다시 밟을 수 있는 날이 오길 두 손 모아 기도한다.

2015년 5월

사위 김종운

투항하는 인민군. 1951. 9. 20

사진 속의 인민군 전쟁포로

사진
미 국립문서기록보관청 NARA
눈빛아카이브

유엔군들이 북진 중, 체포한 인민군 포로들을
연행하고 있다. 1950. 10. 2

유엔군들이 인민군 포로를 벌거벗긴 채
연행하고 있다. 1950. 9. 17

미 해병대가 전투 중에 생포한
인민군 포로를 인솔하고 있다. 1950. 10

두 손을 들고 투항하는 인민군들.
1951. 5. 29

귀순의 표시로 귀순권유 전단지를
들어 보이는 인민군 군관.

투항하는 중국인민지원군. 1951. 5. 21

인천상륙작전 후 생포된
인민군 포로들. 인천, 1950. 9

길에서 국군 헌병에게 체포되는
인민군. 1950. 7. 5

인민군이 포로로 잡혀 벌거벗긴 채 유엔군의 적 전투배치
상황 질문에 협조하고 있다. 1950. 8. 18

체포되어 머리에 손을 얹고 검색을 받는
인민군 포로들. 1950. 9

자기가 그린 태극기를 들고 살려 달라고 애걸하는 학생과
엎드려 있는 인민군. 평양, 1951. 10. 21

유엔군에 포로가 된 인민군.

인민군 포로들, 인천, 1950. 10. 2

야전 임시포로수집소에 연행된 인민군 포로들.
1950. 10. 18

부산으로 송환되기 직전 원산항 부두에 집결해 있는
인민군 포로들. 원산, 1950. 11

헬기에서 내려다본 원산비행장
활주로를 지나는 인민군 포로 행렬.
이 수기 속의 송관호 포로도
이곳을 지나왔을 것이다.
1950. 10. 16

거제도 포로수용소 천막 막사 밖에서
유엔군 감시병들이 포로들에게
DDT 살충제를 뿌려 주고 있다.
1952. 2

부산 근교의 임시 포로수용소. 1951. 4

따뜻한 봄볕을 즐기고 있는 포로수용소의 중공군 포로들.
거제도, 1953. 3. 20

포로수용소에서 신발을 수선하는 포로. 거제도, 1952. 7

부산 임시 포로수용소 의무실. 1951. 4

부산 임시 포로수용소 천막 안에서 식사를 하고 있는 인민군 포로들.

1950. 8. 18

부산 임시 포로수용소의 식사시간.

1950. 8. 24

북으로의 귀환을 거부하는 반공포로와
설전을 벌이고 있는 북한측 대표.
판문점, 1954. 2. 16

태극기를 들고 만세를 외치는
반공포로들. 1953. 6

차례

1화
아주 오랜 이별

1950년 6월 25일 전쟁이 발발한 이후 민청[1946년 1월 17일 북한에서 결성된 북조선민주청년동맹. 14-30세의 근로청년·학생조직체·군인으로 구성된 단체]들은 모두 면사무소로 집합하라고 하여 나갔더니 우리를 몽땅 트럭에 싣고 강원도 통천군 통천 야영훈련소로 갔다. 5천 명이 넘는 청년을 모아 그곳에서 부대를 편성하였다. 소년들과 키가 작은 사람들을 따로 모아서 별도의 부대를 편성하였는데 나는 나이는 먹었어도 키가 작았으므로 소년부대에 소속되었다. 그러나 훈련은 다 똑같이 받았다.

한 보름쯤 지나니 미군 비행기의 공습이 시작되었다. 우리가 훈련받는 훈련소에서 원산은 20킬로미터 거리에 있었는데 폭격을 하면 불길이 하늘로 5-6백 미터가량 치솟았다. 화염은 구름을 뚫고 올라가 구름 위로 퍼졌다. 미군 폭격기는 삼십여 분 간격으로 쉴 새 없이 날아와 원산을 폭격했다.

우리는 낮에는 비행기 폭격 때문에 훈련을 하지 못하고 밤에 사상교육만 받았다. 그때 아침마다 독보[讀報, 신문 따위의 교양자료를 여러 사람에게 알리기 위하여 소리 내어 읽는 교육 선전활동]를 진행했다. 독보 장교가 아침에 연설하는 말이 "아군은 지금 평택을 해방시키고 남진하고 있다"라고 했다. 그런데 그런 말을 한 지 얼마 안 되어 미군이 공습해 온 것이다. 공습이 계속되니 독보회고 뭐고 다 접어치우고 나무 그늘 밑에서 사상교육만 받았다. 그리고 밤이 되면 깜깜한 밖에 나가서 훈련을 받곤 하였다. 그러던 중 7월 말경 훈련소에서 훈련을 받던 병력이 모두 전선으로 차출되고 우리 소년부대만 남았다.

홀로 남은 우리는 한 5일간 밀가루로 반죽하여 음식도 만들어 먹으며 재미있게 지냈다. 그런데 다시 사방에서 사람들이 모여들어 한 5천 명쯤이 훈련소에 입소를 하였다. 그러자 우리 소년병들을 집합시키더니 "너희들은 집으로 가라"라고 하며 귀향증을 한 장씩 나눠 주었다.

귀향증을 받아 들고 신고산을 넘어 웅탄면을 거쳐 사흘 만에 강원도 이천의 집으로 무사히 돌아왔다. 고향으로 돌아오니 동네 사람들이 모두 나를 둘러싸고 "우리 애는 어떻게 됐니? 우리 애는 어떻게 됐니?" 하고 물었다. 나는 솔직히 "모두 전선으로 나가고 나만 소년부대에 남아 있다가 돌아오게 되었다"라고 말할 수밖에 없었다. 어떤 사람은 그 말을 듣자마자 "전선에 나갔으면 모두 죽었겠네" 하면서 우는 사람도 있었다.

집에 돌아와 있으면서 마을 인근 산꼭대기에 만든 항공감시소에 감시대원으로 나갔다. 비행기가 오면 빨간 깃발을 흔들고 비행기가 사라지면 하얀 깃발을 흔드는 것이 내 일이었다. 낮에는 집안일도 종종 보았다. 그러나 고향을 떠나야 하는 날은 생각보다 빨리 닥쳐왔다.

1950년 9월 18일, 나는 스물한 살의 나이로 고향인 강원도 이천군 판교면 명덕리를 떠났다. 부엌에서 일하고 계시던 어머님께 "어머니, 잠시 면에 다녀올게요" 하고 떠난 것이 오늘까지의 이별이 될 줄은 몰랐다.

그날은 몹시 더웠고 약간 흐렸다. 나는 동네 청년들과 함께 면인민위원회에 앞에 모여 있었는데 특별한 일이 없어 보이는데도 우리를 집으로 돌려보내지 않았다.

밤이 되니 내무소원이 우리 모두 군인민위원회로 가야 한다며 재촉해 이천읍을 향해 걷기 시작했다. 사람들이 얘기하길, 유엔군이 군함 500척을 이끌고 인천에 상륙작전을 하고 있다고 했다. 머지않아 이곳까지 국군이 들어올 거라는 소문이 돌고 있었다.

일행과 걸으며 나는 어두워진 들판을 바라보았다. 그렇게 걸어 밤 11시경 이천읍 군사동원부에 도착했다. 지친 몸으로 모두 잠이 들었다.

아침에 깨어 일어나 보니 어느새 날이 밝아 있었다. 우린 조반을 먹고 대기하고 있었는데 어찌나 공습이 심한지 바깥 출입을 할 수가 없었다.

낮에 서면 민주당지부에서 일을 하는 형님이 군당부에 들렀다 내가 여기에 있다는 소식을 듣고 찾아왔다. 우리는 앙꼬빵을 사서 나눠 먹으며 얘기를 나눴다. 형이 어찌된 일이냐고 묻기에 "글쎄요 철원에 있는 군사동원부까지 가야 한다는데요"라고 답하니 형님은 가서 알아보겠다며 자리에서 일어섰다. 그것이 형님과의 마지막이었다. 게다가 누이동생 셋은 보지도 못했다.

그날 이천읍에는 어찌나 공습이 계속되는지 하루 종일 꼼짝도 못하고 있다가 밤에 트럭을 타고 철원을 향해 이동했다. 이천읍서 철원까지는 56킬로미터 거리였지만 공습이 있을 때마다 숨었다 갔다 해서 그 이튿날 아침 10시가 되어서야 철원 군사동원부에 도착했다. 철원으로 가는 도중 곳곳엔 폭탄이 떨어져 깊은 웅덩이가 패이고 시퍼런 물이 고여 있었다.

철원 군사동원부는 철원 노동당 당본부 내에 있었는데 우리는 거기서도 쉴 새 없이 계속되는 공습을 피하느라 정신이 없었다. 나는 그때 거기서 처음으로 제트기를 보았는데 바람개비[프로펠러]도 없이 어떻게 저렇게 빨리 날아갈 수 있을까 감탄을 했다.

9월 20일, 저녁에 우리는 군사동원부 앞에 모여 출발 준비를 서둘렀다. 우리 옆에선 고급중학교 여학생들이 〈빨치산 노래〉와 〈장백산 노래〉를 힘차게 부르며 행진하고 있었다. 그런데 한 청년이 실신한 것처럼 웃다가 울다가 하면서 걸어갔다. 그를 유심히 바라보니 그는 결코 정신이상이 아니라 마음속의 고통을 부르짖는 것처럼 보였다.

그날밤 평강으로 행군을 하는데 길가에 피난민들의 짐이 여기저기 흩어져 있었다. 폭격으로 얼마나 많은 동족이 피를 흘리고 비명에 죽어 갔을까 생각하니 마음이 아팠다.

월정을 지나서 새벽에 평강의 어느 학교에 도착했는데 조명탄이 터지며 공습을 해와 우리는 평강 뒷산으로 옮겨 산에서 날이 밝기를 기다렸다. 그곳은 잠을 자려 해도 추워서 잠을 잘 수가 없었다.

평강은 고원지대이고 매우 넓었다. 근처에 일본군이 쓰던 병영이 있었는데 그 시설을 인민군이 사용하면서 거기서 해오는 주먹밥을 받아먹으며 며칠을 보냈다. 하루는 여군이 고구마를 주어 맛있게 먹은 적도 있다.

9월 23일 저녁, 우리는 또다시 출발 준비를 하였는데 인민군 여전사들이 〈빨치산 노래〉를 부르며 행군을 하는 것이 왜 그런지 몹시 처량하게 들렸다. 평강의 아가씨들은 철원과 마찬가지로 살이 맑고 인물이 고왔다.

그날밤 기차를 타고 삼방으로 갔다. 삼방은 협곡에 있었는데 산이 높고 물이 맑으며 경치가 아름다웠다. 휴양지로 유명한 관광명소여서 많은 별장이 산재해 있었다. 그곳을 지나다 우리는 그 유명한 삼방약수를 마셨다. 약수는 조금만 마셔도 확 쏘는데 다른 물보다 훨씬 달았다.

나는 평강서 같이 떠난 송창도가 도중에 사라진 것이 무척 마음에 걸렸으나 어찌할 도리가 없었다. 우린 삼방서 하루를 쉬고 다시 걷기 시작했다. 그날은 9월 25일이었다.

밤에 걷다가 용지원철교가 무너진 것을 노력 동원된 농부들이 철야작업으로 복구하는 것을 보았다.

우리는 신고산서 기차를 타고 아침에 원산으로 들어갔다. 원산시를 바라보니 시내가 폭격으로 처참하게 변해 있었다. 제1인민학교는 원산 시청에서 조금 떨어져 있었는데 학교 유리창은 폭격으로 유리가 한 장도 남아 있는 것이 없고 전부가 빈 창문틀뿐이었다.

원산 시청은 제법 건물이 컸으나 폭격으로 내부는 완전 파괴되어 있었다. 또 공습 사이렌 소리가 들려왔다. 하늘을 바라보니 B29 아홉 대가 편대를 하고 날아오더니 원산 시내를 한 바퀴 돌고 폭탄을 투하했다. 처음에는 까맣게 눈에 보이더니 중간쯤에는 완전히 보이지 않는데 순간 여기저기서 폭음과 함께 연기가 오르며 터졌다. 나는 시내가 폭격을 당하는 것을 정신없이 바라봤다. 원산 시내에서 완전무장한 군인들을 많이 보았는데 여군들이 중무장을 하고 남자 군인들과 같이 행군하는 것이 참 용감해 보였다. 커다란 엉덩이를 실룩이며 잘들 걷고 있었다.

인민학교에서 재미있는 것을 목격했다. 폭격기가 공습을 할 때마다 1층 사람들은 3층으로 올라가고 3층 사람들은 1층으로 내려가곤 했다. 내가 왜 그러느냐고 물으니까 폭탄이 집에 떨어지면 3층에서 지붕을 뚫고 내려와 터지면 1층이 박살나고 다 죽으니까 3층으로 올라간다는 것이다. 또 3층에서 1층으로 내려오는 사람은 말하기를 이 집에 폭탄이 떨어지면 1층에 있어야 밖으로 바로 뛰어나갈 것이 아니냐는 것이다. 나는 마음속으로 '만일 폭탄이 떨어지면 3층이고 1층이고 뛰어나갈 새가 어디 있겠나' 하고 생각했다. 인명은 재천이라 운명은 하늘에 맡기기로 하고 마음을 단단히 먹고 나니 오히려 편안했다.

우리는 원산서 하루 종일 갇힌 생활을 하다가 덕원으로 가게 되었는데 이동하는 도중에 공습을 여러 차례 받았다. 가을이 되어 쪽빛 하늘과 맞닿은 동해 바다는 더욱 푸르러 경치가 참으로 아름다웠다. 덕원으로 가는 도중 여러 곳의 공장을 보았는데 대부분 폭격을 당하여 성한 공장은 별로 눈에 띄지 않았다.

가는 길목에 과수원을 지났다. 행군하던 동무들이 배가 고파 길가의 사과를 따먹는 것을 본 어느 군관 하나가 말하기를 "동무들, 인민의 재산은 우리 인민군이 아껴야 될 것이오. 우리는 누구를 위해 싸우는 것이오? 조국과 인민을 위해서가 아니오. 그러니 누가 인민의 재산을 지키겠소? 바로 우리가 아니오!" 하며 꾸짖는 것이었다.

이 광경을 보고 나는 '참으로 좋은 사람도 있다. 저런 군관이…' 하고 절로 탄복을 했다.

2화
후퇴

우리 일행은 덕원으로 가는 도중 폭격을 서너 차례 당했는데 다행히 죽은 사람은 한 명도 없었다. 저녁때 어느 골짜기에 집결했는데 여기서 인민군 45사단을 창설한다고 하였다. 그래서 우리는 인민군 45사단 1연대 1대대 2중대 1소대가 되었다. 아는 동네 친구들이 대부분 같은 부대에 편성되었다.

밤에 우리를 통솔할 지휘관이 배치되었는데 마침 국민학교 일 년 후배이며 한동네에 살던 장명진이 3소대 소대장으로 임명되었다. 모두 소대장 계급장을 단 그를 보고 반가워하였다.

우리는 그날부터 인민군 군사훈련을 받고 정치사상교육도 받았다. 그러나 날마다 공습을 피하느라 낮에는 솔밭 속에 숨어 있다가 밤이 되면 모여서 정치교육, 사상교육을 받았다. 쉴 때도 피곤하다고 개별적으로 쉴 수 있는 것이 아니라 단체로 노래하고 군가를 부르며 언제나 단체행동을 하도록 했다. 개인의 자유는 전혀 주어지지 않았다.

10월이 되자 공습이 점점 더 심해지더니 전황이 눈에 띄게 불리해졌다. 소문에 의하면 유엔군과 국군이 삼팔선을 넘어 북으로 진격하여 온다고 하였다.

하루는 날이 밝기가 무섭게 적기가 나타나 공습을 시작하는데 잠시도 쉴 틈을 주지 않고 폭격기가 가면 또 다른 폭격기가 어느새 날아왔다. 그렇게 몇 시간을 쉴 새 없이 공습하다가 낙엽송 솔밭에 숨겨 두었던 탱크 30여 대를 발견하고는 그곳에 폭격을 가하는데 그 많던 탱크들이 순식간에 산산조각으로 박살났다. 나는 마음속으로 '우리도 모르게 밤에 숨겨 놓은 탱크를 어떻게 찾아냈을까?' 하는 의구심이 들었다.

그날은 전투가 매우 치열했다. 들리는 소문에 우리가 정찰기 한 대를 격추했다고도 하였지만 사단사령부 앞에 있던 트럭이 폭격당하는 것도 목격했다. 하늘 높이 9대로 편성된 비행기 편대가 문평 아연제련소를 폭격하는 것도 보았다. 폭탄을 맞아 시커먼 연기가 하늘 높이 치솟아 오르는데 사이사이로 높은 굴뚝이 보였다. 누군가 말하길 문평 아연제련소의 굴뚝이 진남포 제련소 굴뚝보다 더 높다고도 했다.

우리는 10월 10일 밤 10시, 덕원서 후퇴를 하였다. 멀리 원산에 대한 연합군의 함포사격도 더욱 요란해졌다. 원산서 함흥으로 가는 국도는 도로 사정이 좋지 않아 자동차 두 대가 겨우 빗겨 갈 정도의 너비로 길이 좁았다. 가뜩이나 좁은 길에는 후퇴하는 인민군과 피난민 대열로 꽉 메워져 있었다. 우리는 어두워지는 저녁이면 암호를 써가며 대열이 서로 흩어지지 않게 했다. 암구호는 1대대는 '백두산', 2대대는 '한라산'을 사용하며 후퇴를 했다.

군인과 피난민이 뒤섞여 후퇴를 하다 보니 나오는 차량, 들어가는 차량을 만날 때마다 대열이 뒤엉켜 혼란 속에 이합집산을 거듭하곤 하였다. 그 와중에도 밤이면 적기들이 와서 조명탄을 터뜨리고 폭격을 가하거나 기총사격을 가하면 우리 대열은 또다시 혼비백산하여 흩어지곤 하였다. 그나마 우리 군인 행렬은 괜찮았으나 피난민 대열은 가족을 잃고 울부짖는 어린애와 부모들이 자식을 부르는 소리로 참혹한 아비규환 속에서 후퇴를 해야만 했다.

날이 밝아 왔을 때 우리는 덕원서 평양으로 가는 길에 도달했다. 날이 밝고 보니 길에 즐비하게 늘어선 피난민 중에 밤새 가족을 잃고 서로 찾아 헤매는 사람들이 많았다. 우리는 그곳 산중에서 하루를 묵게 되었다. 그때 갑자기 비행기 한 대가 공중 높이 떴다가 급하강하며 우리와 부딪칠 듯 거의 수평으로 날아오자 우리 모두는 깜짝 놀라 땅에 납작 엎드렸다. 비행기는 순식간에 하늘 멀리 사라졌지만 비행기의 굉음에 놀라 비행기가 실제 고도보다 낮게 나는 듯한 착각을 한 것이다.

이때 누군가 죽은 시체를 보고는 "세상에 사람이 이렇게도 죽나?" 하고 한탄하였다. 나는 왜 그러냐고 물었더니 "기총소사 총탄이 어깨로 들어와 망자의 치부로 빠져나왔다"고 하였다. 나는 그 말을 듣고 '죽어도 그리 죽을 수 있을까' 하는 생각에 마음이 아팠다.

그날도 어둠을 틈타 밤에 북으로 행군을 했는데 심신이 몹시 고단하였다. 우리는 밤을 새워 걸어 고원읍에 도달하였다. 고원은 폭격으로 대부분의 건물들이 부서져 버리고 검게 그을린 폐허만 남아 그 많던 사람의 흔적은 어디에서도 찾을 수가 없었다.

우리는 하가남이라는 곳에서 하루를 쉬기로 했다. 고원 일대의 넓고 넓은 벌판에는 야산도 많았지만 논도 많았다. 나는 거기서 피밥을 먹었다. 주민이 식사로 주먹밥을 해왔는데 좁쌀밥인 줄 알고 먹었는데 나중에 알고 보니 그것은 피쌀로 만든 밥이었다.

하가남에선 의용군을 많이 보았다. 홍천 춘천 원주 지방에서 끌려온 사람들이었다. 그들의 말을 들어 보니 전쟁은 이북에서 먼저 남침을 한 것이지 이남에서 북침을 한 일은 절대로 아니라고 하였다. 그러면서 개전 당시 춘천으로 밀려오던 인민군 탱크 이야기도 하였다. 그들은 모두 어려 보였다. 나이가 기껏해야 열일곱 전후로, 아무리 많아야 스물다섯은 넘지 않아 보였다.

징병된 사연을 들어 보니 동네에서 인민군이 갑자기 모두 학교로 모이라고 해서 책가방만 달랑 들고 왔다가 그 길로 끌려왔다는 것이다. 아무도 드러내고 말은 못하였지만 남쪽 고향에서 끌려와 고향이 멀어질수록 북으로 향하는 것에 대해 두렵고 걱정하는 빛이 역력해 보였다.

행군 도중 우리 일행 다섯은 하도 배가 고파서 길가 무밭에서 무를 뽑아 먹었다. 그런데 갑자기 적기가 나타나 기총사격을 해 왔다. 우리 모두는 재빨리 밭두렁에 엎드려 꼼짝도 않고 죽은 체하였다. 시간이 얼마나 지났을까? 간신히 정신을 차리고 보니 적기는 어느새 멀리 날아가 버리고 사방이 고요하기만 하였다.

우리들은 그제서야 안심하고 하나둘씩 자리에서 일어섰다. 모두 다 이상 없나 하고 주위를 둘러보니 한 명이 일어나지 못하고 있었다. 혹시 죽었나 하는 안타까운 마음에 가보니 다행히 죽지는 않고 비행기에서 쏜 기관총 탄피에 머리를 맞고 정신을 잃고 쓰러져 있었다. 잠시 후 정신을 차리고 앉은 그를 보니 방한모 아래 약간의 상처가 있고 시뻘건 피가 흘렀다. 삶과 죽음의 경계에서 천행으로 방한모 덕분에 살아난 것이었다.

모두 무사히 본대로 돌아온 우리는 무서리를 하다가 크게 혼줄이 났기 때문에 그 일을 아무도 입 밖에 내지 않았다.

하늘 멀리 B29기가 고도 6천 미터 고공에서 기총사격을 하는 것이 보였다. 나는 "저 비행기는 지금 어디를 쏘고 있는 거지?"라고 중얼거렸지만 모두들 무심히 하늘만 바라볼 뿐 어느 누구도 대꾸하지 않았다. 멀리 언덕 너머로 고원읍 민들이 줄을 지어 피난길에 나선 행렬만 길게 뻗어 있었다.

밤이 되자 '고원읍을 떠나 하가남을 지나 얼마나 멀리 왔을까? 이곳은 어디지?' 하는 생각을 하며 이름도 모르는 낯선 곳에서 하루를 묵게 되었다. 그곳에서도 피난 행렬을 수도 없이 목격하였고, 부모를 잃은 미아도 많이 보았다.

다음날 저녁 무렵에는 영흥읍을 지났다. 그곳에서는 공습이 끝난 지 얼마 되지 않았는지 건물이 아직도 불타고 있었다. 폭격을 미처 피하지 못한 사람들이 부서진 잔해와 함께 불에 타 죽어 가고 있는 모습도 보았다. 사람이 타는 역한 냄새에 속이 뒤집힐 지경이었다. 모두 경황이 없어 무너진 건물더미에 깔려 살려 달라고 울부짖는 사람을 보고도 모른 채 지나쳐 버렸다.

우리 대열은 영흥읍을 빠져나와 북으로 향하였다. 길을

걷는 동안 점차 철길에서 멀어져 고갯길로 접어들었다. 고개로 올라가는데 인민군 트럭 한 대가 전복되어 있었고, 사람들이 우리를 보고는 도와 달라고 하였다. 우리 일행 수십 명이 달려들어 차를 밀어 바로 세웠다. 그런데 뜻밖의 일이 벌어졌다. 인민군 전사들이 차에 치어 신음하는 부상병을 치료하기는커녕 바로 그 자리에서 총창으로 찔러 죽이는 것이었다. 그리고는 아무 일도 없었다는 듯이 행군을 재촉하여 원산 방향으로 전투를 하러 간다고 하였다.

나는 처음에는 아군이 아군을 죽이는 모습에 영문을 몰라 어리둥절하였다. 이유를 들어 본즉 사랑하는 전우이지만 중상을 당한 그들을 후방으로 후송할 시간도 없고 그렇다고 놔두면 적군에게 포로가 될 것이므로 불가피하게 죽인 것이라고 했다.

밤새 걸어가면서 나는 나도 모르게 잠을 자면서 걸었다. 행군 도중 갑자기 '딱' 하고 이마가 가로수 나무에 부딪혔다. 얼떨결에 정신을 차리고 주위를 둘러보니 나 말고도 행군 도중 조는 전사를 많이 볼 수 있었다.

후퇴 길에 500미터 내지 1킬로미터 간격으로 군용 트럭이 한 대씩 폭격을 맞아 부서져 있는 것을 보았다. 우리는 정신없이 도주하느라 도대체 어디를 지나는지도 몰랐다. 그런데 누군가 말하기를 유엔군이 바로 지척인 영흥읍까지 들어왔다고 하는 소리를 듣고서야 비로소 아직 영흥 근처에 머물러 있다는 사실을 알 수 있었다.

그날밤 우리는 농가에서 잠을 자고 오랜만에 밥도 맛있게 먹을 수 있었다. 낮에는 공습이 심하므로 이동하지 못하고 숲속에서 지냈다. 그 덕분에 밤나무 밑에서 밤을 실컷 주워 먹을 수 있었다.

3화
함흥 함락

밤이 되자 다시 행군을 시작했는데 참으로 비참한 광경을 목격했다. 어두운 밤길에 신작로가 폭격을 맞아 길이 패인 것을 모르고 달리던 커다란 트럭 한 대가 뒤집혔다. 트럭 가득 피난민들이 타고 있었는데 대부분 탈출을 못하고 전복된 트럭에 그대로 깔려 있었다.

처녀 하나가 차 밑에 깔린 동생 이름을 부르며 '아무개야' 하고 울부짖고 있었고, 차에 깔린 사람들이 벗어나려고 버둥거릴 때마다 트럭은 점점 납작하게 주저앉았다. 참사는 우리가 도착하기 불과 몇 분 전에 발생한 것 같았다.

우리 일행이 힘을 모아 트럭을 바로 세워 보려 했으나 역부족이었다. 불과 10분도 안 걸려 40여 명 남짓한 사람이 트럭에 깔려 그대로 죽어 가는 것을 보았다. 우리는 어쩔 수 없이 그대로 놔두고 다시 길을 걸었다.

새벽에 정평읍을 지나는데 읍내에는 아무도 없고 텅텅 비어 있었다. 지나가는 길에 언뜻 바라본 정평읍은 인적이 끊겨 고요한 나머지 지극히 평온해 보였다. 우리는 그곳에서 또 하룻밤을 지냈다.

날이 밝아 오자 정평서 동북쪽에 있는 산촌마을을 찾아가 거기서 하루를 보내게 되었다. 강행군 끝에 오랫만에 휴식을 취했다. 산촌의 밤나무 숲에서 바라보는 주변 풍경이 아름다웠다. 옛부터 원산 덕원 고원 모두 산천이 아름답기로 소문이 나고 살기에도 좋은 곳으로 알려진 고장이었다. 멀리 보이는 함흥 뒷산을 바라보고 있는데 오늘밤에는 만세교를 건너 함흥 시내로 들어간다고 하였다.

저녁이 되었다. 하루에도 공습을 수십 차례 겪는 생활이 계속되었지만 오늘은 함흥에 대한 공습의 강도가 더욱 세차고 대단하였다. 우리 일행은 공습을 피해 함흥시로 들어가지 않고 낭림산으로 가는 길을 택해 서쪽으로 향하기로 했다. 밤새도록 야간행군을 한 후 먼동이 틀 무렵 어느 산골마을에 도착했다. 그곳에서 행군을 멈추고 잠시 쉬고 있는데 함흥이 유엔군에게 점령되었다는 소식이 들려왔다. 우리는 결국 함흥길을 포기하였다.

우리가 머물었던 마을 인근은 제법 큰 산골이었다. 그 깊은 산속의 냇가에 흐르는 물에 놓였던 조그마한 다리도 폭격을 맞아 박살이 나 있었다. 전쟁의 포화는 사람의 발길이 닿는 곳이면 때와 장소를 가리지 않았다.

해질 무렵이 되어 땅거미가 진 고개를 향해 또다시 걷기 시작했다. 그런데 날씨가 급변하였다. 동쪽으로부터 커다란 먹구름이 몰려오기 시작하더니 갑자기 비가 오기 시작하였다. 우리는 빗속에서 행군을 계속하였다. 밤새 비를 쫄딱 맞으며 고개에 오르고 보니 우리가 오른 산봉우리가 바로 낭림산맥의 주류 주봉이었다. 여기에는 나무는 없고 풀들만 무성히 자라고 있었다. 북쪽으로 향하는 작은 길을 보였는데 그 길로 30여 킬로미터를 더 가면 장진호가 나온다고 했다. 우리는 고갯길에서 비를 맞으며 쉬었는데 구름이 얼마나 많이 끼었는지 한 치 앞도 보이지 않았다. 빗줄기가 다소 약해진 틈을 타 산에서 내려오는 길은 올라가는 길보다 한결 수월했다.

폭우를 뚫고 야간행군을 강행한 끝에 날이 샐 무렵 평안남도 영원군 사창면의 한 작은 마을에 도착한 후에야 휴식을 취했다. 마을 인근 골짜기마다 인민군 패잔병들이 잔뜩 몰려 후퇴하느라 여념이 없었다. 함흥이 가까워서 그런지 해군들도 많이 있었다. 그 가운데 여군들의 하얀 해군 제복은 중학생 교복과도 흡사하여 마치 여학생들이 모여 있는 것처럼 보였다.

나는 그 동네 사람들의 말투를 듣고 깜짝 놀랐다. 이 고개를 넘기 바로 전에는 주민들이 함경도 사투리를 썼는데 산을 넘어오니 평안도 사투리를 쓰는 것이었다. '고개 하나를 사이에 두고 주민들이 쓰는 말이 이렇게 달라질 수가 있나' 하는 신기한 생각이 들었다.

사창 인근의 산세는 높은 계곡에 흐르는 물이 폭포를 이루고 산림이 울창하게 우거져 참으로 경치가 아름다웠다. 이곳이 바로 대동강 상류 근원이라고 하였다. 여기서 흐르는 물이 평양 앞으로 흘러 서해로 나간다는 것이었다. 우리는 풍광 좋은 그곳에서 하루를 푹 쉬었다. 이튿날 날이 밝는 대로 맹산 방면으로 갈 것이라고 하였다.

우리는 다음날 영원을 향해 행군을 하다가 많은 고향 친구를 잃었다. 가는 도중 도깨비들이 우리를 홀리는 것을 체험하기도 하였다. 산을 넘노라니 멀리 컴컴한 숲속에서 사람 소리가 들렸다. 이윽고 시퍼런 불빛이 번쩍이고 자동차 시동 거는 소리도 나는 듯하였다. 무엇이 있나 하고 가보면 아무도 없는 산림뿐이었다. 그런 일을 여러 번 겪었는데 사람들 말이 도깨비가 사람을 그렇게 홀린다는 것이었다.

밤에도 걷고 낮에도 걷고 종일 행군을 계속했다. 깊은 산골짜기마다 후퇴하는 군인들로 인산인해를 이루었다. 영원읍에 거의 도달했을 적에 내가 다니던 판교국민학교 여선생님을 만났다. 반가운 마음에 어찌된 일이냐고 물었더니 며칠 전 고향 마을에 국군이 들어와 북으로 피난 가는 길이라고 하였다. 잠시 후 고향 동창생과 고향 처녀 몇 명도 만났다. 이구동성으로 이천읍은 폭격으로 완전히 잿더미로 변했고, 괸돌시장마저도 다 불타 버렸다고 했다.

그리고 국군이 들어오자 반동새끼들이 들고일어나 애국자들을 도끼로, 칼로, 낫으로 마구 찔러 죽여 이를 간신히 피해서 여기까지 피난을 왔다고 하였다. 그러면서 하는 말이 우리가 작전상 후퇴하는 것이지 망해서 후퇴하는 줄 아느냐며 두고 보자며 이를 박박 갈았다. 나는 겉으로는 고개를 끄덕였지만 속으로는 우리 고향도 벌써 유엔군의 손안에 들어갔구나 하는 생각에 안도할 수 있었다.

행군 도중 공습을 받아 죽은 군인들이나 민간인들을 가끔 볼 수 있었다. 그럴 때마다 서글픈 생각이 들었다. 원산서 폭격을 당할 때도 B29기가 폭격을 하려고 비행기 문을 활짝 열고 원산 상공을 비행하는 것을 보면서 '우리는 저것을 만들지 못하였기 때문에 이런 참변을 당하고 마는구나. 그래서 우리 동포들이 저렇게 죽어 가는구나' 하는 생각을 하기도 했다.

영원읍에 도달을 했을 때 우리는 전투명령을 받고 완전 전투태세를 갖추었다. 완전무장을 하고 무기도 새로 지급받았다. M1소총을 지급받았으나 격발기가 말을 듣지 않아 아시보 장총과 교환했는데 이것도 총창이 말을 듣지 않았다. 고장이라고 바꾸려고 하였으나 다른 총이 없으니 그냥 그대로 가지고 있으라고 하여 할 수 없이 고장 난 장총을 그대로 받아들 수밖에 없었다. 게다가 아시보 총은 총창마저 꺾어지지 않아 키가 작은 나는 기다란 총을 땅에 끌듯이 걸머지고 다니게 되었다.

그날 저녁은 맛있는 음식을 마음껏 먹었다. 실탄 400발과 수류탄 4발도 받았다. 우리는 그날밤 영원읍 극장에 모여 인민군 대열에서 도주하는 병사를 잡아 인민재판을 하고 공개 처형을 하는 것을 보았다.

군사재판이 끝난 후 군관이 하는 말이 "동무들도 조국과 인민을 배반하고 반역 행위를 하면 이 자처럼 처형된다. 반역자의 말로가 얼마나 비참한가를 똑똑히 보아 둬라" 하고 호통을 쳤다. 또 이어서 말하기를 "그러니 인민군 대열에서 도망하거나 불순한 사상을 절대로 가져서는 안 된다"라고 말했다. 군관의 살기등등한 위세에 겁에 질려 우리는 아무 말도 못하고 해산했다.

그날 저녁 우리는 맹산 방면으로 전투명령을 받고 나가게 되었다. 개전 이래 우리는 최고로 좋은 식사를 했다. 고깃국도 실컷 먹었다. 나는 식사가 끝난 뒤에 앞으로 행군을 하면서 먹을 요량으로 삶은 쇠고기 덩이를 5근 정도 싸고 밥도 한 웅큼씩 뭉쳐 군장에 쑤셔넣고 잔등에 걸쳐 메었다. 그런데 조금 있으니까 상관이 내게 가닥가루 반 포대를 짊어지라고 하여 그것도 함께 가져가게 되었다. 그런데 짐이 너무나 무거워 힘이 들었다. 아시보 장총 한 자루에 수류탄 4발, 실탄 400발을 휴대한데다 식량과 짐이 추가되었기 때문이었다.

나는 완전군장을 하고 잔등에 무거운 짐을 멘 채 맹산 방면으로 힘든 행군을 계속하게 되었다. 두 시간쯤 행군을 했는데 갑자기 강계 방면으로 후퇴하라는 긴급명령이 내려졌다. 우리 부대는 대열을 정돈하고 다시 강계 방면으로 발걸음을 재촉하였다.

4화
목숨을 건 탈영

강계 방면으로 후퇴하던 날 밤은 어둡고 흐려서 10미터 앞도 채 보이지 않았다. 나는 짐이 무거워 행군 도중 자꾸 옆으로 기울어져 몹시 애를 먹었다. 걸으면 걸을수록 짐이 점점 더 기울어졌다. 소대장에게 짐을 내려 다시 꾸려 가지고 가겠다고 말했지만 소대장은 "그럴 시간이 없으니 그대로 가라"고 독촉을 하였다. 그러나 나는 더 이상 버틸 수가 없었다. 나는 '에라, 모르겠다' 하는 심정으로 신작로 둑에 잠시 멈춰 서서 짐을 내려놓았다.

서둘러서 짐을 꾸리고 나서 다시 걸쳐 메었다. 몸을 곧추세우고 앞을 보니 우리 부대는 어느새 저만치 멀어져 버렸다. 그리고 뒤를 돌아보니 뒤따라 오는 부대와도 간격이 제법 멀리 떨어져 있었다. 그 순간 나는 갑자기 '때는 바로 이때다'라는 생각이 퍼뜩 떠올랐다.

'어차피 국군이 우리 고향까지 들어와 대한민국으로 통일이 되어 버렸는데 강계로, 만주로 가본들 무슨 소용이 있을까? 차라리 이 틈을 타서 도망을 가자.' 생각이 여기에 미치자마자 나는 재빨리 숲을 향해 내달렸다.

금방 도로를 벗어나 얼른 나무 숲 사이로 뛰어들었다. 숲은 제법 무성한 아카시아 나무 군락이었는데 나무 사이로는 어른 키만큼 자란 가시덤불들이 뒤엉켜 있어 가시에 걸려 쉽게 빠져나갈 수가 없었다.

그때 갑자기 사람 소리가 들려왔다. 나는 깜짝 놀라 몸을 숨기느라 가시에 찔리면서도 땅에 납작 엎드렸다. 동료들이 나를 찾으러 온 것이다. 나는 등짐으로 멘 하얀 가닥가루 자루가 눈에 띌까 겁이나 자루를 얼른 낚아채 배로 덮었다. '들키면 죽는다.' 나는 겁에 질려서 이판사판으로 눈을 꼭 감고 숨을 죽이고 있었다.

시간이 얼마나 흘렀을까. 눈을 떠 주위를 살피니 멀리 소대장과 분대장의 얼굴, 그리고 대원들의 모습이 보였다. 그들은 신작로 부근을 오르내리며 "도망간 자리가 아마 여기 어디쯤 될 걸" 하고 소리를 치며 나를 찾느라 애를 쓰다가 잠시 후 그냥 떠나 버렸다.

'만일 잡혔으면 어찌 되었을까?' 간밤에 탈영하다 붙잡혀 처형당한 도망병을 생각하니 등골이 오싹해졌다. 나는 그 길로 인민군을 피해 무작정 산으로 올라갔다.

어둠 속에서 방향을 잃은 채 밤새 산을 이리저리 헤맸다. 날이 새어 '얼마나 걸었을까' 하고 주변을 살펴보니 간밤에 도망친 자리에서 불과 400여 미터 정도밖에 벗어나지 못하였다. 내 딴에는 멀리 간다고 밤새도록 애를 썼지만 결국은 길을 잃고 주위만 빙빙 맴돈 셈이었다.

'아~' 하는 탄식이 절로 났다. 인민군에게 들키면 탈영병으로 잡힐까봐 사주경계하며 조심조심 산으로 올라 큰 나무 밑에 앉아 기도를 했다. 난리 통에 그간 오랫동안 예배 한 번 올리지 못하였다.

'하나님 제발 저를 살려 주세요.'

고향의 가족을 떠올리며 살고 싶은 바람의 간절한 기도를 드렸다.

산에 올라 사방을 바라보니 주변이 모두 매우 높고 큰 산들로 둘러싸여 있었다. 멀리 낭림산맥 주봉들이 까맣게 보이고 그곳에서 뻗어 내려온 산줄기는 매우 험하고 나무가 빽빽하고 울창하였다.

살기 위해서는 남으로 가야만 했다. 다시 산길로 들어섰다. 숲은 아름드리 나무들이 하늘로 솟아올라 주변이 어둡고 하늘도 잘 보이지 않았다. 무릎까지 쌓인 낙엽 더미로 제대로 발걸음을 옮기기도 어려운 숲은 그간 사람의 발길이 닿지 않은 울창한 원시림이었다.

나는 실탄 5발이 든 탄창을 총에 끼우고 걷기 시작했다. 만일 나를 잡으러 오는 자가 있으면 누구든지 사정없이 발사할 각오였다. '만일 죽게 된다면 혼자만 당하지는 않겠다'라고 마음을 굳게 다졌다. 산등성이를 향해 두어 시간 걸어 올라가면서 지형을 살폈다.

서쪽 멀리로는 묘향산이 치솟아 있고 산세가 웅장하고 험하였으나 경치는 참으로 수려했다. 산에서 내려오는 골짜기의 맑은 물, 아름다운 숲들, 묘한 바위들이 눈앞에 한 폭의 산수화를 보는 것만 같아 아름다운 금수강산이라는 말이 절로 나왔다.

그러나 탄복도 잠깐 나는 작은 봉우리에 올라서 사방을 살피며 '어떻게 하면 집으로 갈 수 있을까' 하는 생각만 했다. 사방이 인민군 천지인 현실에서 아무리 궁리해 봐도 묘수가 얼른 떠오르지 않았다.

큰 나무에 기대서 두 손을 모아 정성으로 기도를 올렸다. '하나님, 제발 저를 도와주세요, 제가 집으로 가는 길을 보호하여 주시고 고향으로 다시 돌아가 부모님을 만나게 해주세요. 앞으로는 예수님을 잘 믿고 좋은 사람이 되겠습니다' 하고 절실한 마음을 담아 간절한 기도를 올렸다. 나는 주님이 인도하여 주시고 안전하다고 느껴지는 방향을 택해 산길을 걸었다.

목표는 단순명료했다. '여기는 평안남도 영원군, 영원군 남쪽에는 맹산군, 맹산군 남쪽에는 양덕군, 양덕군 남쪽에는 곡산군, 곡산군 남쪽이 바로 내가 사는 이천군이다. 여기서 하루 20킬로미터씩 걸으면 열흘이면 고향에 갈 수 있다'라고 생각했다.

멀리 산 아래로 비행기 세 대가 나무 위를 스치듯 날아 인민군 행렬을 폭격하였다. 신작로 주변에 연기가 오르며 퇴각하던 트럭과 병사들이 박살나는 광경이 보였다.

'나도 저곳에 있었으면 죽었을지 모른다.' 죽음의 대열에서 벗어났다는 안도의 한숨도 잠시였다. 이윽고 '저 높고 높은 계곡, 저 고개를 넘어서 어떻게 집으로 가야 하나, 도중에 탈영병으로 잡히면 총살을 당할텐데…' 하는 근심이 밀려왔다.

아시보 장총과 무거운 짐을 지고 남쪽을 향해 무작정 다시 길을 떠났다. 얼마나 걸었을까. 배가 고팠다. 허기를 면하려고 등에 진 음식을 꺼내 먹었다. 그리고 다시 길을 걷기 시작했다.

도중에 인민군 병사들이 산으로 올라오는 것이 눈에 띄었다. 나는 우리 부대원들이 날 잡으러 다시 오는 줄 알고 깜짝 놀라 나무 뒤로 몸을 숨겼다. 자세히 살펴보니 후퇴하는 다른 부대 행렬이었다. 그래도 들키면 큰일이었다. 나는 재빨리 숲속으로 뛰어들었다. 그런데 공교롭게도 바로 앞에 인민군들이 있었다. 깜짝 놀라 심장이 멎는 것 같았다. 아름드리 낙엽송으로 꽉 찬 숲속에 인민군 다섯 명이 웅크린 채 날 빤히 쳐다보고 있었다. 금방이라도 그들이 벌떡 일어나 날 잡으려고 달려들 것만 같았다. 나는 재빨리 그들에게 총을 겨누었다.

"꼼짝마!"

만약 조금이라도 위협이 느껴지면 총을 발사할 결심이었다. 죽을 때 죽더라도 내 피값은 하고 죽어야겠다는 생각이 들었다. 그들은 모두 황급히 손을 높이 든 채 눈을 동그랗게 뜨고는 겁에 질린 표정들이었다.

그들의 모습에 조금 이상한 생각이 들었다. 나는 총을 겨눈 채 "동무들은 뭐하는 사람이요?"라고 물었다. 그들은 총구를 보고는 겁먹은 얼굴로 서로 얼굴만 바라본 채 무어라 말은 하려고 하나 선뜻 대답을 하지 못했다. 나는 또다시 대답을 재촉했다. "대체 뭘 하는 사람들이오? 사살해 버리겠소" 하고 외쳤다.

그때 그중 한 사람이 두 손을 든 채 손짓을 하며 날보고 좀 가까이 오라고 했다. 그러나 너무 접근하면 내가 비록 총을 가지고는 있지만 다섯 명이 일시에 달려든다면 위험할 수 있겠다는 생각이 들었다.

거리를 두고 다시 물었다.

"동무들은 대체 뭐하는 사람이요?"

그들은 서로 몇 마디를 주고받으며 의논을 하더니 체념하듯 대답했다.

"동무, 우리는 서울 영등포에서 의용군으로 끌려왔소. 후퇴 중 도망했는데 들키면 죽을까봐 숲속에서 사흘간 굶었습니다. 서울서 여기까지 오다 탈출을 했으나 길을 알 수가 없고 들키면 죽을 것 같아 옴짝달싹 못하고 사흘을 굶었더니 이젠 아무런 힘도 없어요. 우리를 관대히 용서해 주시고 인민군 대열에 넣어 주시면 그대로 따라가겠습니다"라고 통사정을 하였다.

그 말을 듣자 나는 안심이 되며 뛸 듯이 기뻤다. 그래도 믿기지 않아 그 말이 정말이냐고 재차 물었다. 그들이 진짜 도망병임을 확인한 나는 "나도 당신들과 같은 도망병이오" 하고 달려들어 서로 손을 잡고 인사를 했다.

산속에서 도망병이 도망병을 만난 것이다. 이게 꿈인지 생시인지 믿기지 않을 만큼 참으로 반가웠다. 그들이 사흘을 굶었다는 말에 등에 지고 있던 밥과 고기를 꺼내 주며 먹으라고 권했다. 그들은 음식을 보고 반색을 하며 밥과 고기를 순식간에 다 먹어 치웠다. 물도 반찬도 없이 마치 걸신들린 듯 먹어 치우는데 사람이 음식을 그렇게 맛있게 먹는 모습을 생전 처음 보았다.

그런데 의외의 일이 벌어졌다. 폭식을 한 다섯 명 모두가 갑자기 비실비실 자리에 쓰러졌다. 사단이 벌어졌나 싶어 깜짝 놀랐다. 그런데 그들은 극도의 긴장감 끝에 살았다는 안도감과 피곤한 포만감을 못 이겨 깊은 잠에 곯아떨어진 것이었다. 얼마나 깊이 잠이 들었는지 아무리 몸을 잡아 흔들어도 아무도 깨어나지 않았다. 큰 탈이 난 것 아닌가 하는 불안한 생각에 그들이 잠에서 깨어나기만 기다리면서 주위를 열심히 경계했다. 혹시라도 다른 사람들한테 들키면 큰 일이기 때문이다.

그들이 잠에 취한 것이 아침 10시쯤 되었는데 저녁 무렵이 되어서야 하나둘 깨어났다. 그들과 나는 남쪽으로 가는 길을 의논을 했다. 유엔군이나 국군을 만날 때까지 어떻게 하면 인민군에게 들키지 않을까 하는 궁리를 했다. 그들은 무기도 하나 없고 가진 것은 오로지 담배뿐이었다. 그들이 살려 줘서 고맙다며 내게 담배를 주었지만 나는 담배를 피우지 않았기에 사양했다.

곰곰이 생각한 탈출 방안을 그들에게 제안했다.

"서울로 가려면 황해도 땅이나 강원도 땅을 밟지 않고는 갈 수 없으니 내가 하자는 대로 합시다. 동무들은 계급도 없고 무장도 안했으니 이제부터 나보고 어디서나 분대장 동무라고 부르시오. 우린 언제나 분대 행동을 해서 누가 보더라도 탈영병이라는 표시가 안 나게 합시다. 탈영병인 것이 드러나면 우리는 모두 총살을 당할 것이요. 난 강원도 이천군에 사는데 우리 군 남쪽은 경기도 연천군이 가까워요. 그리고 연천군 남쪽은 양주군, 양주군 남쪽은 서울이요. 그러니 강원도 우리 집으로 가서 며칠 푹 쉬고 서울로 가도록 하시오. 우린 이제부터 생사를 같이 하는 행동을 합시다"라고 말했다. 그들은 내 말을 듣더니 참으로 고맙다며 모두 눈물을 흘렸다.

5화

남으로 남으로

그들과 함께 산길로 남을 향해 걸었다. 남들은 북으로 후퇴를 하는데 우리 일행은 남쪽을 향해 갔다. 가는 도중 인민군을 만나면 어떻게 하나 걱정도 되었지만 만약 낌새가 이상하면 사살해 버리고 도망 갈 각오를 다졌다. 그날은 얼마 걷지도 못했는데 날이 곧 어두워졌다.

우리는 어두운 길을 더듬어 농가를 찾아 들어갔다. "오늘 좀 쉬어 갑시다. 우리는 작전상 후퇴중입니다" 하고 우격다짐으로 사정을 했다. 집주인은 선선히 쉬고 가라고 한 후 저녁상까지 차려 주었다.

그 다음날 아침 우리 여섯은 무작정 남으로 향했는데 북으로 가는 피난민들을 많이 만났다. 우리와는 사정이 달랐지만 그들 역시 여러 날을 걸어서인지 무척이나 피곤해 보였다. 피난길에 가족들과 생이별한 사람도 있었고, 고향서 가족을 데리고 오지 못한 안타까움에 발만 동동거리는 사람, 전쟁 통에 가족 모두를 잃고 홀로 북으로 가는 사람, 사람마다 각기 애타는 사연들로 가득했다.

우리는 안전하게 남으로 가기 위해 낮에는 가능한 산에서 머루나 다래를 따먹으며 숨어 있다가 야음을 틈타 산길을 걸었다. 사정이 이렇다 보니 하루에 고작 20킬로미터 이상을 걷지 못했다.

원산서 후퇴를 하다 탈출한 지 사흘째가 되었다. 풍문에는 국군이 평양을 함락하기 직전이라는 말도 떠돌았다. 우리는 산속 외딴 농가에 머물며 시시각각으로 변하는 전황을 살피기 위해 온 신경을 곤두세우고 있었다.

아침에 일어나 바깥 동정을 살펴보니 남으로 가는 행렬이 보였다. 수많은 피난민들이 소 달구지에 짐을 가득 싣고 길을 재촉하고 있었다. 자세히 살펴보니 그 무리에는 인민군은 없었다. 안심하고 그들에게 다가가 말을 건넸다. 사람들 말이 국군이 30킬로미터 밖까지 왔다고 하였다.

갑자기 몸에서 이상증후가 나타났다. 소변을 보는데 피가 조금 섞여 나왔다. 큰 병이 난 것 아닌가 고민했지만 다른 사람들은 별 탈은 없을 것이라고 위안을 했다. 걱정이 태산이었지만 달리 뾰족한 수가 없었다.

총이 있어 그다지 두렵지는 않았지만 탈영병을 다섯 명이나 데리고 다녀야 하니 한편으론 염려도 되었다. 그러나 나름 유리한 점도 있었다. 여럿이서 분대 행동을 하니 후퇴하는 군인들을 만나도 많은 부대 병력이 아닌 개인이나 소대 병력 정도를 만나서는 겁이 나지 않았다. 그들이 우리를 보고 "어디로 가시오?" 하고 물으면 우리는 "작전상 아무 데 가요" 하고 대답만 해주면 무사통과였다. 누구 하나 우리를 수상히 여겨 "혹시 도망병이 아니요?"라고 묻는 사람은 없었다. 참으로 천만다행이었다.

하루는 큰 고개를 넘어 동네로 내려가서 자그마한 냇가를 건너 밭 옆을 지나다 보따리를 머리에 이고 가는 두 처녀를 만났다. 그중 한 처녀의 얼굴이 얼마나 아름다운지 남자만 여섯인 우리 모두가 홀딱 반할 정도였다. 우리는 이구동성으로 그 처녀를 보고 어디로 가냐고 물었다. 처녀는 국군이 밀려와 북쪽 친척집으로 피난 가는 중이라고 하였다. 우리가 남으로 가는 길을 물으니 친절하게 방향을 일러주었다.

의용군 한 사람이 말하길 "난 서울에서도 저런 미인을 보지 못했어. 남남북녀라더니 정말로 저런 미인은 난생 처음 보았어" 하며 기분이 좋은지 싱글벙글하였다. 그 말에 나도 처녀를 다시 한 번 쳐다보니 정말로 예쁘게 생겼다. 만일 지금이 전시가 아니고 평화로운 때이고 내가 자유의 몸이라면 그 처녀에게 한번 사귀어 보자고 통사정이라도 하고픈 생각이 절로 들었다. 우리는 우두커니 서서 북으로 멀어져 가는 두 처녀의 뒷모습이 보이지 않을 때까지 오래도록 바라보았다.

우리는 그 다음날도 산에 올라가 다래를 따먹었다. 나뭇잎은 다 지고 다래만 몇 알 대롱대롱 매달려 있는 것만 골라 따먹었다. 다소 허기가 채워지는 것 같았다.

저녁때가 되어 산속에서 외딴집을 발견했다. 집주인에게 하룻밤만 재워 달라고 사정을 했다. 주인은 잠은 재워 주겠지만 먹을 것은 줄 수 없다고 했다. 하지만 마당에 베어놓은 조가 있으니 우리가 비벼 좁쌀을 만들어 주면 밥을 해줄 수 있다고 했다. 우리는 신이 나서 손으로 조 이삭을 열심히 비벼서 쌀을 만들었다. 쌀밥은 아니었지만 밥을 배불리 먹었다. 시간 가는 줄 몰랐는데 어느새 새벽 2시가 훌쩍 넘어 버렸다.

다음날 우리는 새로 힘을 내 20여 킬로미터 넘게 걸을 수 있었다. 남으로 가는 길에 길가에 쌓여 있는 시체들을 볼 수 있었다. 사람들이 말하길 인민군들이 후퇴하면서 우익사상을 가진 사람들을 모두 총살하고 갔다고 했다. 나는 죽은 사람들이 참으로 불쌍하다는 생각이 들었다.

하루는 소 등에 짐을 가득 싣고 산을 넘어오는 사람들을 만났는데 국군이 곧 들어온다고 하였다. 나는 그 말을 듣고 '국군이 벌써 여기까지 왔나' 하는 생각을 하였다.

마을 사람들이 일러주길 면사무소에 가면 소비조합에 물건들이 잔뜩 쌓여 있으니 누구든지 마음대로 가져가라고 하였다. 국군이 들어오면 어차피 다 빼앗기니 그 전에 하나라도 빨리 가져가라는 것이었다. 그 말에 부지런히 가보니 쓸 만한 물건은 하나도 없고 남은 것은 소금에 절인 고등어와 소금뿐이었다. 나는 빈손으로 돌아왔다.

다시 길을 재촉하여 작은 고개를 넘어 맹산서 영원읍으로 향하는 큰길에 도달했다. 어느 농가에 들어가니 식구들이 피난 짐을 꾸리고 있었다. 북으로 피난 가려고 짐을 꾸린다고 하였다. 우리는 그 집에서 잠시 쉬기로 했다. 나는 등에 지고 다니던 가닥가루를 주면서 조반을 해달라고 부탁했다.

떡국을 해주어 맛있게 먹었는데 부엌에서 엿 고는 냄새가 났다. 아주머니는 피난길 양식으로 엿을 고는 중이라고 했다. 모두들 분주한 가운데 부엌에선 엿을 다리고, 방에선 남편이 피난 보따리를 열심히 싸고 있었다.

아주머니에게 "북으로 피난 가면 다시 집에 돌아올 수 있을까요?"라고 물었다. 아주머니는 "글쎄요. 작전상 후퇴라고 하니 다시 올 수도 있겠지요. 가다가 죽지만 않는다면…" 하고 말끝을 흐렸다.

공습이 심해 마음대로 나다닐 수가 없었다. 그때다. 별안간 "국군이 들어온다!"라고 외치는 소리가 들렸다. 얼른 마을 어귀를 보니 수백 명의 군인들이 마을로 들어오고 있었다. 선두에 선 지프차 앞에 단 지뢰탐지기도 선명히 보였다.

놀란 집주인 내외는 허둥지둥 짐보따리만 가지고 황급히 떠났다. 주인이 떠난 집에는 우리 일행만 남았다.

나는 졸이다만 엿을 먹으려고 부엌으로 들어갔다. 하지만 너무 뜨거워 한 입도 먹을 수 없었다. 아쉽지만 엿 먹기를 포기하고 불씨가 남아 있는 아궁이 불을 서둘러 껐다. 우리는 울타리를 타고 집을 빠져나와 옥수수 밭을 가로질러 뒷산으로 도망쳤다.

우리 일행은 산등성이를 타고 다시 남으로 길을 걸었다. 경사가 심한 비탈을 걷다 보니 힘이 부쳐 얼마 가지도 못했는데 날이 저물었다. 어둠이 깔린 산골짜기에는 골짜기마다 피난민들로 가득 차 있었다. 큰길로는 국군이 진격해 오니 피난민, 패잔병, 그리고 도망병 모두가 산속으로 도망쳐 온 것이다.

우리는 인민군을 피해 캄캄한 길을 걷다가 조그만 농가를 하나 발견했다. 염치불구하고 다짜고짜 "하룻밤 쉬고 갑시다" 하고 들어갔다. 젊은이는 없고 노인만 홀로 남아 있는 집이었다. 노인이 말하길 "우리는 쌀은 없고 먹을 것이라고는 강냉이밖에 없어요"라고 했다. 우리는 "강냉이라도 좋아요"라고 답했다. 우리는 노인이 건네 준 이삭 강냉이를 맛있게 먹었다.

강냉이를 다 먹고 나니 노인이 우리를 불렀다. "여보시오, 돼지를 소리 안 나게 잡을 수 있소? 우리 집에 소와 닭, 돼지 몇 마리가 있었는데 군인들이 후퇴하면서 닭은 다 잡아먹고 소도 끌어가고 송아지와 돼지 한 마리만 남았소. 암만 생각해 봐도 그냥 두었다간 이마저 뺏길 것 같소. 그러니 돼지를 소리 안 나게 잡아 주시오"라고 말했다.

나는 의용군 일행을 보고 "혹시 누가 돼지를 소리 나지 않게 잡을 수 있소?"라고 물었다. 그중 한 사람이 자기가 잡을 수 있다고 나섰다.

우리는 돼지우리에서 돼지 한 마리를 끌어냈다. 의용군 하나가 도끼를 높이 쳐들어 도끼날을 돼지 머리를 향해 힘껏 내리쳤다. 아뿔싸! 순간 놀란 돼지가 머리를 모로 돌리는 바람에 도끼날이 골통을 빗나가 뺨에 비켜 맞았다. "꽥" 돼지는 외마디 비명과 함께 마당을 길길이 뛰어다녔다. 혼비백산한 우리 여섯은 돼지를 쫓아 마당을 이리저리 헤맨 끝에 돼지를 간신히 잡았다.

그런데 돼지를 잡고 보니 어느새 마당에 사람들이 가득 차 있었다. 돼지 잡는 소리가 워낙 요란하여 그 소리를 듣고 산에 있던 군인, 당원 들이 모두 모여든 것이었다.

그들은 작전상 후퇴중이라 매우 시장하니 고기를 조금만

달라고 하였다. 가만히 보니 굶주린 그들에게 고기를 나눠 주지 않고 우리끼리만 처분할 수 없는 상황이었다. 만약 주지 않는다면 강제로 빼앗아가도 어쩔 수 없는 형편이었다. 나는 노인에게 어떻게 처리할까 물었다. 노인은 내가 알아서 처리하라고 하였다.

나는 목소리를 높여 그들을 불러 모았다. "여러 동무들, 이리 오시오. 이 돼지의 절반을 줄 테니 가져가서 나누도록 하시오"라고 말하고 돼지를 반으로 갈랐다. 그들은 연신 고맙다고 인사하고 절반을 가지고 돌아갔다. 나는 나머지 반을 노인에게 주었다. 노인은 내게 고맙다며 앞다리 하나를 주었다.

우리는 그 자리에서 돼지 날고기를 소금에 찍어 먹었다. 배가 고파서 그런지 비린내도 나지 않고 고소한 게 매우 맛있었다. 나는 그날 생전 처음으로 날고기를 먹었다. 우리는 배불리 먹고 퍼져 앉았는데 노인이 돼지 내장을 삶아 와 허리띠를 풀고는 또다시 먹었다.

노인은 우리를 보고 "우리 아들도 군대에 갔는데 아직 소식을 모르고 있소"라며 한숨을 내쉬었다. 나는 안타까운 표정을 지으며 고개를 끄덕였다. 그리고는 "돼지고기를 반이나 뺏거서 죄송합니다" 하고 인사를 하였다. 노인은 "할 수 있나요, 몽땅 뺏기는 것에 비하면 그나마 다행이지요"라고 답했다.

우리는 내장을 실컷 먹고 잠을 잤다. 아침에 일어나 조반으로 강냉이를 삶아 먹은 후 앞다리 남은 것을 달아 보니 열 근도 채 안 되었다. 간밤에 우리가 엄청 먹어 치웠다는 생각이 들었다.

우리는 노인에게 작별인사를 하고 다시 길을 떠났다. 낮에는 산으로 올라가 조용히 숨어 하루를 보내며 어둡기를 기다렸다. 늦가을의 날씨인데 북녘의 산은 한낮에도 매우 추웠다. 해발 1000미터 정도의 산에 불과했지만 골짜기에서 불어오는 북풍이 매서워 발걸음을 더디게 했다.

저녁에 다시 한 농가에 들어가 잠을 청하였다. 집에는 아낙네와 아이 둘만 있었다. 아주머니 말이 전쟁이 나자 남편은 군대에 가고 시동생은 김일성대학에 다녔는데 지금은 소식을 전혀 모른다고 하였다. 나는 아주머니에게 "너무 걱정 마세요. 사람이 그렇게 쉽게 죽나요? 틀림없이 살아 있을 테니 걱정하지 마세요"라고 위로의 말을 건넸다.

시간이 늦어 집안 식구들은 식사를 이미 끝냈고 남은 밥도 없었다. 아주머니는 쌀이 없어 밥은 못해 주지만 감자라도 괜찮겠냐고 물어 우리는 아무래도 좋다고 대답했다. 아주머니는 마당에서 감자 한 대야를 담아 가지고 와서 물에 씻은 후 삶기 시작했다.

아주머니가 삶아 온 감자는 큰 것은 20센티미터가 넘는 것도 있었다. 그런데 조금도 아리지 않고 맛이 좋았다. 우리는 감자 포식을 했다.

나는 의용군들에게 감자 지식을 늘어놓았다.

"동무들, 이런 감자를 먹어봤소? 이 감자는 봄에 심어서 겨울에 서리가 올 때 캐는 감자요. 속이 딴딴하고 녹말도 많지요. 녹말로 국수를 만들어 먹는 감자요" 하고 말하였다.

의용군 한 명이 신기한 듯 "아니, 감자로 국수도 만듭니까?" 하고 반문했다. 나는 감자로 찰떡도 만들고 엿도 만들고 또 얼키설키하여 감자국수와 떡도 만들어 먹는다고 설명을 했다. 이어 감자는 두부만 못 만들고 어지간한 음식은 다 만들 수 있다고 하니 모두들 놀라는 눈치였다.

6화
심문과 매타작

그 이튿날 우리는 산성으로 갔다. 저녁때 한 농가에 들어가서 잠을 청하고 있었다. 그런데 갑자기 밖이 왁자지껄 소란스러워졌다. 밖에서 누군가 "오, 여기 군인들이 벌써 자고 있네?" 말하며 주인보고 "하룻밤 쉬고 갑시다" 하는 말소리가 들렸다.

나는 벌떡 일어나 문구멍을 통해 밖을 내다보았다. 들어온 군인은 중별 2개를 단 상좌였다. 그는 15사단이 지금 산성을 거쳐 북으로 후퇴하는 중이라고 말하였다.

불안한 마음에 잠을 이룰 수가 없었다. 궁리 끝에 일행을 깨워 귓속말로 다른 곳으로 도망치자고 하였다.

우리는 방에서 몰래 빠져나왔다. 밖에 나서니 문 밖에는 보초 한 명이 서 있었다. 보초는 우리보고 어디에 가냐고 물었다. 우리는 방이 좁아서 다른 집으로 옮기는 중이라고 말하고는 총총히 집을 빠져나왔다.

길에는 한밤중인데도 불구하고 수많은 군인들이 후퇴하고 있었다. 우리는 그 행렬을 뚫고 맞은 편 산으로 기어올랐다. 잠시 후 누군가 우리를 발견하고 "산으로 가는 자가 누구냐!" 하고 외쳤다. 우리는 아무런 대답도 하지 않은 채 '걸음아, 나 살려라!' 하고 산으로 달음질쳤다.

그때가 밤 11시경이었다.

우리는 방향도 모른 채 정신없이 산으로 올라갔다. 캄캄하고 무성한 숲속에서 한 치 앞도 내다볼 수 없었다. 우리는 손으로 더듬으며 무조건 산마루를 향해 계속 올라갔다. 얼마나 올랐을까, 산마루에 다다르니 어느덧 새벽이 다되었다. 동이 튼 후 주변을 보니 멀리 묘향산이 보였다.

그곳은 매우 높은 고원지대였다. 평지에서 한 1000미터 정도로 제법 높은 산에 올랐는데, 이 산 위에 이렇게 넓은 고원지대가 펼쳐져 있을 줄은 정말 몰랐다. 넓은 고원은 평야를 이루고 주변에는 야산들이 널려 있었다. 나는 산봉우리에서 사방의 지형을 한참 동안 바라보았다. 시야가 훤히 트여 멀리 개천 방면까지 볼 수 있었다.

얼마 후 동이 훤히 텄다. 농가를 찾아 문패를 보니 함경남도 영흥군 대행면 대흥리라고 적혀 있었다. 나는 살금살금 농가로 들어가 혹시 군인이 없나 살피고 주인을 찾았다. 배가 고프니 먹을 것을 달라고 청하자 주인은 우리를 보고 반갑게 어서 들어오라고 하였다. 나는 일행과 함께 방에 들어가 편히 쉬었다. 집주인은 우리를 보고 고생이 많다며 위로해 주었다.

주인의 환대에도 불구하고 우리는 마음이 놓이지 않았다. 우리는 불안한 마음에 낮에는 산에 올라가 있다가 저녁때가 되면 다시 마을로 내려오기를 반복했다. 우리는 날마다 집을 바꿔 가며 밤을 보냈다. 사람들 말을 들으니 국군이 지나가고 치안대가 조직되어 점차 치안이 잡혀 간다는 소문이 들려왔다.

하루는 피난민 하나가 산으로 오르다가 우리를 보고 말했다.

"아래서는 치안대가 애국자를 체포해서 죽이고 이루 말할 수 없는 악질 행동을 저지르고 있어요. 지금 위대한 애국투사들이, 혁명가들이 죽어 가고 있어요. 나도 죽을 걸 피해 간신히 도망쳐 왔어요."

그는 치를 떨었다. 나는 그 말을 듣고 '인민군이었던 나도 살아날 수 있을까?' 하는 불안감에 휩싸였다.

매일같이 높은 산을 찾아 올라오는 피난민들이 늘어났다. 이들은 좌익으로 활동하다가 북으로 가지 못하고 산으로 피신해 오는 사람들이었다. 우리는 산속에서 그들에게 마을 소식을 들으며 안전하게 투항할 기회를 엿보고 있었다.

며칠을 더 기다리니 아래는 치안이 유지되어 국군과 미군이 지프차를 타고 다닌다고 하였다. 나는 그 말을 듣고 동료들을 불러 모았다.

"이제 드디어 때가 되었소. 우리 귀순하기로 합시다. 내일 아침, 맹산읍으로 가서 귀순합시다. 모두들 내일 아침 10시까지 사복으로 갈아입고 이곳으로 모입시다."

우리는 귀순 약속을 한 후 각기 흩어졌다.

그날밤 나는 군복을 벗고 사복으로 갈아입기 위해 이집 저집을 찾아 다녔다. 그러나 아무리 여러 집을 다녀 봐도 산골이라 그런지 변변한 옷이 별로 없었다. 집집마다 모두 마땅한 옷이 없어 옷을 구하지 못했다.

나는 발품도 헛되게 빈손으로 밤길을 걷고 있었다. 그런데 별안간 무언가 시커먼 것이 내 앞을 스쳐갔다. 나는 깜짝 놀라 방아쇠를 당기었다.

"딱꿍!"

고요한 산속에 갑자기 요란한 총성이 울려 퍼지며 어둠속에 날카로운 섬광이 번쩍였다. 정신을 차려 보니 알 수 없는 검은 물체는 어디론가 사라지고 보이지 않았다. 이때 발사한 것이 그간 내가 쏜 유일무이한 단 한 발의 총알이었다.

집으로 들어가니 사람들이 갑작스런 총소리에 깜짝 놀라 마당에 모여 웅성거리고 있었다. 나는 자초지종을 설명했다. 내 말을 들은 집주인이 깜짝 놀라 말했다.

"그건 우리 송아지요. 아이고, 죽었으면 어쩌나."

집주인은 울상이 되어 황급히 밖으로 뛰쳐나갔다. 나도 걱정이 되어 얼른 주인을 뒤쫓아갔다. 다행히 송아지는 무사했다. 송아지가 총에 맞지 않아 천만다행이었다. 뒤에 알고 보니 밤에 송아지가 갑자기 외양간에서 뛰쳐나와 내 앞까지 달려온 것이었다.

그날밤 집 주인이 내게 말했다.

"옷을 줬으면 좋겠지만 옷이 없어요. 마침 중의 적삼이 하나 있는데 다 낡았어요. 이거라도 입을 수 있으면 가져 가세요."

주인은 내게 낡은 중의 적삼 한 벌을 건네주었다. 나는 원하던 겉옷을 얻지 못해 못내 아쉬웠지만 고맙다는 인사를 하고 옷을 받았다.

그날밤은 폭설이 내려 눈이 무릎까지 빠졌다, 게다가 한파가 몰아쳐 살을 파고드는 추위에 몸이 덜덜 떨렸다. 나는 망설이다가 인민군 군복 상의만 벗고 내의는 그대로 입었다. 그리고 그 위에 사복을 걸쳤다. 바지는 인민군 동복을 입고 그 위에 중의를 껴입었다. 인민군 운동화와 발싸개는 그대로 신은 채 모이기로 한 장소로 서둘러 떠났다.

도착해 보니 나만 남루한 중의 적삼을 껴입었고 다른 사람들은 모두 따뜻한 무명옷으로 갈아입고 왔다. 나는 그들을 보고 '수단도 좋구나. 어디서 그리 좋은 옷을 얻었을까?' 하는 생각에 부럽기만 했다.

우리는 지니고 있던 각종 신분증을 찢어 버렸다. 나는 그간 애지중지했던 아시보 장총을 분해하여 탄환과 함께 수풀 속으로 던져 버렸다.

휘몰아치는 바람이 어찌나 차가운지 살을 에는 듯이 매서운 추위에 모두들 몸을 잔뜩 웅크린 채 걸었다. 우리는 무릎까지 파묻히는 눈길을 한 걸음 한 걸음 힘들게 헤쳐 산을 내려왔다.

간신히 산을 벗어나 마을로 내려오니 뜻밖에 인민군 동복을 입고 있는 치안대원이 우리를 맞았다. 우리는 그의 인솔 아래 맹산읍 치안본부로 갔다. 생사를 넘나드는 오랜 도피 생활 끝에 마침내 귀순한 우리는 '이젠 살았구나' 하는 생각에 모두 기뻐했다.

맹산군 치안본부에서는 귀순자들을 하나하나 불러내 정밀 몸수색을 하였다. 우리 일행 여섯 명을 모두 일렬로 세워 놓고 한 사람씩 몸수색을 해나갔다.

서울 영등포에서 강제로 끌려온 의용군들은 전후 사정을 설명한 후 모두 무사히 통과되었다. 드디어 내 차례가 되었다. 날 유심히 살펴보던 치안대원 하나가 내가 중의 속에 인민군 내의를 껴입은 걸 발견하고는 "야! 이놈, 가짜 귀순자다!"라고 소리쳤다.

나는 몹시 당황하여 사실이 아니라고 설명하려고 하였다. 그러나 내가 미처 말하기도 전에 그 옆에 선 군인이 나서 "이놈이 똑바로 말을 할 때까지 쳐라!"라고 명령했다.

나는 난생 처음으로 그곳에서 한국군과 헌병을 보았는데 여기저기서 개머리판이 마구 날아와 사정없이 온몸을 후려쳤다. 개머리판에 이어 총구로도 찔렀다. 얼마나 아픈지 처음에는 입이 딱 벌어져 비명도 나오지 않았다.

매가 잠시 그치고 심문이 쏟아졌다.

"이놈아! 너, 우리를 정찰하러 온 가짜지? 귀순하는 척하고 우리를 정탐하러 왔지? 산에 몇 명 있어! 소속은 어디야?" 하고 연신 다그쳐 묻는다. 내가 아니라고 답해도 아무 소용이 없었다.

"이놈 봐라! 이 새끼, 여기가 어디라고 둘러대. 이놈 입에서 똑바로 나올 때까지 쳐!"라고 외친 후 또다시 온몸을 마구 때렸다.

난생 처음으로 그렇게 호된 매를 처음 맞았다. 군홧발에 채이고, 개머리판과 총대와 주먹으로 수없이 맞았다. 얼마나 맞았는지 기억조차 나지 않았다. 아무튼 초주검이 되도록 얻어터졌다.

내가 당할 때 나와 생사고락을 함께했던 의용군들이 내가 진짜 귀순했다고 구명해 주려고 하였다. 그러나 옆에 선 헌병이 나서서 말을 가로막았다.

"이 새끼들, 말하면 다 죽어!"

헌병의 서슬퍼런 기세에 눌려 모두 아무 말도 못했다.

귀순한 우리 일행 중 의용군 다섯은 모두 다른 방으로 보내고 결국 나만 그렇게 호되게 당했다. 귀순하면 국군이 환대해 줄로만 알았지 이렇게 죽어라 매타작을 할 줄은 전혀 몰랐다.

억세게 맞아 가면서도 끝내 귀순자일 뿐 척후병은 절대 아니라고 초지일관했다. 계속된 심문에도 내 답변이 변하지 않자 그들은 더 이상 고문하지 않았다. 이윽고 헌병은 나와 함께 귀순한 다섯 명을 다시 불렀다. 그리고는 이 자가 정말 너희와 함께 귀순했냐고 물었다.

의용군들은 다섯이서 영원읍에서 도망했다가 숲에서 나를 만났던 얘기와 귀순하기까지의 과정을 낱낱이 털어놓았다. 치안대장이 의자에 앉아 의용군들의 진술을 듣고 고개를 끄덕이며 내게 물었다.

"귀순이 사실이라면 어째서 군복을 속에 껴입고 왔느냐?"

치안대장의 말투가 아까와 달리 조금 누그러져 있어 나는 해명에 마음이 급했다.

"산중에 사는 사람이 가난해서 옷이 없다고 하는데 어찌 합니까? 그래서 주는 대로 받아 가지고 입으려 했으나 하도 추워서 할 수 없이 그렇게 입고 왔습니다"라고 빨리 말했다.

치안대장은 무슨 생각을 했는지 의용군 다섯 명을 향해 말했다.

"산중에 사는 사람들이 가난해서 옷이 없을 텐데, 그렇게 좋은 옷을 순순히 너희들에게 주더냐?"라고 정색을 하고 묻더니 그들의 뺨을 차례차례 힘껏 후려갈겼다.

치안대장은 다시 말하기를 "그들이 가난할 텐데, 산골짜기에 사는 사람들이 웬 옷이 그렇게 많아서 좋은 옷을 줬겠어? 이놈들! 너희가 이 옷을 빼앗아 입고 왔지?" 하며 닦달을 하였다. 의용군 다섯은 빨갛게 변한 뺨을 움켜쥐고 고개를 푹 숙인 채 아무 말도 하지 못했다.

나는 그들이 치안대장에게 뺨을 얻어맞는 것을 보고 마음이 후련해졌다. 치안대장이 진심으로 내 마음을 알아 주었기 때문이었다. 치안대장은 우리를 보내면서 당부의 말을 하였다.

"그간 수고하였소. 그럼 이제 집으로 돌아가시오."

그리고 내게는 따로 위로의 말을 건넸다.

"귀순자 가운데는 불순분자들이 끼어 있고 척후임무를 띠고 잠복하는 수가 있어서 그런 것이니 여기서 당한 일을 섭섭해 하지 말고 집으로 가거든 치안을 위해 협조해 주시오."

우리는 치안대장에게 몇 번이나 머리를 조아려 고맙다고 인사를 했다.

떠나는 우리에게 한 치안대원이 주의사항을 말해 주었다. 앞으로는 산길이나 소로로 가지 말고 큰길로 가라는 것이었다. 그리고는 한 사람씩 귀순증을 나눠 주었다. 가는 길에 검문소에서 누가 묻거든 이 귀순증을 보여주고 집으로 가라는 것이었다. 모두들 귀순증을 보며 마음이 든든해져 참으로 기뻐했다.

맹산읍을 빠져나오면서 우리는 모두 이제 살았다고 매우 좋아했다. 나는 온몸이 멍들고 아파서 이 모든 일이 꿈인지 생시인지 도무지 믿을 수가 없었다.

맹산읍에서 4킬로미터쯤 걸어 나오자 양덕읍으로 가는 길과 평양으로 가는 두 갈래 갈림길이 나타났다. 갈림길에 이르자 서울이 고향인 의용군 다섯의 마음이 달라졌다. 그들은 하루빨리 빨리 집으로 가고 싶으니 평양으로 가서 기차를 타고 바로 서울로 가겠다고 했다.

그들과 갑자기 헤어지자니 몹시 섭섭하였다. 우리 집에 가서 며칠 쉬고 가기로 했는데 이별하게 되어 안타까웠다. 하지만 서로 갈 길이 달라 어쩔 수 없었다.

우리는 고향에 가면 죽을 고비를 넘기며 정든 우정을 생각하며 서로 편지를 하자고 다짐하였다. 또 앞으로 세월이 안정되면 서로의 집에서 만나자고 약속도 하였다.

우리 여섯은 각자의 이름과 주소를 적어 호주머니에 넣고는 헤어졌다.

7화
계속되는 매타작

서울로 향한 일행 다섯 명과 헤어져 홀로 양덕 방면을 향해 걸었다. 혼자가 되고 보니 허전한 마음에 매 맞은 데가 더욱 아파왔다. 한참을 걸어가니 치안대원이 길을 막아서며 "이리로 오지 마시오. 이쪽은 인민군 패잔병이 많아 봉변당하기 십상이니 다른 곳으로 돌아가시오"라고 말했다.

나는 하는 수 없이 맹산 방면으로 다시 발길을 돌렸다. 열심히 걸어 결국 원래 자리로 돌아온 셈이다.

해는 벌써 서산을 향해 기울기 시작했다. 배도 고프고 기력도 떨어져 길가 옥수수 밭에 벌렁 누웠다. 한참을 쉬다가 서산에 해 넘어갈 때 정신이 퍼뜩 들었다. '이렇게 있다가는 안 되겠다' 나는 벌떡 일어나 다시 발걸음을 옮겼다.

한 4킬로미터쯤 걸어 작은 고개에 이르렀다. 고갯마루에 작은 농가가 있어 들어가니 장정 서너 명이 먼저 와 있었다.

주인아주머니가 우리를 보고 한탄을 했다.

"아직 사람이 덜 죽었어. 세상에 어쩌면 이런 일이 있어?" 하며 흥분했다. 피난을 갔다와 보니 누군가가 집안 살림살이를 모두 훔쳐갔다는 것이다. 나는 '이 난리 통에 도둑놈이 다 있나?' 하는 생각이 들었다.

집으로 가는 도중에 6·25전쟁의 참상을 수없이 목격했다. 신작로마다 인민군 시체들이 즐비했다. 주검 옆에는 아직도 붉은 선혈이 낭자해 있었다. 어떤 이는 몹시 고통스러운 표정과 괴로운 자세 그대로 화석처럼 굳어져 쓰러져 있기도 했다. 나는 시체를 볼 때마다 심장이 멎는 듯하였다.

'저들 모두 고향에선 살아 돌아오길 눈이 빠져라 기다리고 있을 텐데…. 나도 저리 죽었으면 어쩔 뻔 했나…' 보고 싶은 가족과 작별 인사 한 마디 못한 채 영영 불귀의 객이 된 영혼이 애통하기만 했다.

발걸음을 옮길 때마다 매 맞은 상처가 부대껴 매우 아팠으나 꾹 참고 걸었다. 동네를 지날 때마다 매번 검문을 받았지만 맹산경찰서에서 발급한 귀순증을 보여주면 아무 말 없이 통과시켜 주었다.

다음날 사창 방면으로 가는 길에 치안대원이 사내를 잡아가는데 그 뒤를 색시가 울고 불며 따라가는 광경을 목격했다. 끌려가는 남편은 단지 아내를 돌아보며 "내가 못 돌아오더라도 애들하고 잘살아"라고 말할 뿐이었다.

얼마쯤 가니 한 동네에선 사람들이 모여 야단법석이었다. 무슨 일인가 가보니 부역자들을 잡아 처결에 대해 갑론을박하고 있었다. 누군가 “저 놈은 빨갱이로 남을 죽이고 재산을 압수하는 등 악질을 많이 했으니 저놈을 죽여라”라고 말하면 그는 곧바로 트럭에 실렸다.

또 어떤 사람은 “빨갱이지만 하고 싶어 했던 것도 아니고 마지못해 했으니 살려 주자”라고 말하고 주위에 찬성하는 사람이 많으면 그는 놓아 주었다. 풀려난 사람은 감격해서 사람들에게 절을 대여섯 번씩이나 하며 고맙다고 하였다. 사람의 생과 사가 그 자리에서 말 한 마디에 갈렸다.

이튿날 길에서 피난민 한 명을 만나 말동무를 하며 동행을 하다 검문소에 이르렀다. 그때 총을 멘 치안대원이 그를 보더니 “너 참 잘 만났다. 너는 인민군에서 근무하던 아무개가 아니냐?' 하고 소리쳤다. 그는 얼굴이 새파랗게 질려 아무 말도 못하고 끌려갔다. 알고 보니 전에 인민군 훈련소에서 조교로 있었다고 했다. 다행히 내게는 “당신은 그냥 빨리 가시오”라고 했다. 함께 걷던 그는 죽고 나는 살았다.

우여곡절 끝에 순천탄광에 도착했다. 순천탄광은 광복 이후 북한 지역에서 공산정권에 반대하는 정치사상범 수백 명을 강제노동을 시키던 곳으로 알려진 곳이었다.

주변은 산간벽지 임에도 불구하고 제법 큰 건물도 보였는데 모두 시커먼 그을림 자국에 흉물스런 모습이었다. 공습이나 폭격에 탄 것이 아니고 인민군이 후퇴하면서 불을 질렀다고 했다. 게다가 탄광에서 강제노동을 시키던 정치사상범들을 갱 속에 생매장하거나 총살 후 도주했다고 했다.

탄광 주변에는 학살당한 시체들이 즐비했다. 시신더미 사이로는 가족의 주검을 수습하려는 사람들이 썩어 가는 시체의 악취에 코를 막고 일일이 시신을 확인하고 있었다. 순천탄광은 산 자와 죽은 자가 뒤섞여 생지옥이 되었다.

나는 순천탄광 치안본부 앞쪽으로 지나갔다. 마침 스무살 남짓 되어 보이는 남자가 언 땅을 삽으로 파내고 있었다. 바로 옆에서는 치안대원이 총을 들고 그를 감시하고 있었다. 핏기 없는 창백한 얼굴의 청년은 힘없이 땅을 팠다. 대략 50센티미터 정도 팠나 싶었다.

그때 치안대장이 나타났다. 그는 "야, 이놈아! 아침부터 지금까지 이것밖에 못 팠어? 네가 들어갈 자리인데 겨우 요만큼 파가지고 묻힐 수 있을 것 같아?"라고 호통을 쳤다.

청년은 아무 말도 못하고 삽을 붙잡고 무릎을 꿇었다. 청년의 눈에 순식간에 눈물이 맺혔다. 치안대장은 뜻밖에도 부드러운 말투로 말했다.

"네 부모가 행한 짓을 봐선 너를 죽여도 시원찮지만 네가 무슨 죄가 있겠니? 바른말만 하면 살려 줄 테니 안심해라.

너희 부모가 도망가면서 몇 사람이나 죽이고 갔는지 아니?" 라고 은근한 태도로 물었다. 청년은 인민군에 끌려갔다 살려는 일념으로 도망쳐 집에 왔지만 부모님은 이미 떠나고 없어 전혀 만난 적도 없다고 애절하게 호소했다.

그 말을 들은 치안대장은 고개를 끄덕였다. 그리고는 네 부모님이 양민을 죽이고 달아나서 동네 사람들이 분에 못 이겨 너를 붙잡아 보복하려 하지만 아들인 네가 무슨 죄가 있겠냐고 살려 주겠다고 했다. 청년의 얼굴엔 금방 생기가 돌며 살려 줘서 고맙다고 치안대장에게 큰절을 하였다.

순천에서 하루를 쉬고 다시 신성천 방면으로 떠났다. 걸어가면서 논밭에 추수를 하지 않고 오랫동안 방치된 작물들을 보았다. 식량이 귀한 전쟁 통에 곡식이 저렇게 말라 비틀어지도록 버려진 것은 필시 주인에게 변고가 생겼기 때문이라는 생각이 들어 마음이 아팠다.

저녁때 한 농가에서 하룻밤 신세를 졌는데 주인은 고맙게도 내게 신성천 방면을 거쳐 양덕읍으로 가는 지름길이 있다고 알려 주었다. 다음날 날이 밝자마자 마음이 바쁜 나는 조반도 거른 채 일찍 길을 떠났다.

산모퉁이를 돌아설 때 먼발치에서 한국군 한 명이 내게 뭐라고 소리쳤다. 나는 말을 잘 못 알아듣고 계속 앞으로 걸었다. 그는 큰소리로 외치면서 내게 오라고 손짓했다. 앞에 가자마자 그는 "귀 먹었어?" 하며 갑자기 내 빰을 힘껏 후려 갈겼다. 내가 잘 못 들었다고 답하자 벌써 귀가 먹었냐며 한 대 더 때렸다.

그는 나에게 어디서 어디로 가냐, 뭣 하러 가느냐고 꼬치 꼬치 캐물었다. 나는 귀순증을 보여주며 인민군에서 탈출해서 집으로 가는 길이라고 대답했다.

그는 증명서를 살펴본 후 가도 된다고 말했다. 귀순증을 돌려 달라는 내 말에 그는 그냥 가도 된다며 귀순증을 기어이 주지 않았다. 나는 그 말을 곧이듣고 어쩔 수 없이 빈손으로 검문소를 떠났다.

신성천 앞을 지나는데 주변의 큰 공장들은 전부 폭격을 당해 파괴되어 있었다. '이 산골에 이런 큰 공장이 있었다니…, 이렇게 큰 시설이 모두 부서졌으니 그 안에서 일하는 사람들은 어떻게 되었을까?' 하는 안타까운 생각이 들었다.

저녁에 대구면을 지나 어느 산골 마을에 도착했다. 그곳에서 하룻밤을 지내는데 사람들이 말하길 여기는 산골이라 가끔 인민군 패잔병들이 나타서 양민을 괴롭히니 조심하라고 일러주었다.

밤에는 동네 어른들이 사랑방에 모여서 세상 돌아가는 이야기를 나누었다. 세상이 바뀌어 사람들의 안위를 논하는 자리였다. 노동당원 아무개는 평소에 남한테 싫은 소리를 안 하고 살았으니 그런 사람은 괜찮겠지만 아무개 아들놈은 언제든 잡혀 대가를 톡톡히 치르게 될 것이라는 말들이 오갔다. 그날밤은 그곳에서 쉬고 다음날 아침 일찍 길을 나섰다.

양덕읍으로 향하는 길에는 사람들이 제법 많았다. 평북 선천까지 도라지를 캐러 갔다 온다는 학생과 처녀도 있었다. 그들은 김화로 간다고 했다. 나도 이천으로 가는 길인만큼 자연스레 함께 걸었다.

일행 중 스물다섯 살 정도의 아줌마가 애를 업은 채 양손에 보따리를 들고 머리에도 짐을 이고 걷고 있었다. 그녀는 날 보더니 같은 방향이면 보따리를 하나만 들어 달라고 사정하였다. 보따리를 둘 다 받아들었는데 짐이 생각보다 제법 무거웠다. 가면서 여자 얼굴을 슬쩍 보니 보조개가 있는 얼굴이 참으로 고왔다. 이런저런 말을 물어보았지만 여자는 묻는 말에만 대답할 뿐 다른 말은 전혀 하지 않았다.

아침 10시경 우리는 성천서 양덕읍으로 들어가는 큰 신작로에 도착했다. 오면서 일행이 점점 늘어났다. 그중에는 피난 갔다 돌아오는 사람, 인민군에 나갔다가 도망쳐서 오는 사람, 광산이나 탄광에 가서 일하다 오는 사람 등 남녀노소 칠팔십 명이 무리를 이뤘다. 나도 그들 사이에 끼어 양덕읍으로 들어갔다.

양덕읍은 생각했던 것보다 규모가 컸다. 좋은 건물들이 여기 저기 많이 있었는데 폭격으로 파괴된 집들도 군데군데 눈에 띄었다.

검문소에 이르자 총으로 무장을 한 수십 명의 군인이 우리 일행을 세우고 철저히 검문하였다. 군인들은 여자들은먼저 지나가라고 하였다. 여자들은 위아래를 힐끔 볼 뿐 별로 자세히 살피지도 않고 통과시켰다. 그 후 남자를 검문하였다. 남자도 열대여섯 살 미만과 오십오 세 이상 되어 보이는 노인들은 그냥 가라고 하였다.

그 후 젊은 남자들은 하나하나 따로 세운 후 아주 엄격하게 조사하였다. 치안대원 하나가 나를 아래위로 훑어보더니 "너는 여기 있어!"라고 했다. 잠시 후 나머지는 모두 다 가도 좋다고 하였다.

날 붙잡은 치안대원은 내게 어디로 가냐고 물었다. 나는 인민군에서 탈출해 집으로 가는 길이라고 대답했다. 그는 한동안 나를 빤히 쳐다보더니 "너는 신병도 아니고 제법 군대 밥을 먹은 놈 아니냐? 목에 군번줄을 맨 자리가 있고 어깨에는 총을 걸머진 자리가 틀에 딱 박혔는데…" 하면서 발을 보자고 하였다. 발을 유심히 들여다보더니 그는 "감발을 한 발싸개 자리가 아주 오래 된 것을 보니 인민군에 끌려간 것이 아니라 지원해 간 고참병이 틀림없군" 하고 말했다.

옆에 있던 치안대원도 내 인상을 보니 사람 꽤나 죽인 놈 같다면서 이놈은 본부로 데려가야 한다고 거들었다. 결국 나 혼자만 양덕 치안본부로 잡혀갔다. 끌려가면서 '이제 죽었다' 하는 생각에 망연자실했다.

양덕읍 치안본부에 가니 많은 사람들이 문초를 받고 있었다. 매를 칠 때마다 "아이구! 아이구!" 하는 비명소리가 들려온다. 수십 명을 앉혀 놓고 하나하나 끌고 가서 인정사정 볼 것 없이 후려쳤다.

취조실로 열 명이 들어가면 두어 명은 끝내 나오지 못했다. 아무리 기다려도 나오지 않는 사람들은 매 맞아 죽거나 "처치해 버려!"라는 말에 바로 처형장으로 끌려간 것이다.

두 시간쯤 지나니 내 차례가 되었다. 취조실에서 치안대장이 눈을 부릅뜨며 "너는 어떻게 여기에 왔어?"라고 호령했다. 나는 "솔직히 말해서 인민군대에 끌려갔다 귀순해서 집으로 가는 길인데 아무 잘못도 없이 잡혀 왔습니다"라고 대답했다.

치안대장은 내게 귀순해서부터 대략 이야기해 보라고 주문했다. 나는 여기까지 올 때까지 그간의 사정을 간추려 말했다. 내 말이 끝나자 치안대장은 "그럼 너는 인민군에 있을 때 몇 사람이나 죽였나?" 하고 물었다. 나는 한 사람도 못 죽였다고 답했다. 그 말끝에 치안대장은 "한 사람도 못 죽였다고? 왜 못 죽였어?" 하며 채근했다.

나는 우리는 전투부대가 아니고 후퇴하는 부대여서 전투나 그런 경험이 없기 때문에 한 번도 없었다고 말했다. 치안대장은 "그래? 그럼 죽여라! 그랬으면 많이 죽였을 텐데?" 라고 다시 되물었다. 나는 생각지도 않던 질문에 당황하여 아무런 대꾸도 못하고 대답을 머뭇거렸다.

치안대장은 "그래, 군대야 죽여라 하면 죽이고, 말라고 하면 마는 거지 뭐. 맘대로 할 수 있겠나?"라고 혼자말을 중얼거렸다. 이어 옆에 부하에게 "야, 이 자식 데리고 가서 철저히 조사해 봐라"라고 말했다.

옆에 있는 다른 방으로 가서 다시 심문을 받았다. 치안대원은 정색을 하고 "너 어젯밤에 사람 많이 죽였지?"라고 다그쳤다. 나는 깜짝 놀라 "난 오늘 여기에 와서 어젯밤에 여기에서 벌어진 일은 아무것도 몰라요"라고 소리쳤다. 그러나 그는 막무가내로 "이놈, 거짓말 말고 똑바로 대!"라며 주먹으로 내 얼굴을 마구 때렸다.

옆에 있던 치안대원 하나가 날 가만히 보더니 굵은 물푸레 몽둥이를 내려놓더니 책상 한 쪽에 있던 일본도 '시나이' 죽검 칼집을 집어 들고 날 때렸다. 처음에는 칼 모양을 보고 겁이 덜컥 났는데 나중에 생각하니 내 체구가 작은 것을 감안하여 죽검으로 때린 것 같았다. 사실 나는 그 덕분에 살아

났다. 만일 빨래방망이만한 물푸레 몽둥이로 맞았으면 나는 이미 저세상 사람이 되었을 것이다.

치안대원이 휘두르는 죽검이 허공을 가르며 내 몸을 내리칠 때마다 너무 아파 고통을 이기지 못하고 바닥 여기저기를 데굴데굴 굴렀다. 내가 뒹군 바닥에는 붉은 핏자국이 선명하게 얼룩졌다. 나는 매를 이기지 못하고 정신이 아득해져 혼절하였다.

정신이 들어서도 아픈 몸을 움직이지 못하고 천장만 물끄러미 바라보며 누워 있었다. 얼마 후 치안대원이 와서 "어젯밤에 몇 사람을 죽였는가 말하면 더 때리지 않겠다. 하지만 죽이지 않았다고 거짓말하면 죽였다는 말이 나올 때까지 다시 때릴 테니 그때 불지 말고 미리 부는 것이 좋다"라고 말하며 회유하였다.

나는 무슨 말을 하는지 도무지 이해할 수가 없었다. 치안대원의 위협에도 불구하고 나는 귀순해서 고향으로 돌아가는 길이라 어젯밤 양덕읍에서 무슨 일이 일어났는지 전혀 모른다고 대답했다.

오후 4시가 되자 치안대장이 나보고 어젯밤 일을 정말 모르냐고 또다시 물었다. 나는 "전혀 모릅니다. 영원, 맹산, 순천, 신성천을 거쳐 집으로 가는 길이었습니다"라고 같은 말을 되풀이하였다.

치안대장은 날 보며 "어젯밤에 패잔병들이 양덕읍을 기습해서 많은 사람을 죽였소. 우린 인민군 잔당들을 잡기 위해 있는 힘을 다 동원하는 중이라 당신이 억울하게 매를 맞은 것 같은데 집에 가거든 우리를 원망 말고 치안대원들이 하는 일에 협조해 주시오"라고 말했다.

나는 고맙다는 인사를 몇 번이나 하고 양덕 치안본부를 살아서 나왔다. 어떻게 해서라도 몸서리쳐지는 양덕읍을 빨리 빠져나가야겠다고 마음먹고 서둘러 걸었다. 한 4킬로미터쯤 걸었을까. 해는 서산에 넘어가고 날이 금방 어두워졌다. 일단 양덕을 멀리 벗어나야겠다는 일념으로 기를 쓰고 걸었으나 배가 고파 더 이상 걸을 힘도 없었다.

길가 집을 찾아 좀 쉬려고 하였으나 공교롭게도 모두 객이 많아 마땅치가 않았다. 밤이 깊어 9시가 넘어가니 인가를 찾기도 힘들고 잘 때가 점점 막막해졌다. 무엇보다 날이 추워서 견딜 수가 없었다. 마침 민가를 찾아 잠자리를 청하니 손님이 많아서 안 된다고 하며 저 건넛집에 가보라고 손짓을 하였다.

나는 일러준 집으로 가서 "주인 계시오?" 하고 큰소리로 외쳤다. 하지만 몇 번을 불러도 대답이 없었다. 인기척은 있었지만 대답이 없는 것이었다. 나는 또다시 힘을 내 '여보세요?' 하고 소리쳤다. 잠시 후 다행히 누구냐고 묻는 작은 여자의 목소리가 들렸다. 나는 군인 갔다가 고향으로 가는 길인데 좀 쉬어 가자며 사정을 했다.

이윽고 열일고여덟 살쯤 되어 보이는 처녀가 문을 열고 하는 말이 "아버지가 노동당원이었는데 부모님은 북으로 도망가고 나 혼자 집에 있어요. 치안대원이 불시에 찾아와서 아버지를 찾고 어머니가 어디로 갔는지 아냐고 나한테 호통치며 집을 뒤지곤 해요. 만일 당신이 우리 집에 있다 치안대가 오면 큰일나요. 빨리 나가세요"라고 떠나길 재촉했다.

나는 매 맞은 상처가 몹시 아프고 배도 고프고 추워서 더 이상 꼼짝도 할 수가 없었다. 문턱에 털썩 주저앉아 제발 살려 달라고 통사정을 했다. 처녀는 그런 내 모습이 불쌍했던지 한참 생각하더니 "사정이 정 그러시다면 자고 가도 좋은데 제 부탁을 들어 주세요. 오늘 저녁은 해드리는데 내일 조반은 못해 드리겠으니 아침에 동이 트면 곧바로 떠나 주세요"라고 말했다.

어려운 부탁을 할까 긴장했는데 들어 보니 아무 일도 아니어서 안도의 한숨을 쉬었다. 나는 그러겠노라 약속을 하고 방에 들어갔다.

처녀는 부엌으로 가서 군불을 때고 잠시 후 밥이 한 사발 가득한 상을 가져와 내 앞에서 무릎을 꿇고 밥상을 내려놓더니 "잡수세요"라고 말한 후 뒤로 물러나 앉았다.

등잔불에 비친 처녀의 얼굴이 어찌나 아름다운지 천사처럼 빛났다. 나는 황홀한 마음으로 처녀의 맑은 얼굴을 바라보았다.

저녁을 먹을 때는 잘 느끼지 못했는데 상을 물리고 나니 낮에 맞은 상처의 통증이 심해졌다. 나는 윗옷을 벗고 상처를 찬찬히 살펴보았다. 살갗이 터지고 찢어져 피가 내복에 시커멓게 배어 있었다. 핏자국을 뜯어내려고 손으로 옷을 훔치니 으스러져 말라붙었던 검붉은 살점이 손가락에 묻어 나왔다.

처녀는 온몸에 난 내 상처를 보고는 "어머나, 저걸 어째" 하며 내 몸을 바로 쳐다보지도 못했다. 처녀는 한참 망설이다 부엌으로 나가 대야에 더운 물을 담아 왔다.

처녀는 내게 웃옷을 벗으라고 했다. 나는 처녀의 말에 적이 당황하여 "내가 씻겠소"라고 했다. 처녀는 고개를 저으며 "아녜요. 제가 씻겨 드릴게요"라고 단호하게 말했다.

나는 웃옷을 벗었다. 처녀는 더운 물로 나의 상체를 다 닦아 주었다. 그리고는 아래도 씻어 준다고 했다. 나는 극구 사양했다. 그러나 처녀는 자기가 성의를 다하는 것이니 괜찮다고 했다. 나는 주저주저하며 바지를 벗었다. 처녀는 내 상처투성이 하체를 부드러운 손길로 깨끗이 닦아 주었다. 나는 뭐라 표현할 수 없는 은혜에 눈을 감고 말았다.

처녀는 피투성이인 내 상처를 보고 왜 이렇게 많이 맞았냐고 물었다. 인민군에 징집되었다가 탈영하여 고향으로 가는 도중에 치안대에게 잡혀 두 번이나 죽을 고비를 맞은 얘기를 두서없이 해주었다.

내 말을 들으며 아무 말 없이 상처를 닦아 주던 처녀가 갑자기 눈물을 흘렸다. 나는 놀라서 왜 우냐고 물었더니 처녀는 "만일 부모님이 국군이나 치안대에 붙잡혀 죽임을 당하시지 않았다면 당신처럼…" 하고는 슬픔에 복받쳐 더 이상 말을 잇지 못했다. 나는 처녀의 처지에 동병상련을 느껴 가슴이 뭉클해졌다.

나는 처녀에게 왜 부모님을 따라가지 않았냐고 물었다. 처녀는 "나는 순천읍에서 공장 일을 했습니다. 국군이 들어온 다음에 집에 오니 부모님은 북으로 가고 아무도 없었어요. 어디로 갔는지 알 수도 없어 여태껏 혼자 집을 지키고 있어요"라고 말했다.

처녀는 내 몸의 상처를 깨끗이 닦아 준 후 이불을 깔아 주며 푹 쉬고 가라고 하였다.

처녀는 윗목에 앉아 나보고 먼저 자라고 했다. 처녀에게 당신이 안 자는데 어찌 잘 수 있냐고 했더니 그녀는 그제야 작은 이불과 요를 윗목에 깔고 누웠다.

나는 얼마 못가 곤히 잠들었다. 얼마를 깊이 잤는지 깨어

보니 동이 트고 밖은 이미 훤히 밝아 있었다. 방을 둘러보니 처녀가 보이지 않았다. 여기저기 찾아보니 처녀는 부엌에서 웅크리고 자고 있었다. 무척이나 미안했다. 처녀가 외간 남자인 나와 한 방에서 잘 수 없어 추운 부엌에서 쪼그리고 선잠을 자는 모습을 보니 마음이 뭉클해졌다.

나는 처녀에게 신세만 지고 간다고 인사를 하였다. 처녀는 내 말을 반기며 서둘러 가라고 일렀다. 그리고 행여라도 여기서 잔 걸 들키면 둘 다 잡혀 가니 누가 묻거든 우리 집에서 잤다는 말을 절대 하지 말라고 신신당부했다.

나는 잘 알았다고 인사를 하고 집을 나섰다. 생전 처음 보는 날 반죽음이 되었다고 동정해 재워 주고 정성껏 치료까지 해준 처녀가 참 고마웠다. 착한 마음씨에 고운 처녀 얼굴이 눈앞에 어른거려 발걸음이 쉽게 떨어지지 않았다.

나는 마음속으로 '고향에 가면 처녀한테 신세진 것을 부모님께 말씀 드리고 꼭 다시 만나러 와야지' 하고 다짐하며 길을 떠났다.

8화

전쟁포로가 되다

얼마쯤 걸어가니 길가에 콩더미가 있었는데 누군가 불을 질렀는지 콩이 타고 있었다. 나는 콩때기에서 탄 콩을 허겁지겁 주워 먹었다. 고소한 콩으로 실컷 요기를 한 후 다시 길을 걸었다. 한나절쯤 되어 양덕군 온천면에 도착했다. 그곳에는 이름처럼 온천과 별장이 있었다. 주변 경치도 무척 아름다웠다.

이곳 마을 입구 검문소에도 치안대원들이 진을 치고 있었다. 그들은 나를 보고 어디로 가냐고 물었다. 고향에 간다고 했더니 고향이 어디냐고 묻는다. "이천이요"라고 답했다.

한 치안대원이 나에게 "당신 부모는 당신이 살았는지 죽었는지 아직 모르고 있지 않소? 그러니 일주일 늦게 가나 빨리 가나 마찬가지 아니요? 물론 집에 빨리 가고 싶겠지만 우리 치안대에 사람이 많이 부족하니 우리를 도와주다 가는 것이 어떻소?"라고 말했다.

그는 부탁조로 말했지만 사실상 협박으로 느껴졌다. 만일 거절한다면 어떤 해코지를 할지 무서워 협조하겠다고 했다.

처음에 한 일은 돼지를 잡는 일이었다. 큰 돼지를 잡아 온천으로 가서 물에 씻고 털을 뽑았다. 온천은 노천 온천으로 논 가운데서 뜨거운 물이 솟아나왔다. 추운 겨울에 따뜻한 온천물에 손을 담그니 추위가 씻은 듯이 가셨다.

조석으로 밥도 나르고 허드렛일을 하면서 치안대 뒷바라지를 하였다. 밤에는 뜨거운 온천물에 두 시간씩 몸을 담가 몸을 풀었다. 그렇게 5-6일 동안 온천욕을 하였다. 그 덕분으로 맹산과 양덕읍에서 맞은 상처가 말끔히 나았다.

치안대에서 일한 지 일주일 만에 떠나도 좋다는 허락을 받았다. 나는 온천면을 떠나 다시 마전을 향해 길을 걸었다. 가는 길은 큰 바위와 산줄기가 이어져 아름다웠다. 고개 밑에 이르러 사람들을 만나자 산속 곳곳에 잠복한 인민군이 불시에 출몰한다는 말도 들렸다.

그날밤은 불안한 마음에 뜬눈으로 밤을 지새웠다. 새벽같이 일어나 산세가 험준한 마식령산맥을 넘어 임진강 상류를 향해 길을 걸었다. 아흔아홉 구비를 돈다는 아호비령 고개는 이름 그대로 매우 험했다. 그 가파른 굽이굽이 길마다 교전으로 전복된 차량과 주검들이 산재해 있었다. 천신만고 끝에 저녁에야 고개를 넘어 마전리에 도착했다.

마전에는 비행장이 있었고 미군들이 주둔하고 있었다. 이곳에서 비행기로 원산 함흥 일대에 필요한 보급물자를 실어 나른다고 했다.

한 농가를 찾아 하룻밤 숙박을 부탁하였다. 여기서부터 우리 집까지는 근 40킬로미터 길이었다. 내일이면 그리운 집에 도착할 생각을 하니 걱정 반 설렘 반으로 잠을 이루지 못했다.

깜빡 잠이 들었다가 아침에 눈을 뜨니 밖에는 세찬 비가 내리고 있었다. 한시라도 빨리 떠나고 싶은 마음과는 달리 하루를 더 묵게 되었다.

다음날 길을 나서며 생각하니 나는 전쟁이 난 후 모진 고생을 했지만 어디에 가더라도 밥과 잠자리를 흔쾌히 마련해 주는 따뜻한 인정을 만났다. 모두 하늘이 보살핀 덕분이었다. '이제 하루만 더 참자. 고향까지는 백리 길, 드디어 집으로 가는구나.' 고향을 향한 발걸음이 저절로 빨라졌다.

마전비행장에서 난생 처음 헬리콥터를 봤다. 잠자리 모양을 한 헬리콥터가 활주로도 없이 뜨고 내리는 것이 마냥 신기하기만 했다. 전투기들이 쉴 새 없이 비행장에 이착륙하면서 이산 저산 골짜기에 기총사격을 가하기도 했다. 비행장에는 커다란 수송기가 낙하산으로 떨어뜨리는 물자들이 내려앉아 장관을 이루고 있었다. 아직도 곳곳에서 전투가 계속되고 있는 모양이었다.

이튿날 이천으로 가려고 하니 그 길은 인민군이 많다고 하여 진퇴양난에 빠졌다. 마전에 계속 머물 수도 없고 평양 방면으로 갈 수도 없었다. 곰곰이 생각한 끝에 원산 쪽으로 진로를 바꿨다.

얼마쯤 가니 미군이 포대로 진을 치고 있었다. 미군 병사 한 명이 날 발견하고 내게 총을 겨눴다. 그는 땅을 향해 손짓하며 "다운(Down)!" 하고 소리쳤다. 난생 처음 보는 미군이었고 말도 전혀 알아들을 수 없었다. 그의 손짓을 보니 엎드리라는 표시 같았다. 나는 재빨리 땅에 엎드렸다.

잠시 후 미군 한 명이 다가왔다. 커다란 손이 엎드린 내 몸을 구석구석 검색하였다. 미군은 일어서라는 손짓을 하며 "업(Up)!" 하고 외쳤다. 나는 영문을 몰라 눈치를 보다 자리에서 일어섰다. 미군은 내게 "핸즈업(Hands Up)!"이라고 소리쳤다. 내가 영어를 못 알아듣자 그는 양손을 머리 위에 얹는 흉내를 냈다. 나는 두 손을 머리 위에 올렸다.

나는 천신만고 끝에 찾아온 고향을 바로 눈앞에 두고 미군에게 포로가 되었다. 미군 네 명이 내 뒤에서 총을 겨누고 날 연행하였다. 나는 아무 말도 못하고 비행장으로 끌려갔다. 비행장에는 큰 창고가 있었다. 그 속에 들어가니 어림잡아 수백 명도 넘는 사람들이 붙잡혀 와 있었다.

끼니가 되어 배가 고파도 미군은 밥을 주지 않았다. 단지 물이 가득 담긴 커다란 드럼통 하나만 달랑 넣어 주었다. 처음 사흘은 배가 몹시 고팠으나 곡기를 끊고 물만 마시다 보니 속이 오히려 편안해졌다.

엿새 동안이나 아무것도 먹지 못했다. 그러던 어느 날 미군들이 우리를 트럭에 태웠다. 휘장을 덮은 트럭 한 대마다 50명 남짓씩 올라탔다. 포로를 실은 차는 20대 정도였고, 우리를 호송하는 차는 앞뒤로 50대가 넘었다. 70여 대나 되는 트럭들이 긴 행렬을 이루며 원산을 향해 출발했다. 공중에서도 두 대의 비행기가 떠서 차량을 엄호했다.

태백산맥을 넘는 큰 고개에서 가끔 인민군이 출몰하여 기습 공격을 한다고 했다. 그래서 적은 병력으로는 산을 넘어가지 못한다고 했다.

아침에 출발한 트럭이 고개 밑에 이르러서 갑자기 멈추어 섰다. 아무리 기다려도 차는 움직일 기미가 보이지 않았다. 비좁은 차 안에서 꼼짝도 못하고 있으려니 몸도 결리고 지루하여 참을 수가 없었다. 멈춘 차량 행렬 주변에는 미군 비행기들이 굉음을 내며 계속해서 주위를 맴돌고 있었다.

오후 2시가 넘어서야 차는 다시 출발했다. 차가 고갯마루에 올랐는데 방금 전투가 끝났는지 수많은 미군들이 길가에 피를 흘리며 쓰러져 있었다. 그 주변에는 얼굴이 피투성이가 된 미군들이 뭐라고 소리를 지르며 우왕좌왕하고 있었다. 그러다 우리를 실은 차량 행렬을 보더니 갑자기 달려들어 총의 대검을 차량의 휘장 속으로 마구 찔렀다. 포로를 실은 차량 여기저기에서 비명소리가 울려 퍼졌다. 예상치 못했던 사태에 포로를 실은 차량 앞뒤에 타고 있던 미군들이 황급히 뛰어내려 대검을 휘두르는 동료들을 제지하였다. 덕분에 내가 탄 차량은 무사했다.

나중에 들으니 원산에서 평양을 향해 이동하던 미군부대가 고갯길에서 예상치 못한 인민군의 기습공격을 받고 다수의 사상자가 발생하였고, 그 소식을 들은 미군 지원부대가 원산에서 급파되어 다시 인민군과 미군 사이에 일대 격전이 벌어졌다고 했다. 그때 죽은 미군의 복수를 우리에게 한 것이었다.

헬리콥터가 부상당한 미군 병사와 사망한 미군들을 쉴 새 없이 실어 나르고 있었고, 길가에는 기관총으로 중무장을 하고 사주경계를 하는 미군 차량들이 즐비하였다.

산마루에 올라가니 격추된 비행기 두 대의 잔해가 보였다. 한 대는 기체가 불에 타 형체가 심하게 훼손되었지만 다른 한 대는 겉보기에도 멀쩡한 동체가 참나무 숲에 거꾸로 처박혀 있었다. 주변에서는 불도저가 동원되어 흙을 깎고 밀면서 간이 헬기장을 만들어 미군 부상병을 이송하고 있었다. 멀리 푸른 동해 바다도 훤히 보였다.

우리를 실은 트럭은 격전지를 무사히 지나 서행을 하다 오후 4시경 내리막길을 달렸다. 그러나 고개 너머 산골짜기에서는 아직도 전투가 계속되고 있었는지 총소리와 포성이 쉴 새 없이 들려왔다.

어둠이 깊어지자 불꽃놀이를 하는 듯이 골짜기마다 예광탄이 수없이 터졌다. 예광탄이 펑펑 터질 때마다 산 주변이 대낮처럼 밝아졌다. 밤이 되자 산속으로 종적을 감추었던 인민군의 공세로 다시 치열한 교전이 벌어졌다.

전투지역을 통과하면서 가다 서다를 반복하던 차량 행렬은 밤 10시경에야 무사히 원산에 도착했다. 미군은 우리를 원산형무소에 수감시켰는데 "허리 허리(Hurry, Hurry)!"라고 소리치며 감방으로 등을 떠밀었다.

그날밤 형무소의 좁은 감방 하나에 서른 명이나 쪼그리고 앉아 밤을 새웠다. 이 감방은 북한정권이 우익 인사들을 정치범으로 수감했다가 후퇴할 때 몰살시켰던 곳이라고 했다.

이튿날 아침 식사로 주먹밥이 배식되었다. 흰쌀에 콩을 약간 섞은 콩밥에 반찬으로는 고등어 한 토막씩을 주었다. 엿새를 굶었던 탓인지 밥맛이 꿀맛이었다.

낮이 되자 포로들에 대한 개별 심문이 시작되었다. 심문관은 군복을 입었는데 생김새가 우리처럼 생겨 미군으로는 보이질 않았다. 그는 내게 일본말로 일어를 할 줄 아냐고 물어 그렇다고 답하니 일어로 질문하였다.

그는 "당신은 어디서 왔고 부대가 어디요?"라고 물었다.

나는 "인민군 45사단 소속으로 영원서 탈출해서 왔소"라고 대답했다.

그는 다시 탈영할 때 부대의 규모와 도망 당시의 상황을 물어와 나는 겪은 사실 그대로 설명을 했다. 나는 미군에 일본인이 근무하는 것이 이상하여 일본도 연합군으로 참전했냐고 물었다. 그는 자신은 하와이에 사는 미국 국적의 일본인으로 미군이지 일본군은 아니라고 해명했다.

그는 내게 무척 친절하게 대해 주었다. 나는 이제 어떻게 되냐고 물었더니 일단 모두 부산으로 데려간 후 사회가 안정이 되면 각기 고향으로 보내 준다고 말했다. 나는 그 말을 듣고 조만간 집에 돌아갈 희망에 가슴이 벅차올랐다.

11월 14일이 되었다, 우리는 원산형무소에서 나와 5열종대로 원산항을 향해 걸어갔다. 번화했던 시가지는 함포사격과 폭격으로 완전히 폐허가 되어 있었다. 큰 도로에는 수많은 정찰기들이 내려앉아 있었다.

항구에 도착하니 미군 함정들이 바다 여기저기에 엄청나게 많이 떠있었다. 수백 척의 함정들과 수송선들이 항구를 꽉 메우고 먼바다에도 수없이 많은 대형 선박들이 정박해 있었다.

우리는 부산행 상륙함 LSD를 타기 위해 원산항으로 갔다. 그곳 함상에서 난생 처음 흑인을 보았다. 말로만 들었지 흑인이 그렇게 까말 줄은 몰랐다. 어떻게 저렇게 까만가 하고 물끄러미 바라보았는데 무섭게 보였다. 함정을 타면서 예전에 '명심도'라는 전도지에서 보았던 마귀의 소굴로 끌려가는 것만 같았다.

LSD 한 척에는 무려 3천5백여 명의 포로가 승선했다. 공기를 환기시키느라 환풍기를 쉴 새 없이 돌려대는 바람에 사람들의 열기에도 불구하고 선내는 몹시 춥기만 했다.

출발하고 몇 시간이 지나자 배가 심하게 흔들렸다. 높은 파도가 치는 먼바다에 나온 모양이었다. 배멀미를 하여 토하는 사람들이 생겨나 여기저기에서 악취가 풍겨났다.

배에 있는 동안에 식사로 증기로 찐 주먹밥 한 덩어리씩을 주었다. 멀미를 하여 밥을 잘 먹지 못하는 사람도 있었으나 나는 멀미를 전혀 안했기 때문에 주는 밥을 언제나 맛있게 받아 먹을 수 있었다.

원산서 출발한 배는 꼬박 이틀이 걸려 11월 16일에 부산항에 도착했다. 그러나 무슨 이유에서인지 배에서 바로 내리지 못했다. 선상에서 하룻밤을 더 지낸 후 이튿날이 되어서야 배에서 하선하였다.

부산항 제2부두에 도착해서 창문으로 내다보니 부산항 부두에는 많은 배가 정박하여 물자를 하역하느라 붐비고 있었다. 바로 옆 제1부두에 관부연락선 흥안호가 정박해 있는 것도 보였다. 말로만 듣던 관부연락선이 바로 눈앞에 있었다. 나는 '많은 한국사람이 일본을 왕래하면서 수많은 곡절을 남긴 게 저 배로구나' 하고 생각했다.

우리는 차에 실려 부산수용소로 갔다. 입감 수속으로 입었던 옷을 모두 벗고 카키색의 군복으로 갈아입었는데 앞과 뒤에 PW(Prisoner of War)라고 적혀 있었다. 말 그대로 전범자가 된 것이다.

개인 사물로 밥사발, 나무젓가락 그리고 담요 한 장씩을 지급받았다. 식사로 밥을 주는데 쌀알이 가늘고 길며 풀기가 전혀 없어 한 그릇을 다 먹어도 밥을 먹은 것 같지 않았다. 사람들이 말이 베트남 쌀로 지은 안남미 밥이라서 그렇다고 했다.

우리는 거기서 하룻밤을 지내고 그 다음날 서면수용소로 갔다. 그때 군번이라며 내 번호를 알려 주는데 '63849'라고 했다. 나는 그때부터 포로수용소의 포로가 되었다.

우리는 천막생활을 했다. 천막 한 동에 80명씩 수용되어 매우 비좁았다. 잠은 맨땅 위에 가마니를 깐 후 그 위에서 담요 한 장을 깔고 덮고 잤다. 겨울이라 날씨가 추웠지만 사람들이 부대끼는 온기로 견딜만 했다.

아침이 되면 천막 안에서 5열로 앉아 기상 점호를 받았다. 그 후 몇 백 명씩 짝을 지어 인근의 돌을 주워 마대에 담아 가지고 와서 수용소 영내 기반을 다지는 일을 하였다.

그런 일을 하는 동안 운동도 되고 부산 구경도 할 수가 있었다. 부산 서면과 부산진 일대는 부산의 외곽으로 사방을 바라보니 산들이 큰 산은 아니나 제법 높았다. 산에는 나무가 없고 벌거숭이였다.

부산항에 가보니 절영도가 보였는데 산이 제법 높았다. 들에는 채소들이 잘 자라고 있었다. 우리는 부산 제3부두와 제2부두로 가서 하역 작업도 하고 밖에서 풀을 나르는 작업도 했는데 그것은 우리에게 유익했다. 소용소 안에 갇혀 있는 것보다 나았기 때문이다.

그렇게 일과를 보내던 어느 날 인천 쪽에서 포로들이 수용소에 새로 들어왔다. 그들 가운데 뜻밖에 형 친구 윤준섭을 만나게 되었다. 그는 민주당에 근무하면서 형과 자주 우리 집에 놀러 왔고 시간이 늦으면 자고 가기도 했었다. 나는 한걸음에 달려가 형님 소식을 물어보았지만 그도 잘 모른다고 했다.

그에 따르면 우리 형님은 서면 민주당에 근무하다가 국군이 들어온 후 집으로 갔다고 했다. 당시 국군이 서면 일대를 장악한 후 서면과 인근 지역에는 치안대가 조직되어 치안유지에 나섰다고 했다. 그래서 아마 형님도 치안대 활동을 하려고 집으로 간 것 같다고 했다.

그런데 인민군이 후퇴를 하면서 산골인 판교면에 들어갈 때 국군으로 가장하고 태극기를 들고 면에 들어갔다고 했다. 판교 사람들은 멀리서 다가오는 태극기를 보고 국군이 오는 줄 알고 치안대가 앞장서 환영을 했다는 것이다. 당연히 인민군은 치안대를 모두 붙잡아 면사무소에 가둔 후 집단사살했다고 했다. 그래서 판교면 치안대치고 살아남은 사람이 별로 없다는 소문을 들었다고 했다.

우리 아버지는 기독교 신자로 노동당에 가입했다가 탈당을 하셨다. 형이 치안대로 활동했다면 아마도 형과 함께 반동으로 처형을 당했을지도 모른다는 생각이 들었다. 그런 생각을 하니 눈물이 핑 돌았다.

나는 그에게 여기까지 어떻게 오게 되었냐고 물었다. 그는 서면 치안대에서 활동을 하다가 인민군에 밀려 연천까지 후퇴했다가 미군에게 잡혀 포로로 여기까지 오게 되었다고 하였다. 억울한 사정이 내 처지와 별반 다름이 없었다.

그는 우리 형님이 집에 돌아간 후의 소식은 전혀 들은 바가 없지만 아마 치안대 활동을 했다면 무사하지는 못했을 것이라고 말했다. 나는 더 이상 할 말을 잃었다.

'가족을 만나려는 일념으로 여기까지 왔는데, 설마….'

부모님, 형님 내외. 누이동생 셋, 조카 생각에 그만 참았던 눈물이 주체할 수 없을 정도로 쏟아졌다.

9화

거제도 포로수용소

수용소의 식사는 항상 배가 고플 정도로 주었다. 그렇다고 음식을 건강에 지장을 줄 정도로 배가 주리게 주진 않았다. 그러나 밥은 안남미 밥으로 찰기가 없어 언제나 먹어도 먹은 것 같지 않았다. 피복은 한국군보다 훨씬 잘 입었다.

날마다 아침 식사를 마치면 밖에 나가 5열종대로 앉아 점호를 받았다. 일과는 낮에 오전에 한 번, 오후에 한 번 수용소 밖으로 나가 돌을 주워다가 영내에 깔곤 했다. 저녁이 되면 다시 인원 점검을 받았다.

나는 부산진 서면수용소에 있으면서 주변 산천과 지형을 살펴보았다. 사방의 산은 그리 높지 않고 땅들도 그다지 비옥해 보이지는 않았다.

우리는 부산 부두에도 나가 일을 했다. 부산항에는 큰 군함이나 어선들이 많이 정박하고 있었다. 제2차 세계대전 때 일본 전투기가 가미카제 전법으로 미 군함의 굴뚝으로 날아

들어 피해가 컸다는 말을 들은 적이 있었다. 그러나 배들의 굴뚝을 아무리 봐도 비행기가 날아 들어갈 정도로 큰 굴뚝을 가진 배는 보이지 않아 '어떻게 자살 공격을 했을까?' 하는 생각을 하곤 했다.

부산 거리를 보니 건물은 초라하고 북한의 공업 도시처럼 크고 좋은 건물은 별로 없었다. 남한에서 두 번째로 큰 도시에 초가집이 왜 이리 많나 하는 생각도 들었지만 부산은 전쟁의 피해가 없어 다행이었다.

수많은 피난민들이 길거리를 방황하고 있었다. 모두들 오랫동안 제대로 자지 못하고 먹지도 못하면서 고생을 해서인지 몰골이 형편없었다. 우리가 길에 나가면 피난민들은 우리 가운데 혹시나 자신들이 아는 사람이 없는지 두리번거렸다.

어느 날 우리는 부산 제2부두로 일을 가다 끔찍한 사고를 당했다. 50여 대의 트럭이 한 대당 포로 백 명씩 가득 싣고 열을 지어 달리고 있었다. 갑자기 트럭 한 대가 커브를 돌 때 속력을 줄이지 않고 달리다 많은 사람들이 한쪽으로 쏠리는 바람에 40여 명이 차에서 땅으로 떨어졌다. 추락한 사람들은 운이 없게도 경사로에서 미끄러져 차바퀴에 깔려 죽거나 부상을 당했다. 거대한 군용 트럭에 압사된 사람들은 외상이 참으로 끔찍해서 눈 뜨고 볼 수 없을 지경이었다.

이동 중에 동료들이 불의의 큰 사고를 당했지만 우리는 마치 아무 일이 없었던 것처럼 부산 제2부두로 이동한 후 철도 침목 운반작업을 해야만 했다.

부산 방파제 밖에 정박해 있던 영국 상선 한 척은 참으로 거대했다. 굴뚝이 무려 네 개나 달려 있었다. 그 큰 배에서 작은 배에 물건을 내리면 작은 배는 제2부두로 왔다. 우리는 작은 배에서 물건을 다시 부두 위로 올리는 작업을 했다. 네 명이 한 조가 되어 하루 종일 작업을 했는데 매우 힘이들었다.

우리가 작업을 하는 바로 옆에는 5천 톤급 미국 화물선이 정박해 있었다. 그곳에선 밀가루 하역 작업을 하고 있었다. 사람들 말이 일하던 포로 한 명이 밀가루 더미에 깔려 죽었다고 했다. 부둣가에 머리 위에서 발끝까지 밀가루로 하얗게 덮인 시신이 보였다.

하역되어 노적가리로 쌓인 거대한 밀가루 더미를 보니 자칫 잘못하면 사고를 당할 수도 있겠다는 생각이 들어 일이 아무리 고될지라도 우리 일이 더 나아 보였다.

다음날에도 제2부두로 작업 차출이 되었다. 어제 일을 계속하게 되었다. 그런데 우리를 감시하던 한국인 경비가 포로인 우리들이 말을 잘 안 듣는다고 욕을 하고 때렸다. 옆에 있던 미군이 말려 다행히 더 심한 봉변을 당하지는 않았다.

며칠 후 부산 제2부두에서 다시 일을 하는데 일이 몹시 힘들었다. 배에서 짐을 내리는데 일본서 만든 자동차를 내리고 있다. 풍전(도요타) 자동차였다. 또 다른 짐들도 많이 있는데 포장을 보니 일본어로 표기된 것을 볼 수가 있다. 일본어로 '주의해서 운반하시오'라고 표기되어 있었다.

부산항은 평온해 보였지만 그 속에서 살아가는 피난민들의 생활은 참으로 비참했다. 많은 피난민이 거리에 가득 차고 가마니나 거적을 깔고 처마 밑이나 논두렁 같은 곳에서 잠을 잤다. 일부는 산비탈 아무 곳에나 임시로 집을 짓고 살기도 하였다.

어느덧 12월 초순이 되었다. 부산 제2부두에서 계속하여 철도 침목 하역작업을 하였는데 일이 힘에 부쳤다. 하루는 점심이 지나 일을 하는데 포로인 동료가 말했다.

"이 노적가리가 뭔지 아니?"

주변에는 노적가리가 많았는데 모두 천막으로 덮여 있었다. 그가 말하길 이 노적가리는 모두 설탕이며 자기가 설탕을 먹어 보았다고 했다. 그러면서 "너도 들키지 않게 먹어 보라"고 하였다. 나는 기회를 엿보다 미군들의 감시를 피해 노적가리 속으로 천막을 들치고 들어갔다. 정말로 설탕 포대가 있었다. 설탕 포대를 열고 한 입 떠먹었다. 하얀 설탕이 입에서 살살 녹아 아주 맛있어 정신없이 마구 먹었다. 실컷 먹고 나와 시치미를 떼고 다시 일을 시작했다. 하루 일을 다 마치고 저녁이 되면 부산진에 있는 서면수용소로 다시 돌아왔다.

고된 일 탓인지 저녁밥을 먹을 때가 되어 갈증으로 목이 타올랐다. 당시 포로수용소 내에는 수도 시설이 없어 물이 귀했다. 나는 수용소 밖으로 나가 샘물을 마시고 들어왔다. 그런데 밤이 되자 갑자기 배탈이 나서 정신을 차릴 수 없이 아팠다. 새벽이 되자 피똥이 나오기 시작한다. 이질에 걸린 것이었다. 참을 새도 없이 순식간에 바지에 피가 묻고 똥이 묻어 일어나 앉을 수도 없게 되었다. 사흘 동안 꼼짝도 못하고 누워 있었다. 상태가 점차 악화된 후에야 비로소 의무실로 후송되었다. 부산진에서 동북쪽에 있는 야전병원이었다.

야전병원에 가니 나를 진찰한 군의관이 한 천막에 입원을 시켰다. 천막 안 병상에는 이미 수많은 환자들이 누워 있었다. 끔찍한 것은 그중 한 침대에는 입을 반쯤 벌리고 죽은 시체가 누워 있었다. 간호병이 내게 그 시체를 치우라고 하였다. 나는 주검을 땅에 내려놓았다. 주검이 있던 침대 위에는 피와 물이 고여 있었다.

간호병이 걸레로 피와 물을 대충 닦더니 나에게 그 침대에 올라가 누우라고 하였다. 나는 기분이 몹시 나빴지만 달리 어찌할 도리가 없었다. 침대 위로 올라가 앉아 침대 밑에

놓인 시체를 바라보았다. '나도 머지않아 저 사람처럼 되고 마는 것일까?' 하는 생각이 들었다.

야전병원에서 이질 치료라는 것이 하루 두 번씩 약을 주는 것 외에 다른 것은 없고 단지 죽을 먹이는 것이었다. 죽 외에는 먹을 것을 일체 주지 않았다. 다행히 이틀 뒤 피똥이 멎고 일주일이 지나니 차도가 있었다.

야전병원에서는 포로수용소에 도는 전염병 탓에 하루에도 백 명이 넘게 사람이 죽어 나갔다. 한 차에 시신을 70여 구 가득 실어 어디론가 나르곤 했다. 많은 사람이 병사한 이유는 수용소의 열악한 위생 환경으로 돌림병인 이질 환자가 급증하고 의료진과 치료약 및 의료장비 모두가 턱없이 부족한 탓이었다.

천막 안 병상에서 환자들끼리 이야기를 나누다 잠이 들었다가 아침 식사 때가 되어 밥을 먹으라고 깨워도 아무 대답이 없으면 그 사람은 밤새 죽은 것이었다. 나는 내 옆에서 이렇게 소리 소문도 없이 죽어 간 사람을 여럿이나 보았다.

입원한 지 일주일이 지나자 군의관이 나에게 퇴원하라고 하였다. 나는 인솔자를 따라 대기실로 옮겼다. 대기실에서 며칠 있다가 이상이 없으면 다시 수용소로 이송된다는 것이었다.

한 천막으로 들어갔다. 좁은 천막에는 완쾌된 환자 수십 명이 머물고 있었다. 저녁 식사 후 취침 시간이 되었지만 자리가 비좁아 제대로 잘 수가 없었다. 나는 모포를 든 채 여유가 있는 천막이 어디 없나 하고 두리번거렸다.

어느 천막을 살펴보니 안에 중공군(인민지원군) 포로들이 50여 명 있었다. 국군이 압록강까지 진격했다가 중공군이 참전하여 후퇴했다는 말을 들었지만 이들을 직접 본 것은 처음이었다.

호기심에 들어가니 한 사람이 중국말로 어서 오라고 하며 왜 왔냐고 물었다. 내가 말을 알아듣지 못하고 어리둥절한 표정을 지으니 한 사람이 일본어로 일본말을 할 줄 아냐고 물었다. 안다고 대답하니 왜 왔냐고 다시 반문했다. 내가 잠자리가 비좁아서 왔다고 하니 여기는 넓으니 같이 있자고 했다. 나는 고맙다고 인사를 한 후 그곳에서 중공군 포로들과 함께 잠을 잤다.

그 사람은 중국에 있을 때 일본인에게 일본어를 배웠다고 했는데 잘하는 편이었다. 그는 중국 인민해방군이 중국을 완전히 통일했으니 앞으로는 외세의 침략을 받지 않고 잘살게 될 것이라고 하였다. 우리가 대화를 하는 것이 신기했던지 다른 중공군들이 옆에 모여 구경을 하곤 했다. 그렇게 닷새를 보내다가 중공군 천막에 있는 나를 본 한국인이 한국사람이 왜 중공군과 같이 있냐고 하여 나는 다시 한국인 대기 천막으로 돌아갔다.

며칠 후 나는 부산을 떠나 가야 포로수용소로 보내졌다. 낙동강 쪽에서 불어오는 바람이 매우 차가웠다. 가야 수용소에서는 작업도 안하고 그냥 실내에서 지냈다.

모처럼 한가한 가운데 들리는 소문에 지금 서울은 중공군에게 함락당하고 국군이 남으로 계속 밀리고 있다는 소식이 들려왔다. 중공군의 인해전술로 1·4후퇴를 한 것이었다.

수용소 밖을 내다보면 많은 피난민들이 기차를 타고 내려오는데 기차 지붕과 객차와 객차 사이에도 사람들이 꽉 차 있어 보기만 해도 위태롭기 짝이 없었다. 하늘에서는 B29기들이 하얀 연기를 뿜으며 남으로 날아가고 있었다. 나는 아득한 비행기를 보고 '저 높은 곳에서는 고향이 보일까' 생각하곤 했다.

가야 포로수용소 밖 들판에서는 한국군이 매일 박격포 훈련을 하였다. 멀리 좁은 길에는 자동차의 행렬이 밤낮으로 이어지고 있었다. 날마다 수많은 피난민들이 논밭이나 산비탈에 오두막집을 짓고 서성거리고 있는 모습도 얼마든지 볼 수 있었다. 그들을 볼 때마다 북에 두고 온 부모님과 가족 생각이 간절했다.

소문에 남한 각지에서 벌어지는 살인과 약탈, 좌익과 우익 사이의 보복은 이루 말로 다 표현할 수 없을 정도라고 했다. 우리 고향이라고 예외는 아닐 것이다. 우리 동네에서도 많은 사람이 죽었을 것이다.

'우리 가족은 지금 어떻게 되었을까?'

처음에는 모두들 전쟁이 한 달이면 끝날 것이라 했다. 그러나 유엔군과 중공군이 개입하면서 이제는 국제전이 되어 전쟁이 언제 끝날지 아무도 몰랐다.

가야 포로 수용소에서도 식수가 귀해 우리는 가끔 수용소 밖으로 물통을 갖고 가서 골짜기에서 물을 한 통씩 길어 왔다. 이 물에 전염병을 막기 위해 미군들이 하얀 소독약을 한 수저씩 넣어 주었다. 약 20분 후에 약이 가라앉으면 먹는 물로 사용할 수 있었다. 우리는 시간이 있을 때마다 산에 가서 물을 길어와 식당에서 밥하는 물로 사용하였다.

오가는 길에 전쟁 통에 생계가 없어 몸을 파는 여자들을 보았다. 젊은 여자와 군인이 논두렁 아래로 내려가면 사람들이 근처에서 몰래 구경하는 장면도 볼 수 있었다.

부산의 날씨는 매우 추웠다. 영하 10도를 밑도는 추운 날씨가 계속되었다. 가끔 낙동강 서쪽 멀리서 검은 연기가 피어오르는 것도 보였다. 치열한 전투로 큰 산불이 났다고 했다. 빨치산과 교전하고 있는 중이라고 했다. 수영비행장에서는 밤낮없이 비행기가 이착륙하였다,

나는 가야 포로수용소에 2개월 정도 있다가 1951년 1월 하

순에 갑자기 이동하게 되었다. 일행과 함께 트럭을 타고 또 다시 부산항 부두에 도착하였다. 그곳에서 큰 군용백 하나와 피복을 지급받았다. 그리고 원산에서 부산에 올 때와 마찬가지로 LSD에 탔다.

우리가 탄 배가 부산항 부두를 빠져나가는데 '경복환(景福丸)'이라고 쓴 큰 배를 보았다. 그것은 경복궁의 이름을 딴 일본을 오가는 관부연락선이었다.

배가 부산 부두를 벗어나자 모두 수군거렸다. 어디로 가는지 아무도 몰랐다. 멀리 대마도가 보였다. 일본으로 가는 것이 아닐까 야단들이었다. 배가 오륙도를 지나 먼바다로 나갈 때 선수를 서쪽으로 돌려 대마도가 다시 멀어지기 시작했다. 멀리 육지 쪽에서 검붉은 큰 불길이 치솟기도 했다.

바다의 풍랑이 거세지며 날씨도 점차 흐려지기 시작했다. 배 뒤를 보면 하얀 물보라가 푸른 바다를 가르는데 파도가 끝없이 부서지는가 싶었다. 고물 쪽으로는 검고 큰 물고기가 등을 내밀었다 들어갔다 하면서 따라왔다. 사람들이 돌고래리고 했다. 나는 '야– 물고기가 참 크다' 감탄하며 돌고래 구경을 했다.

배는 저녁때 거제도 고현리 부두에 도착했다. 임시로 만든 부두였다. 배에서 내려 한 2킬로미터를 걸어 한 곳에 들어가 쉬었다가 다시 수월리로 갔다. 그곳에는 천막은 없고 긴 초가집만 두 채 있었다. 우리는 거제도 포로수용소 건설 선발대로 도착한 것이었다.

우리는 매일 건축기사가 빨간 깃발을 매단 폴대를 갖고 측량을 하고 나면 그 자리에 말뚝을 꽂곤 했다. 그리고 한편으론 부두에 가서 끝없이 들어오는 수용소 건설용 나무와 시멘트, 철재 들을 쉴 새 없이 하역하였다.

우리는 네 개 반으로 나뉘어 두 개 반은 부두에 가서 하역을 하고 다른 쪽에서는 실려 온 것을 현장으로 옮기는 작업을 하였다. 그중 하역하는 일이 더 고되어 서로 하역을 하러 가지 않으려고 애를 썼다. 하루는 서로 옥신각신하며 하역 순번을 피하다가 짐을 옮기는 일을 하고 돌아와 보니 내 소지품과 피복 일절을 도난 맞았다. 그러나 찾을 길이 없었다.

거제도, 나는 예전에 지도에서 거제도라고 남해에서 제법 큰 섬을 본 기억이 났다. 거제도는 산이 높고 나무도 많고 산봉우리가 잘생기고 아름다운 섬이었다. 나는 거제도 산천을 유심히 살피었다. 산에는 잡목이 깔끔하며 참나무와 소나무가 많았다. 산자락 여기저기에는 대숲이 있는데 추운 겨울에도 하늘로 쭉쭉 뻗은 푸른 대나무가 가득했다. 그리고 산 밑에는 초가가 군데군데 모여 있고 들판은 기름지고 논도 많았다. 볏짚을 보니 작황이 좋았다는 것을 알 수 있었다. 농가 주위엔 감나무가 많아 평화롭게 보였다. 수월리 뒤에 있는 산봉우리도 몹시 아름다웠다. 해변은 모래 대신 돌이 많았는데 돌이 검고 둥글어 몽돌이라고 했다.

2월초 바다 한가운데 섬 거제도의 겨울은 몹시 추웠다. 나는 쓰레기통을 메고 둑으로 쓰레기를 버리러 나가기도 했다. 오가는 길에 미군들의 최신 중장비를 많이 구경할 수 있었다. 주민들도 섬에 최신 장비들이 들어와 비행장이 건설되는 것이 신기한 듯 바라보곤 했다.

나는 그간의 고된 하역 일에서 벗어나 날마다 측량기사가 측정한 자리에 말뚝을 박는 작업을 하였다.

나는 일자로 기다랗게 지은 두 채의 초가집 중 두 번째 막사에 수용되어 있었다. 막사 주변은 말뚝을 박고 철조망을 나지막하게 두르고 쇠줄을 쳐서 울타리를 표시하였다.

이곳에서는 국군 경비병이 포로인 우리들을 감시하였다. 군인들은 초가집 입구에 보초를 서다가 식사 때가 되면 우리와 함께 한솥밥을 먹었다. 다른 수용소보다는 밥을 많이 줘서 우리는 배고픈 줄 몰랐다.

10화
천막 예배

1951년 2월 17일경이었다. 수많은 포로들이 고현리 쪽에서 수월리로 이동을 하였고 부산에서도 옮겨 왔다. 나는 시간이 빨리 흘러갔으면 하는 마음에서 일하면서도 진달래꽃 봉오리가 커지기만을 기다렸다. 그러나 하루 해는 길기만 했다.

포로들은 원래 일반인들과 접촉하거나 대화를 할 수 없었다. 간혹 일하는 장소에서 조우할 수 있었지만 그런 기회를 얻기는 여간 힘들지 않았다. 하지만 요행으로 간혹 외부 소식을 듣기도 하였다.

작업장에서 우연히 피난민들과 함께 일할 기회가 있었다. 한 사람이 말하길 두 달 전 흥남서 후퇴할 때 많은 인파 속에서 가족을 잃어버리고 자신만 여기에 왔는데 자식들이 다른 배로 월남했는지 못했는지 전혀 알 길이 없다며 "흥남 부두에서 마지막 철수 때 그 아비규환의 비참함은 말로 표현

할 수 없어요"라고 말했다.

흥남 부두에서는 수많은 인파가 배를 타지 못해 야단들이었는데 마지막 피난민을 실은 배가 부두를 떠나자마자 남겨진 시설물에 대공습을 감행하여 배를 타려고 기다리다 못 탄 사람들도 폭격을 당하는 바람에 헤어진 가족의 생사를 몰라 가슴이 아프다고 했다.

그는 여기 와서 제일 고생되는 것이 먹을 것이라고 했다. 사실 피난 온 사람들이 부대에서 먹다 남은 잔반을 몰래 먹기도 하고 훔쳐 가는 것도 종종 볼 수 있었다.

우리가 처음 거제도에 왔을 때 오바 한 벌을 벗어 주면 떡을 백 개나 주었지만 요새는 채 스무 개도 주지 않았다. 또 사제 웃옷 한 벌이면 오징어를 열 마리나 받았지만 요즘에는 그나마도 잘 사주질 않았다.

거제도 수월리 뒤 골짜기 여기저기에 물탱크들이 세워지고 수십 만의 포로를 먹일 취사시설도 들어섰다. 부대시설을 짓기 위해 벌판 가운데 있는 초가집들은 빨리 나가라고 독촉했다. 농민들은 엄동설한에 어디를 가냐고 항의했지만 소용이 없었다. 주민들은 눈물을 흘리며 보따리를 거머쥐고 어디론가 떠나야만 했다.

논밭을 다져 천막을 치면 수용소로 변했고, 그 옆에는 미군부대와 한국군 부대 그리고 야전병원도 생겼다. 거제도는 날이 갈수록 빠르게 변화하였다. 수많은 차량들이 오가면서 밤에도 대낮같이 밝아 마치 큰 도시를 방불케 하였다.

나는 영어를 몰랐지만 미군과 손짓 발짓을 하며 의사소통을 했고 여러 번 들으면 대충 알 수 있었다. '많이 먹어라'는 '매니매니 짭짭', '가라'고 하는 건 '고 아웃', '빨리 빨리 가시오' 하는 것은 '허리 허리 고', '배가 많이 고프다'는 '매니 매니 헝그리', 이렇게 모르던 영어를 나도 한두 마디씩 배우게 됐다.

하루는 흑인 병사가 내게 일본어를 아냐고 물었다. 고개를 끄덕이니 일어로 말을 건넸다. 그는 인도 출신 미군으로 일본에 있다가 참전했다고 하는데 일본 글자는 잘 모르고 쉬운 말만 할 따름이었다. 그는 나보고 인도 말에 담배를 '담바구'라고 부르는데 일어의 '다바코'와 비슷하다며 말은 다 비슷하니 영어도 쉬운 말은 배워 보라고 권하였다. 그는 내게 여러모로 잘 대해 줄 뿐 아니라 작업 시간에 반장도 시켜줘 편하게 일을 할 수 있었다.

발전기가 들어오자 밤도 대낮같이 밝아져서 일을 하게 되었다. 수십만이 거주할 물자가 차량으로 한없이 들어오면 우리는 쉴 새 없이 하차하는 한편 수용소를 건설하기 위해 측량하는 작업에도 투입되었다. 수용소 부지 뒤에 작은 산이 하나 있었는데 착암기로 마구 캐내고 부수니 작은 산 하나가 순식간에 사라졌다.

1951년 3월초가 되자 또다시 수많은 포로들이 부산에서 거제도로 왔다. 수용소를 건설하기 위해 넓은 벌판에 수천 명씩 떼를 지어 돌을 마대에 넣어 걸머지고 나르는 일을 하였다.

나는 어느 날 공병대가 수평대를 놓고 한나절 동안 측량하는 것을 보았는데 거제도 포로수용소 전체가 쓸 발전소를 짓는다고 하였다. 화력발전소는 두 달 만에 건설되었는데 디젤 발전으로 드럼통 12개를 두 줄로 걸어놓고 하루 네 번 갈아 준다고 하였다. 하루에 기름 96드럼을 쓰는 셈인데 전력을 몇 킬로와트를 생산하는지는 모르지만 기름이 굉장히 많이 들었다.

거제도에서 생활한 지도 벌써 3개월이나 지났다. 거제도는 물이 맑아 냇가에는 물고기들이 많이 있었다. 특히 제방둑에 가면 민물과 바닷물이 만나는 곳으로 여러 어종이 풍부했는데 봄철에만 잡힌다는 '사백어'를 잡아먹기도 했다.

3월 중순, 우리는 76포로수용소로 들어가 합류하게 되었다. 그 후부터는 외부에 나올 일이 적었고 작업도 별로 없어 아침 6시에 기상하여 식사 후 아침 인원 점호를 하고 나면 점심 때까지 별다른 일이 없이 소일하였다. 남들은 앉으면 '섯다'를 하며 노름에 정신이 없었지만 나는 오락에 취미가 없어 거기에 끼지 않고 혼자 공부를 했다.

먼저 공책 한 권을 구해서 '천자문'을 안다는 사람에게 써 달라고 부탁을 했다. 그가 써준 '천자문'에 일본어로 토를 달고 보니 의미를 거의 알 수가 있었다. 일본말로 모르는 글자는 몇 자 되지 않았다. 나는 그것을 다시 우리말로 배웠다. 나는 '천자문'을 매일 몇 장씩 외우고 써보며 하루하루 지냈다.

나는 황해도 황주읍에 살았다는 '번모' '안모'라는 두 사람과도 친해졌다. 그리고 또 평안북도 철산 선천 박천 안주가 고향인 사람과도 무척 친해졌다. 우리는 서로 고향과 주소를 알려 주고 사회에 나가면 서로 고향에 가서 만나자고 몇 번이나 약속했다.

일요일에는 군목이 와서 예수 믿을 사람은 교회 예배에 참석하라고 했다. 나는 바로 교회로 갔는데 천주교 성당이었다. 나는 예배 절차가 좀 어색하게 느껴졌다.

다음날엔 신교 모임에 갔다. 예배를 보니 내가 어렸을 적 감리교회에 나갔던 기억이 났다. 미국 선교사가 열심히 한국말로 "주예수를 믿으라. 그리하면 너와 네 집이 구원을 얻으리라"를 외치며 복음을 전파하고 찬송가를 열심히 불러 주었다. 나는 열심히 듣기만 했다.

그 다음날도 또 신교 모임으로 갔다. 천막 안에서 예배를 보는데 나는 예배 보는 순서를 몰랐지만 어려서 주일학교에 나갔던 생각이 났다. 그 후 시간이 나는 대로 교회에 나가 설교를 듣고 찬송을 하며 마음의 위로를 받았다.

수용소 생활은 76포로수용소에 와서 비로소 기틀이 잡혔다. 아침 6시 기상하면 전부 모포를 개고 분대별로 인원 점검을 받고 나면 식사 시간이 되었다. 이제부터는 나가서 밥을 타 먹는 것이 아니라 분대별로 배식을 받아와 밥을 나누는데 누가 더 먹을세라 똑같이 나누었다.

우리 분대원은 10명이었다. 다른 사람에게 밥 한 톨이라도 더 갈까봐 똑같이 나누는 데 신경을 썼다. 분대장이 밥을 열 그릇 분량으로 나누고 조금이라도 남으면 그것을 다시 똑같이 나누었다. 국도 그런 식으로 나누었다. 그리고 나서야 밥을 먹게 되는데 밥을 받아 들고 보면 언제나 남의 밥이 내 밥보다 많아 보였다.

모두들 이 밥을 어떻게 맛있게 오래 먹을까 아껴 가며 먹었다. 더러는 떡을 해서 먹기도 했는데 나도 떡을 해서 먹으니 더 따끈하고 맛있고 배부르게 느껴졌다. 떡을 만드는 것은 간단하였다. 우바[갑빠]를 쪼개 거기다 밥을 싸가지고 짓이기면 떡이 되었다. 안남미 밥은 그냥은 풀기가 없어도 짓이기면 풀기가 생기고 밥이 쫄깃해졌다. 그것을 먹으면 맛있고 포만감이 오래 지속되었다. 우리는 그것을 가리켜 '갑빠떡'이라고 불렀다.

아침밥을 먹고 나면 천막을 걷어 올리고 주위를 청소하였다. 외부에서 작업할 인원 차출을 요구하면 일을 나갔다. 먼저 전원이 5열씩 서서 광장에 모여 인원을 점검하고 그 다음에 200명, 500명씩 필요한 인원만큼 일을 나갔다.

작업은 수용소 안이나 주위에 돌을 깔기 위해 산에 가서 돌을 마대에 담아 주워 오는 일이 대부분이었다. 운이 좋으면 보급물자 운반이나 미군부대 작업 또는 심부름도 있었지만 그것은 매우 드물게 차례가 왔다.

우리가 산에서 돌을 나르면 감시하는 미군들이 농땡이 부리지 말라면서 재촉을 하며 '허리! 허리!'를 연발했다. 점심시간이 되면 밥을 가져오는데 인원에 따라 50명, 100명, 200명 단위로 크기가 다르게 한 통씩 밥이 나왔다.

모두 다 줄을 서 앞에서부터 차례차례 밥을 타 나가면 먼저 탄 사람은 빨리 먹을 수 있었다. 사람마다 욕심이 앞서 앞에 타는 사람은 밥을 왜 조금씩 푸냐고 항의하였다. 만약 밥을 대중없이 많이씩 주다가 모자라면 나중 사람들은 굶게 되었다. 배식 줄 앞에 선 사람은 밥을 조금씩 푼다고 투정이고 뒷줄에선 그렇게 푸다가 모자라면 어쩔 거냐고 야단들이었다.

점심시간이 끝나면 일이 다시 시작되었다. 오후 4시 반이면 모든 일과가 끝나고 5시 30분이면 저녁식사를 하고 자유 시간이 주어졌다.

밤에는 동료끼리 고향 이야기며 전쟁터에서 지금까지 겪은 일로 이야기꽃을 피웠다. 그리고 여러 가지 형태의 소일거리가 펼쳐졌다. 고민을 잊기 위해 그림을 그리는 사람, 정교한 무늬가 새겨진 조각과 반지를 만드는 사람, 숟가락 또는 필통 등 여러 가지 소품을 만드는 사람도 있었다. 각자가 만든 물건은 서로 필요한 물품과 바꿔 쓰기도 했다.

밤 8시가 되면 점호를 한 후 취침시간이 되었다. 작은 천막 속 바닥에 가마니를 깔고 80명이 모여 자노라면 자리는 언제나 비좁았다. 나는 이때 가마니의 고마움을 깨달았다. 가마니를 깔고 누워 있으면 사람의 체온을 받아 따스해지기 때문이다. 밤 10시가 되면 모두 고요히 잠이 들었다.

이러한 일상이 반복되는 가운데 3월 하순이 되었다. 아침과 저녁에는 날씨가 아직도 제법 서늘하였지만 낮은 몹시 더워졌다. 산자락에는 기다리고 기다리던 진달래 봉오리들이 날로 커져갔다.

4월 5일이 되자 거제도에는 하얀 벚꽃과 연분홍 진달래꽃이 활짝 피었다. 이북 우리 고향에 비하면 25일이나 빨랐다. 나는 거제도에서 대나무 밭을 여러 곳 보았는데 대나무가 몹시 실하고 좋았다. 그리고 논에 심은 보리가 쌀보리라는 것도 처음 알았다. 밀처럼 타작을 하면 보리쌀이 나왔다.

하루는 일터에 나가 일을 하는데 한국 군인이 미군과 동거하는 한국 여인을 보고 욕을 하였다. 이를 듣고 화가 난 미군이 대검으로 한국 군인을 찔러 눕히는 것을 보고는 민족의 설움을 느끼기도 했다.

원래 거제도는 평생 가야 자동차라곤 구경도 할 수 없는 섬이었지만 포로수용소가 들어서면서 밤에도 섬 전체가 전깃불로 대낮같이 밝고 포로와 피난민, 군인과 주민 도합 40만이 넘는 사람들이 득실거리며 자동차의 물결이 꼬리에 꼬리를 물어 거리는 헌병들이 교통정리하기에 정신없이 바쁜 거리로 변했다. 그러나 대도시 못잖은 겉모습과는 달리 거제도의 산과 들은 똥천지였다. 어디를 가나 수많은 사람들이 아무데나 싼 똥 때문에 발을 제대로 디딜 수가 없었다.

수월리에는 독봉산이 있었고 평야도 제법 넓었다. 넓이 2킬로미터, 길이 6킬로미터 정도의 작은 평야가 있었는데 산 쪽으로는 기름진 옥토였지만 해변 쪽으론 바다를 막고 제방을 쌓아 개간한 땅이어서 염분 때문에 벼가 잘되질 않았다. 거제도는 살다 보면 좀처럼 섬이라는 것을 느끼지 못할 정도로 산이 높고 나무도 많아서 사람이 살기에는 좋은 섬이었다.

날이 따뜻해지고 수용소도 완성되자 별로 할 일이 없어져 노는 날이 점점 많아졌다.

나는 강원도 삼척군 근덕면 동막리 본동 출신의 '이 아무개'라는 동료와 아주 친해졌다. 그는 경상도 사투리를 썼는데 아주 정직하고 착실했다. 그러나 5월이 되자 이남 출신 의용군들만 모두 따로 수용하게 되어 우리는 헤어지게 되었다. 섭섭하였지만 어쩔 수 없어 서로 고향에 가게 되면 꼭 만나자고 약속하고 헤어졌다.

76포로수용소의 천막교회에는 700명 정도의 교인이 모였다. 매일 군목이 복음을 전도하고 찬송가를 부르고 성경공부를 하는 것이 무척이나 재미있었다.

하루는 '다 들어가라. 천막 안으로!'라는 소리가 들리더니 요란한 총소리가 들렸다. 무슨 영문인지 몰라 어리둥절하는 가운데 총성은 한참 동안이나 울렸다. 포로수용소의 포로들은 수시로 말썽을 일으켰는데 그때마다 공포탄을 쏴서 진압했다.

벽보판에 오른 뉴스를 보니 미군이 서울을 재탈환하고 38선 이북까지 밀고 올라갔다가 중공군의 총공세로 다시 의정부까지 밀리면서 전쟁이 일진일퇴의 교착상태에 빠졌다고 했다.

맥아더 원수는 중공군의 개입을 막고자 만주를 폭격하고 중국 본토를 봉쇄하자고 주장하다가 트루먼 대통령에게 해임이 되었고, 미국은 전쟁 확산을 막기 위해 고민하고 있다는 얘기도 들렸다. 모두들 전쟁이 앞으로 어떻게 전개될 것인지 몹시 궁금해 했다.

날이 더워지자 밤이 늦도록 밖에서 놀기 일쑤였다. 철조망 밖에는 수많은 피난민들의 불쌍한 행렬을 볼 수 있었다. 밤에 누워 있으면 철조망 밖 동네에서 밤새도록 이 나라의 운명과 민족의 장래를 위해 목을 놓아 기도하는 소리도 들려왔다. 나는 밤마다 들려오는 기도소리를 들으며 마음속으로 감사를 했다. 예수님을 독실하게 믿는 신자가 거제도까지 피난 와서 열심히 기도를 하는 것이 고마웠다.

낮이 되면 철조망 밖으로 오륙 세가량 된 아이들이 깡통을 들고 미군부대 주위와 쓰레기장에서 무엇인가 줍고 있었다. 가만히 보면 식당에서 나오는 음식 찌꺼기, 채소 부스러기 등을 주워 모았다. 그것을 집에 가지고 가서 온 식구들이 그날 그날 먹고사는 것이었다.

사람들이 산에서 먹을 만한 풀뿌리를 캐고 바다에서 해초를 따는 것도 늘 보였다. 해안가로 올라온 파래를 먹어 보니 매우 짜서 삼킬 수가 없었다.

지난겨울엔 물고기를 잡아 보기도 하였다. 바다 어귀에 깊은 골이 있었는데 육지에서 내려오는 민물과 바닷물이 마주치는 곳이었다. 썰물이 빠져나간 후에 강추위가 계속되어 얼음이 단단히 얼었는데 그 후에 밀물이 밀려들어와 만조가 되면 그 위에 얼음이 또 얼었다. 그 후 바닷물이 다시 밀려와 얼음이 내려앉자 물고기 떼가 그 위에 갇혀 옴짝달싹 못하고 있는 것을 손으로 잡았다. 바다에서 맨손으로 물고기를 잡으니 신기하였다.

철조망 밖에서는 때로는 이상한 장면이 벌어지기도 하였다. 어여쁜 아가씨가 양놈들의 손을 잡고 뽀뽀를 하고 다니며 몸을 드러내고 있는 것을 얼마든지 볼 수 있었다. 포로들은 그걸 보고 희롱을 하고 욕도 종종 하였지만 나는 그런 일을 볼 때마다 가슴이 찢어지게 아팠다.

불과 몇 달 전만 해도 그들은 자기 고향에서 아무 일 없이 행복하게 잘살던 사람들이 아니었는가? 그러던 어느 날 전쟁으로 인해 자유를 찾아 살겠다고 이 땅으로 피난 온 피난민들이 아닌가? 땅 설고 물 설은 이곳에 와서 가족을 먹여 살리기 위해 어쩔 수 없이 저런 생활을 하는 처지가 얼마나 가슴 아플까 하는 생각이 들었다.

혹시 내 동생도 만약 피난을 왔다면 저런 지경이 되었을까 하는 생각이 몇 번이고 들었다. 그들은 온 가족의 생계를 위해 자기 몸을 버려 가며 살아 가는데 동족에게 멸시와 천대까지 받으니 그 마음이 참으로 아플 것이다.

'부모에게 진짜 효녀가 누구인가?'

나는 그들을 보고 세상의 효녀치고 그들보다 더한 효녀는 없을 것이라고 생각했다.

날마다 나는 고향의 부모님 생각, 형제 생각에 가슴앓이를 하며 몸살을 앓았다.

11화

76포로수용소의 비극

가끔 보급소에 가서 일하면서 중공군이 일하는 것을 보았는데 그네들이 일하는 모습에 놀랐다. 중공군은 도리를 지키기 위해서인지, 사상교육이 확고해선지 몰라도 농땡이를 피거나 물건을 도둑질하지 않고 시키는 대로 일을 꼬박꼬박 하였다.

그들을 볼 때마다 우리 한국사람과 중국사람과의 민족성을 재는 척도가 될 것이라고 생각했다. 민족의 수준과 양심을 어떻게 볼까 생각하며 그 어려운 환경에서도 단체행동에 순응해 가는 것이 대륙민족의 기질이 아닌가 하는 생각이 들기도 했다. 도둑질을 하고 농땡이를 부리면서도 도리어 '이것이 요령이며 이것을 못하는 것이 바보이므로 나는 너보다 낫다' 하며 양심의 뉘우침이 없는 동포들을 볼 때면 마음이 아프기만 했다. 나중에는 미군들이 보급소의 일을 주로 중공군과 자기들이 하고 한국사람들에게는 잘 시키지 않았다.

새벽에 동이 트면 주변이 아직도 깜깜하지만 일어나서 천막 내부와 주위 청소를 하고 분대별로 인원 파악을 한 후 식사 시간이 되면 식판을 들고 밥을 타러 광장에 나가 다섯 줄로 길게 늘어섰다. 그리고 차례차례 밥을 타 가지고 자기 천막으로 와서 밥을 먹었다.

앞에 선 사람들은 "밥을 왜 조금씩 푸냐?"라고 하였고 또 남으면 "누구에게 주려고 하냐?" 하며 욕을 했다. "밥을 많이 퍼! 많이!" 하고 소리를 질러 밥을 조금이라도 많이 퍼주면 "야! 아무개" 하며 '밥을 잘 푸네, 잘 퍼" 하고 칭찬하며 좋아했다.

수용소에서는 항상 배가 고픈 편이어서 철조망 밖에 있는 중공군을 보고 당신들도 배가 고프냐고 물으니 그들도 배식은 항상 배가 고프게 준다고 하였다.

밥을 먹고 나면 일동 점호가 있었다. 다들 나와서 5열종대로 앉았다가 구령에 맞춰 운동도 하고 행진 연습도 했다. 그리고 영내나 밖에 작업이 있으면 수시로 동원되었다. 수용소에서 먼저 500명, 천 명을 요구하면 그 수만큼 세어서 미군에게 인도하였다. 포로 인계가 끝나면 모두 50명씩 나누어 걸어가는데 총을 든 감시병 두 사람이 거총을 하고 따라다녔다. 우리가 어딜 가든지 옆에서 항상 거총을 하고 따라

왔다.

우린 야전병원 건축하는 데 쓰이는 돌을 산에서 주워 마대에 담아 어깨에 메고 한데 모여 걸어서 돌아왔다. 이렇게 오전에 열 번 정도하면 오전 일과가 끝났다.

점심때가 되면 모두 모여서 점심을 먹고 한 시간 쉬고 나면 오후 일을 다시 시작하였다. 그렇게 하루 일을 마치고 영내로 돌아오면 영내에서 다시 인원을 파악해 인수인계하였다. 그 후 저녁밥을 먹었다.

작업이 없으면 종일 영내에 있게 되는데 그때는 앉아 노는 게 일이었다. 날마다 선교사들이 들어와 예수교를 전도하였다. 나는 시간이 있을 때마다 예배 시간에 가서 성경 말씀도 듣고 찬송가도 배우며 시간을 보냈다.

1951년 5월 하순이 되었는데 날이 몹시 더워졌다. 그리고 수용소 건설도 어느 정도 완성되었고, 부족한 식수를 공급하는 수도 사 정도 조금 나아졌다.

들리는 말에 의하면 의정부 근방에서 시도했던 미군의 1-2차 총공세가 모두 실패로 끝나고 수만 명의 병력 손실만 보았다고 했다. 언젠가 벽보를 보니 유엔군총사령관에서 해임된 맥아더 원수가 워싱턴공항에 내릴 적에 수많은 관중들이 환호하는 사진이 있었다. 맥아더가 좀더 있었으면 아마도 철원까지도 너끈히 밀고 올라갔을 것이란 생각이 들었다.

하루는 똥통을 둘러메고 제방 둑에 버리는 곳으로 가게 되었다. 드럼통을 반 자른 똥통에 철사로 끈을 매고 막대기를 끼워 두 사람이 어깨에 메고 가는데 오물이 7부 정도 찼기 때문에 대열을 맞춰 짝과 발을 잘 맞추어 걸어가야만 했다. 똥이 흔들리는 것과 발을 잘 맞춰 짝과 어깨와 발을 맞추어서 가는 것인데 한눈을 팔고 걸으면 출렁거려 넘쳤다. 넘치면 땅에 쏟아지고 옷에도 묻게 되기 때문에 정말 조심해야 했다.

다른 사람과 짝을 맞춰 걸어야 하기 때문에 매우 힘들었다. 나는 땀을 흘리며 간신히 2킬로미터 떨어진 제방 둑에 도착했다. 그곳에는 배가 와서 오물을 싣고 있었다.

오전 9시경에 출발했는데 수용소로 돌아오니 12시가 다 되었다. 그날 똥지게 일이 힘이 들어 아주 혼쭐이 났다. 마음속으로 앞으로 될 수 있다면 똥통 메는 작업은 하지 말아야겠다고 다짐했다.

그러던 중 휴전회담[소련은 유엔 주재 소련 대표 말리크의 유엔 방송을 통해 1951년 6월 23일 휴전협상을 제의하였고, 미국이 이 제의를 받아들여 유엔군사령관에게 공산군측과의 휴전협상 가능성을 타진하라고 지시함으로써 현실화되었다. 회담은 1951년 7월 8일 개성에서 쌍방의 연락장교회의를 통하여 절차문제를 합의한 후 7월 10일부터 개성시 고려동 내봉장(來鳳莊)에서 본회의가 개최되었다. 이

날 쌍방 대표의 상견례에 이어 7월 11일부터 본격적인 휴전회담이 시작되었다]이 열렸다는 소식이 들렸다. 유엔 소련 대표 말리크가 휴전회담을 제의했다는 것이었다. 모두들 전쟁이 어떻게 되나 하고 결과를 주시하고 있었는데 며칠 있으니까 미국 측에서 협상을 원산항에서 미조리 호 함상에서 하자는 제의가 있었다고 했다. 그러나 소련 측에서는 개성에서 회담을 하자는 제의를 했다고 하였다. 그 후 얼마 안 가서 개성서 휴전회담이 열리게 되었다고 하였다.

우리는 회의가 열린다는 소식이 있을 때마다 과연 앞으로 회담이 어떻게 될 것인가 하는 기대를 하면서 소식을 기다릴 수밖에 없었다.

하루는 76포로수용소 포로 전원을 광장으로 모이라고 하더니 현재 입은 옷을 벗으라고 한 후 빨간색 옷을 한 벌씩 주었다. 처음에는 모두들 주는 대로 입고 들어왔으나 나중에는 기분이 몹시 상했다.

어떤 사람이 먼저 "나는 이런 옷은 안 입어!" 하고 소리 지르며 옷을 훌훌 벗어 마당에 내던졌다. 그러자 나머지 사람들도 너도나도 뒤질세라 한 사람도 빠짐없이 빨간 옷을 다 벗어 던져 버렸다. 1만 2천 명이 넘는 사람이 모두 옷을 벗어 던지니 천막 밖에는 옷이 산더미처럼 쌓였다.

다음날 미군들이 옷을 모두 실어갔다. 수용소 안에서 우리 모두가 속옷도 없이 알몸이 되어 홀딱 벗고 지냈다. 처음에는 볼썽사납고 흉측하여 다소 서먹서먹했으나 시간이 지나자 전부 벗어 버린 것이 오히려 자연스러워 조금도 어색하지 않았다.

모두들 나체가 된 서로를 보고 웃으며 아프리카 깜둥이가 따로 있나 하며 박장대소를 하였다. 그러던 어느 날 오후였다. 모두 입을 옷을 줄줄이 찾았지만 아무 옷도 주지 않자 반미 구호를 외치며 인민군 행진곡을 불렀다.

〈장백산 붉은 깃발〉 등 온갖 군가가 쏟아져 나왔지만 철조망 밖에 있는 한국군은 개입도 못하고 단지 멀리서 바라보고만 있었다.

우리는 날마다 발가벗고 살았기 때문에 밖에는 나가지 못하고 수용소 안에서 밥 먹고 노는 게 일이었다. 어떤 천막에서는 공산군 노래도 흘러나왔다. 중공군 포로들은 북한군 포로와 달리 발가벗지 않고 미군이 배급한 빨간 옷을 잘 입고 다니며 미군에 순종하고 있었다. 나는 마음속으로 '중공군이나 인민군이나 같은 포로 처지인데 왜 우리는 빨간 옷을 입기 싫어하며 벌거벗고 살고 중공군은 왜 빨간 옷을 입고 좋아할까?' 그 이유가 궁금했다.

우리는 빨간 옷을 거부한 이래 옷이라곤 전혀 입지 않았으므로 날이 좋으나 비가 오나 아무런 걱정이 없었다. 우리는 세상에 태어나서 처음으로 알몸 생활을 했다. 우리는 벌거벗은 몸을 바라보다 심심하면 서로 불알 잡기를 했다. 서로 "요이 땅!" 하면 재빨리 상대방의 고추나 불알을 먼저 잡으면 이기는 것이다. 동작이 느린 나는 먼저 잡히기 일쑤였다.

이천군 동면에 사는 '윤 아무개'라는 사람과 무척 친해졌는데 그는 치안사업을 하다 남으로 월남하는 도중에 붙잡혀 포로수용소까지 오게 되었다고 했다. 그리고 산내면 수월리에 사는 나보다 국민학교 한 학년 후배인 '김 아무개'와도 자주 만나 이야기하며 놀았다. 그는 공산주의에 환멸을 느낀 사람과 공산주의를 추종하는 사람은 직접 겪어 보면 알 수 있다고 하였다.

거제도는 여름 기후가 내륙 지방보다 덥지 않았다. 그때는 1951년 7월이어서 논의 모내기도 마치고 보리농사도 이미 모두 끝냈다. 나는 농촌에서 살았기 때문에 어디를 가든지 길에 나는 풀, 나무, 산과 들에 있는 돌까지 고향 땅과 비교해 보곤 하였다.

거제도 수월리 넓은 벌판은 어느새 수용소로 꽉 찼다. 수용소 밖에 있는 냇가에서 인부들이 돌로 제방을 쌓고 있었다. 그것은 수용소에서 나오는 오수를 처리하기 위한 작업이었다. 나는 이때 사람이 배설하는 오줌의 양이 많은 것에 무척 놀랐다. 수용소에서 나오는 오줌이 큰 논도랑에 물 흘러가듯 꽉 차서 냇가로 흐르는 것을 보고 '사람의 오줌 양이 굉장하구나' 하고 깜짝 놀랐다.

포로들에게 빨간색 옷을 입혔다가 거부 투쟁이 발생한 그날 이후부터 수용소 안에서는 좌익 우익으로 나뉘어 싸움이 벌어지기 시작했다. 어떤 수용소 안에서 우익사상을 가진 사람이 주도권을 잡으면 우익 수용소, 좌익사상을 가진 사람이 주도권을 잡으면 좌익 수용소가 되었다. 내가 있던 76포로수용소는 좌익이 가장 득세한 곳으로 유명했다.

수용소에서 좌익사상을 가진 사람들이 실세가 되면서 우익사상을 가진 사람들을 닥치는 대로 잡아 죽였다. 이를 눈치 챈 우익사상을 가진 사람들과 좌익과 피할 수 없는 싸움이 계속되어 하룻밤에도 수십 명씩 쥐도 새도 모르게 죽어나가는 일도 있었다. 그러나 미군은 제네바 포로협정을 존중한다는 이유로 포로수용소 안으로 절대로 무기를 들고 들어오지 않았고, 막사 안에서 일어나는 일에는 일절 간섭하지도 않았다.

76포로수용소에서 처음 예배를 볼 때는 교인들이 천 명 이상씩 모이던 것이 좌익이 주도권을 잡으며 차츰 줄어들더니 나중에는 천주교 신자가 50여 명, 신교 신자는 1백여 명 정도밖에 남지 않았다. 나는 끝까지 남은 신도들 중 한 사람이었다.

한번은 이런 일도 있었다. 부산에서 새로 오는 포로들은 76포로수용소가 우익인지, 좌익인지 알 수 없었다. 그들 중 한 사람이 76포로수용소가 좌익인줄 모르고 반공사상을 말하다가 "야, 이 반동놈아, 미제의 추종분자들아!" 하며 동료들이 보는 앞에서 곡괭이에 맞아죽은 일도 있었다.

처음에는 옆에 있는 동료가 행방불명이 되어도 그 이유를 몰랐었지만 나중에는 알게 되었다. 좌익이 주도권을 잡으면 기독교 신자 가족, 지주계급, 반공사상을 가진 사람을 골라 하룻밤에도 수십 명씩 천막 안에서 각목이나 삽, 또는 곡괭이로 때려죽인 후 땅에 묻어 버렸다. 이러한 일들은 비밀리에 자행되었다.

12화

북송을 거부하다

수용소 안에서는 유엔민간공보교육처(CIE)에서 발행한 『민주주의란 무엇인가』라는 책을 가지고 강의를 하였다. 나는 여기에서 서구와 일본, 미국과 남미 등 여러 나라의 제도와 생활 등에 관해서 배웠는데 재미있었다. 그러나 공산주의자들은 자기네의 사상을 전환시키려는 세뇌공작이라고 반대하며 이 교육을 거부했다. 이러한 이유로 이 교육은 중도에 중지되었다.

나는 미국인 보켈 선교사의 지도로 성경공부도 했다. 그러는 동안 8월 하순경이 되었는데 드디어 새로운 옷이 나왔다. 우리는 다시 옷을 입었다. 의복이 다시 나오고 가을이 되자 인민군 복장을 하고 인민군 모자를 쓰고 다니는 사람이 많았다. 나도 인민군 모자를 만들어 쓰고 다녔다.

1951년 9월 중순이 되었다. 보켈 선교사가 급히 전하길 신자들은 빨리 모이라는 것이었다. 담요를 들고 갔더니 천주교 신자 50여 명과 기독교 신자 1백여 명이 모두 모였다. 우리는 그날 전격적으로 좌익인 76포로수용소에서 우익인 82포로수용소로 자리를 옮겨 가게 되었다. 나는 82포로수용소에서 신자소대로 들어갔다.

한번은 작업을 나갔다가 78포로수용소 옆을 지나는데 사람의 피로 공화국기를 크게 그려 엄중히 장례식을 치르는 것을 보았다. 궁금해 물어보았더니 우익사상을 가진 사람이 철조망을 넘어 탈출하려는 것을 친공포로가 달려가 잡으려다 미군이 쏜 총에 맞아 죽었다고 했다.

탈출하려던 사람도 결국 철조망을 넘지 못하고 빨갱이에 잡히고 말았는데 친공포로들이 너 때문에 우리 동료가 죽었다고 탈출하려 한 사람의 목을 따 피를 되로 받아 공화국기를 만들어서 총에 맞아 죽은 자의 원한을 달래는 장례식을 치른다는 것이었다.

기를 자세히 보니 색깔이 거무칙칙했다. 그것을 보고 영내로 들어와 동행한 동무들에게 "같은 동족으로서 이게 할 짓이냐, 사람의 피를 내어 기를 만들고 이것이 과연 애국애족이냐?" 하고 성토를 했다. 안악군에 사는 안동준이 "그런 일은 야만족이나 하지 어찌 사람으로 이런 일을 할 수 있겠냐?"라며 내게 동조하였다. 나는 동족의 무자비한 행위를 원망했다.

시간이 날 때마다 성경공부를 했는데 '김건호' 목사님의 사도행전 강의를 듣고 깊은 감동을 받았다. 그리고 이곳에 와서 다시 유엔민간공보교육처에서 가르치는 교육도 열심히 받았다. 그간의 경험을 떠올리며 '민주주의란 다 옳은 말과 옳은 사상이구나' 하는 생각을 했다.

신자소대는 예수교를 믿는 사람들이 모여서 생활하는 곳이어서 참 재미있었다. 아침 일찍 일어나 새벽 예배를 보고 낮에는 성경공부를 하고 오후엔 쉬며 자유시간을 가졌다. 저녁에는 암거래 시장인 사바사바시장으로 가곤 했는데 거기에는 서로 필요로 하는 물건을 만들어 서로 교환하기도 했는데 없는 것이 없었다.

포로들은 구두 밑창 쇠로 칼을 만들기도 하고 반지도 만들었으며, 심지어 수저도 만들었다. 옷이나 천도 만들었고 이를 이용해 뜨개질도 하였고, 천막 끈으로 뜬 양말도 있었다. 나는 반지를 가지고 가서 양말과 바꿔 신기도 하였다. 사바사바시장의 물건들은 보면 볼수록 그 기술이 놀랍기만 했다. 때때로 담배가 지급되었지만 나는 담배를 안 피워 그것을 가지고 있다가 오징어와 바꿔 먹기도 했다.

가을이 되자 산에 단풍이 물들기 시작하는데 때는 10월 하순경이었다. 나는 이북 우리 고향보다 '철이 매우 늦구나' 하는 생각을 했다. 우리 고향에선 9월 하순이면 단풍이 들고 서리가 내려 9월 20일경이면 벼의 수확이 한창이었기 때문이었다.

어느 날 우리 수용소에 리지웨이 장군이 왔는데 나는 이때 미군 장군을 처음 보았다. 여흥시간에 한국 아가씨와 사귀던 미군들이 아리랑을 마치 한국사람이 부르는 것처럼 잘 부르는 것을 보고 우리는 한바탕 웃었다.

우리 82포로수용소와 81, 83, 74포로수용소는 우익 수용소였지만 76포로수용소와 78, 77포로수용소는 좌익 세력권 안에 있어서 매일 좌우익 싸움이 벌어졌다. 우리 82포로수용소에서는 좌익운동을 하면 그들을 색출해서 따로 가두고 감시를 하다 좌익 수용소로 넘겨 주었다. 우리와 반대로 저쪽에서는 우익사상을 가진 사람, 과거 지주 자본가 출신, 종교인, 공산주의를 지지하지 않는 사람을 골라 처형하기도 하였다.

그러는 동안 겨울이 왔다. 성탄절이 다가오자 모두 성탄준비를 했다. 성탄절에는 밥을 곱이나 먹을 수가 있었다. 크리스마스 새벽에 우리는 서로 '메리 크리스마스' 하고 인사를 한 후 성탄예배를 드렸고, 낮에도 대예배를 보았다.

벽보판에는 신문이 붙어 있었는데 철원 평강 김화에서 격렬한 전투가 벌어지고 있으며 사상자의 수가 매일 늘고 있다는 보도를 보았다. 나는 전투 소식을 보며 '언제 전쟁이 끝나 통일이 되어 집에 돌아갈 수 있을까?' 하고 마음속으로 고향을 그리워했다.

거제도의 겨울은 무척 추웠다. 겨울이 되자 방한복이 배급되어 우리는 따뜻한 겨울을 지낼 수 있었다. 나는 동료들과 '거제도는 겨울에 눈이 오나 안 오나?' 하는 말을 나눈 적이 있었다. 어떤 사람은 '거제도엔 눈이 안 온다'라고 했고 나도 '눈이 오지 않을 것이다'에 동의하였다. 그러나 2월초가 되자 거제도에 많은 눈이 내렸다. 우리는 그때서야 '한반도엔 어디나 눈이 오는구나' 하고 신기한 듯 이야기를 나누었다.

1952년 3월 1일이 다가오자 우리는 "기미년 3월 1일 정오…"라는 〈삼일절의 노래〉를 배웠다. 처음으로 영내에서 기념행사를 가졌다. 남한에 와서 제일 먼저 배운 노래다. 그리고 〈전우가〉를 비롯해서 많은 군가도 배웠다.

들리는 소문에 의하면 판문점에서 정전회담 때 포로교환 문제가 큰 의제가 될 것이라고 했다. 우리 포로 가운데에는 공산주의를 싫어하는 사람이 많았기 때문이었다.

우리는 머리에 태극기를 두르고 북송반대 시위를 크게 벌였다. 그날 나는 지붕 위에 올랐다가 사다리를 딛고 내려오다 사다리가 넘어져 땅에 떨어졌다. 그때 가슴에 받은 충격이 얼마나 컸던지 하마터면 죽을 뻔했다. 정신은 멀쩡하였지만 심장이 잠시 멎어 버렸기 때문이었다.

위생병이 나를 흔들며 어떠냐고 물었을 때 그들이 또렷이 보이고 하는 말도 들을 수는 있었으나 나는 아무 말을 할 수가 없었고 숨조차 쉴 수가 없었다. 몇 분이 지난 후 하늘이 노래지고 가슴이 찢어질 것만 같은 통증이 느껴졌다. 그때 위생병이 내 가슴을 두들겨 주고 막 문지르니 심장이 움직이고 잠시 후 호흡이 다시 시작되었다. 그러고 나서야 비로소 제정신이 돌아왔다.

3월 25일경 거제도 포로수용소 가운데 제일 먼저 우리 82 포로수용소에서 북으로 송환을 원하는 사람과 송환을 반대하는 사람을 구별하는 개인별 심사가 열렸다.

포로 전원이 자기의 소지품을 가지고 심사 장소로 갔는데 천막이 대여섯 개 쳐 있는 곳에서 오륙 명씩 줄을 서서 기다렸다. 차례가 되어 한 사람씩 천막 안으로 들어가면 헌병이 한 사람씩 심사대로 보냈다.

책상에 앉은 심사원이 "고향으로 가길 원하십니까? 이남에 남길 원하십니까?" 하고 물었다. 이북으로 가길 원하는 사람은 카드에 'G'라고 써줘서 내보내고 남기를 원하는 사람은 아무것도 쓰지 않은 카드를 주며 나가라고 하였다. 심사원이 "되도록 고향으로 가서 부모 형제를 만나 봐야 하지 않겠습니까?"라며 권유하기도 했다.

나는 이북으로의 송환을 거부했다. “왜 남기를 원하느냐?”라고 물어 “공산주의는 자유가 없기 때문에 이남에 남겠습니다” 했더니 그냥 나가라고 하였다.

천막 앞문으로 들어가 뒷문으로 나오면 거기에는 길이 두 갈래로 나뉘어져 있었다. 하나는 북으로, 하나는 남으로 가는 길이었다. 천막에서 나오자마자 헌병에게 빈 카드를 보여주었더니 남으로 가는 길로 가라고 하였다. 나는 자유를 택했다. 나의 운명을 결정한 길이었다.

심사를 마친 사람들이 심사를 아직 안한 사람과 섞이지 않게 하려고 우리를 이중 철조망 안으로 분리 수용하였다.

처음에는 고향으로 돌아간다고 결정한 친구들을 보며 “야! 잘 가거라” 하고 손을 들어 인사도 하고 서로 이별하게 되어 눈물을 흘리기도 했다.

북으로 가기를 원하는 사람은 줄을 세워 놓았다가 그때그때 트럭으로 실어 나르는 것이 보였다. 남은 사람들은 떠나가는 사람들을 향해 손을 흔들기도 했다.

그러나 얼마 안 지나 묘한 일이 벌어졌다. 고향으로 가길 원하는 사람들이 차를 타고 가면서 이렇게 소리쳐 욕을 하였다.

“미제의 앞잡이들아! 양키 새끼들아! 고향으로 가면 네 부모 형제들을 그냥 둘 것 같으냐? 반동놈들아! 너희 부모들을 인민의 이름으로 처단하겠다. 두고 봐라. 인민을 배반한 놈들아!"

이 말을 들은 반공포로들은 고향의 부모를 생각하며 '저 놈들이 고향으로 가 우리 부모 형제들을 처단하면 어쩌나?' 하는 불안한 마음이 들어 눈에 천불이 나기 시작했다. 그때부터는 북으로 가는 사람들이 탄 트럭이 지나가면 돌을 들어 마구 던지고 때리기 시작했다. 북으로 송환되는 포로들이 원수로 보였기 때문이다.

이 광경을 보니 이북의 가족들이 생각나 가슴이 아파왔다. 내가 이북으로 가기를 거절한 것은 이남이 이북보다 살기 좋아서도 아니고 남한이 북한보다 더 잘살아서도 아니었다. 인간이 누릴 수 있는 자유, 그 자유가 소중하다고 생각했기 때문에 고향을 버리고 남쪽을 택한 것이었다. 아버지, 어머니, 형님, 형수, 여동생들을 언제 만날지 모르는 기약 없는 생이별을 선택한 것이었다.

그날밤 나는 마음속으로 '부모님을 배반한 게 결코 아닙니다. 북한의 동포를 배반한 게 아닙니다. 나는 공산주의를 배반했습니다. 부모님 용서하세요' 하고 되뇌며 오래도록 울었다.

83포로수용소에 형님과 동창생인 '김 아무개'가 있는 것을 보았다. 나는 큰소리로 "거기 이천군 사람들이 있느냐?" 하고 물었더니 "이천군 유대포리 사람들이 많이 있다"라는 대답이 돌아왔다.

82포로수용소 안에서 고향 친구 '박 아무개'와 석정동에 사는 '김 아무개'를 만났다. 북으로의 송환을 거부하자고 굳게 결의했던 고향 용포리에 사는 '김 아무개'는 결국 북을 선택하였다고 했다. 남에 남는다고 하더니 끝내 북으로 간 것이었다. 북으로 간 친구들의 대부분은 공산주의가 좋아서 간 것은 아니었다. 그들은 가족이 그리워서 북으로 간 것이었다.

나는 마음속으로 이남에 남기로 한 것을 참 잘했다고 생각하였다. 북으로 송환되더라도 "포로가 되어 얼마나 고생이 많았소" 하고 위로하며 우릴 가족의 품으로 절대 돌려 보내 주지 않을 것이라는 확신이 들었기 때문이다.

그 이유는 첫째는 조국과 인민을 위하여 피 한 방울 남지 않을 때까지 싸우겠다고 인민군 군인선서를 했는데 거기에 보면 조국과 인민을 위해 싸우지 않을 때는 인민의 심판을 달게 받겠다는 선서를 했기 때문에 인민군을 이탈하여 귀순한 나를 그냥 놔둘 리 없었기 때문이었다.

아예 돌아가지 않는 것이 차라리 낫겠다는 생각이 들었다. 군사재판에 회부되면 어떤 심판이 닥칠 것이 분명하였고, 가족에게도 결국 나쁜 영향이 미칠 것이 틀림없었다.

몸은 예전에 맞은 상처가 깨끗이 낫지 않아 계속 좋지 않았다. 우리 수용소에 대한 포로 송환심사가 끝나자 81수용소의 심사가 시작되었다. 또다시 동료들이 갈라지고 북으로 가는 동료들이 탄 차들은 돌팔매 세례를 받았다.

81 다음은 83포로수용소였다. 등에 '반공'이란 큰 글자를 쓴 옷을 입은 사람들은 글자 표시와는 다르게 북으로 가는 길을 택한 것이라고 했다. 그들은 모두 매를 얼마나 맞았는지 다리를 절룩거리며 차에 올랐다.

소문에 의하면 수용소 내에서 동료들끼리 사전에 집으로 갈 생각이냐 물어보고 집이 그리워 고향으로 간다고 대답하면 그를 끌어다가 두들겨 팼다는 이야기가 돌았다.

그 말을 듣자 소름이 끼쳤다.

'왜 그런 짓을 하는가? 북으로 가길 원하는 사람은 그냥 가도록 놔두지, 왜 매를 때리나, 어차피 북으로 가려고 결심한 사람이 남한에 남게 되면 나쁜 짓을 할 수도 있고 그러면 남은 우리들에게도 나쁜 영향을 끼칠 텐데….'

고향으로 돌아갈 사람들은 신사답게 보내주었으면 하는 생각이 들었다. 돌로 때리고 욕설을 해서 보내면 북한에 남은 우리들의 가족들에게도 그만한 보복이 돌아갈지 몰라 걱정도 되고 마음이 아파왔다.

어느 날 수용소에서 폭동[1952년 5월 7일 발생한 거제도 포로수용소 폭동사건은 제76포로수용소에 수용되어 있던 친공포로들이 일으킨 일련의 소요사건으로 6월 10일 무력으로 진압되면서 끝났다. 한국전쟁 당시 거제도에는 13만 2천 명을 수용한 국제연합군측 최대 규모의 포로수용소였고, 포로들은 반공(反共)포로와 친공포로로 나누어 대립하였다. 분열의 원인은 1949년 제네바 협정에 따른 포로 자동송환이 아닌 자유송환을 국제연합군측이 주장하면서부터였다. 5월 7일 76포로수용소의 친공포로들은 수용소장인 미국 육군 도드 준장을 납치하고, 그 석방 조건으로 포로들에 대한 처우 개선, 자유 의사에 의한 포로 송환 방침 철회, 포로의 심사 중지, 포로의 대표위원단 인정 등을 제시하였다. 이들은 미군의 심사를 거부하고 대립하다 미군이 발포하자 70여 명이 죽고 140여 명이 부상당하였다. 미군과 반공포로, 친공포로들이 맞부딪힌 가운데 난동 포로 50여 명이 살해되었다]이 일어났다. 친공포로들이 국군 보초병과 말다툼을 하다 이게 도화선이 되어 보초가 총을 발사해 포로 몇 사람이 죽고 부상을 당했다. 소요가 확산되자 미군들이 장갑차를 몰고 들어와 포로들을 전부 천막 속으로 들여보내고 진압에 나섰다.

동료 한 사람은 변소 안에서 대변을 보다 총에 맞았는데 정작 본인은 총에 맞은지 모르고 있었다. 내가 피를 흘리는 그를 보고 "야 너 총에 맞았어!"라고 말했더니 그는 그 말을 듣자마자 그 자리에서 쓰러져 다시는 일어나지 못했다. 그는 정문 쪽에 있는 병원으로 옮겼으나 곧 숨졌다. 나는 몹시 애통했다. 그 후부터 수용소 안은 점점 소란해졌다.

며칠 뒤 우리를 광주로 옮긴다는 말이 나돌기 시작했다. 우리보다 81포로수용소가 먼저 육지로 이동했다. 우리 82포로수용소는 5월 10일경 고현리로 가서 하룻밤을 지내고 그 다음날 배로 떠난다고 하였다.

13화
반공포로

1952년 5월, 바닷가에는 바람이 몹시 불었다. 태풍이 불어오고 있었다. 시퍼런 바다에 바람이 불면서 파도가 크게 일렁이고 바람이 물결을 치면 하얀 포말이 일었다 사라지면서 갑자기 큰비가 쏟아졌다. 폭풍이 몰아치는 바다 광경은 참으로 볼만했다. 멀리 커다란 LST 한 척이 세찬 파도를 헤치고 항구로 들어오고 있었다. 부두에는 중공군 포로들이 중공군 깃발을 들고 어디로 가는지 배를 향해 걷는 모습도 보였다.

거센 바람이 어느 정도 잔잔해져 주변을 둘러보니 LST는 부산에서 북으로 송환을 희망하는 포로들을 거제도로 실어 나르는 배였다.

파도가 높이 출렁이는 가운데 상륙정에 가득 실은 포로들을 물이 얕은 쪽으로 내려놓았다. 나는 그 광경을 보며 '저 작은 조각배로 큰 파도가 치는 물결을 어떻게 헤쳐 왔을까?'

하는 생각이 들었다. 잠시 후 북송포로들이 물살을 헤치고 항구에 도달하면 그들을 바닥에 엎드리게 한 후 이동시키는 장면을 보았다. 그 가운데는 여군 포로들도 있었는데 그들은 〈스탈린 대원수의 노래〉를 힘껏 불렀다. 나는 그들의 모습을 보니 고향 생각이 더 간절했다.

우리는 부둣가 천막에서 폭풍이 지나가길 기다리며 하룻밤을 보냈다. 다음날 아침 LST를 타고 여수로 향했지만 바람은 계속 불었고 파도도 거세었다. 배는 수월리 부두를 떠나 진해만을 돌아 동쪽으로 빠져나갔다.

우리는 언제 다시 볼지 모르는 거제도를 바라보면서 멀리 사라져가는 거제도의 산천을 하염없이 바라보았다. 그런데 아침에 떠난 배는 오후가 되도록 별다른 진전이 없어 거제도가 계속 보였다.

그 다음날 새벽이 되어서야 여수에 간신히 도착했다. 아침 7시경 여수항에 하선했는데 일출이 얼마 지나지 않은 시각이었다. 부두에 내려 여수를 보려 했으나 시가지는 잘 보이지 않았다. 부두에 '온양호'라는 LST 한 척이 정박해 있는 것을 보고 한국 해군도 LST를 보유하고 있다는 사실을 처음 알았다.

바다에서는 작은 배 한 척이 큰 배를 부두에 똑바로 댈 수 있도록 밀어붙이고 있었다. 작은 배가 큰 배를 밀어붙이는 것을 보고 그 힘에 놀랐다.

우리는 여수에서 기차를 타고 광주 쪽으로 향했다. 기찻길 주변에는 연분홍 철쭉꽃이 아름답게 피어 있었다. 길 옆 초가집들은 지붕이 낡고 초라해 무척 가난해 보였다.

가는 길 서쪽으로 바다가 보였다. 한참을 더 가니 이번에는 동쪽으로 바다가 보였다. 우리는 어느새 벌교에 도착했다. 벌교 주변 산의 나무들은 송충이들이 잎을 파먹어 앙상한 모습이었다. 지방 파출소나 면사무소 등의 공공건물들은 모두 파괴되어 대나무 또는 나무 울타리를 치고 경비를 서고 있는 모습도 보였다.

기차는 멀리 순천을 바라보면서 서쪽으로 향했다. 순천역에는 파괴된 기관차가 나뒹굴고 있었다. 이 광경을 본 누군가 "여기도 돌개바람이 불었네!"라고 말했다. 차창 밖 거리에 하얀 바지저고리에 조끼를 입은 젊은 청년이 걸어가고 있는 모습을 보고는 모두들 "야! 젊은 사람이 아직 군대를 안 갔네"라며 부러운 듯 한마디씩 했다.

순천 일대의 산과 들은 참 아름다웠다. 집은 모두 초가집이었는데 이북의 초가집보다는 작아 보였다. 이북 지방은 초가집들이 모두 크고 버젓하게 잘 지었는데 전라도 농가들은 인근 산에 나무가 귀해서 그런가 모두 납작하고 볼품이 없었다. 그러나 산과 들에 핀 꽃들은 더없이 아름다웠다.

이곳은 봄이 되어도 봄 기분이 나질 않는 것 같았다. 우리 고향엔 봄이 되면 전 농토를 소로 갈아 강냉이 콩, 팥, 귀리, 봄보리, 감자, 수수 등을 심느라고 정신이 없었는데 여기는 난리 통 탓인지 꽃이 피는 봄이 와도 바쁜 것이 별로 눈에 띄질 않았다.

조용한 산천 사이로 공비들과의 싸움에 울타리를 높이 친 삼엄한 경계 지대도 보였다. 우리는 저녁 4시경 광주에 도착했다. 남광주를 지나 광주에 도착했는데 광주에는 제법 큰 건물들이 남아 있었다.

우린 다시 송정리로 가서 역에 내려 상무대를 향해 걸었다. 길가의 많은 사람들이 우리를 신기한 듯 구경하고 있었다. 4킬로미터 길을 걸어 상무대로 가니 비행장이 있었고 우리는 그 옆의 수용소로 들어갔다. 우리는 그곳에 천막을 치고 자리를 잡았는데 반공포로들만이 수용된 곳이라 우리를 대하는 국군과 미군의 태도가 달리 느껴졌다. 그곳 지형을 바라보니 광주가 살기 좋은 곳이라는 생각이 들었다. 동쪽의 무등산은 제법 높은 산이었고 멀리 장성 지방의 노령산맥의 봉우리들이 전라북도와의 도경을 이루며 뻗어 웅장하였고 북에서 남으로 펼쳐진 나주평야도 기름져 보였다. 멀리 남쪽의 월출산은 마치 금강산 봉우리처럼 아름답게 느껴졌다.

우리는 반공포로였다. 공산주의를 반대하고 자유를 찾기 위해 남에 남기로 작정한 사람들이었다. 광주수용소는 생소했지만 우리를 감시하는 국군 경비병과 미군들이 모두 우리 편이구나 생각하니 마음 든든했다.

도착한 지 3일이 지났다. 광주로 오니 먼저 온 81포로수용소 사람들이 이미 자리를 잡고 있어 우리 간부들은 행세를 하지 못하고 그들의 지시를 따를 수밖에 없었다.

광주에 도착한 지 일주일이 지나도록 어찌된 일인지 우리들에게 밥은 나왔지만 부식이 없었다. 소금 배급도 없이 짠 반찬 대신 단 것만 계속 나왔다. 맨 밥만 먹다 보니 한두 끼는 짠 맛이 없이 먹을 수 있었으나 계속해서 먹을 수는 없었다. 하루 종일 밥 한 그릇만 먹어도 배가 고프지 않았고 밥을 봐도 군침이 돌지 않았다. 나는 비로소 소금의 고마움을 느꼈다. 설탕에 밥을 비벼 보았으나 밥이 넘어가지 않았다. 언제나 모자라던 밥이 남아돌았다. 모두들 소금기가 있는 음식을 먹어 보겠다고 야단들이었다.

약 십여 일이 지났다. 9명당 고등어 통조림이 한 통씩 나왔다. 큰 수저로 하나씩 차례가 돌아갔다. 고등어 통조림 한 수저, 얼마나 밥맛이 도는지 밥이 목구멍에 닿을 새도 없이 꼬리치며 넘어갔다. 우리가 짠 것을 먹지 못한 지 십일 정도밖에 안 되었는데 그동안을 견디지 못하고 애쓴 생각을 하니 '사람처럼 변덕스런 동물도 없구나' 하는 생각이 들었다.

우리들이 광주에 도착한 지 삼십 여일 정도 지나면서 상무대로 일을 나가게 되었다. 상무대는 넓은 평야 가운데 있는 일본군의 군사기지였다고 했다. 지금은 한국군의 보병학교, 전차학교, 각종 학교가 있었고 비행장에는 한국군의 공군 연습 비행대가 있었다. 그곳에서 미군 고문관들이 한국군을 열심히 가르치고 있는 모습을 볼 수가 있었다. 우리는 상무대에 나가 일을 하였는데 몇 백 명씩 발을 맞춰서 군가를 부르며 걸어가면 모두들 우리의 발맞춤에 놀라는 표정이었다.

한편 우리는 흙으로 벽돌을 만들기 시작했다. 하루에 몇십 장씩 흙을 이겨 만들곤 했다. 우리는 극락강 뒤쪽으로 나가서 일을 하고 돌아오기도 했다.

가끔 광주 시내를 지나 교외로 가기도 하였고, 송정리와 함평, 담양으로 가는 길에 가서 일을 했다. 수용소 안에 있는 것보다 밖에 나가면 재미가 있었다. 하루는 광주 뒤 골짜기에 돌을 주우러 갔는데 검은 오리를 기르는 것을 보았다. 주인이 이 오리는 '약오리'로 칠백여 마리를 기르는데 이것만 잘 자라면 생계는 된다고 하였다.

오리를 냇가에 내다 놓고 사람이 앉아서 지켰는데 두 시간 정도 오리를 놀게 하더니 호루라기를 부니까 오리들이 모두 달려와 축사로 몰려 가는 것을 보았다. 오리들도 길들이니 말을 잘 들었다. 그 골짜기는 물이 맑았지만 주변 유리공장에서 나오는 유리 찌꺼기가 매우 많아 오리들이 걱정되기도 하였다.

수용소로 돌아오는 길 주변 산에는 나무들이 많이 있어 경치가 아름답게 보였다. 광주 시내는 다른 고장과 달리 좋은 집들도 많이 남아 있었다.

그러던 어느 날 나는 웬일인지 밤이 되면 불빛만 보일 뿐 땅들만 허옇게 보이고 높고 낮음을 구별할 수 없게 되었고, 불빛이 없으면 잘 보이지 않았다. 날이 지날수록 증상은 더욱 심해졌다. 병원에 갔더니 야맹증에 걸렸다고 하였다. 나는 그 다음날부터 계란 삶을 것을 한 그릇씩 매일 먹었다. 보름간 계속 먹으니 야맹증이 말끔히 나았다. 의사 말이 비타민이 모자라서 그랬다는 것이었다.

수용소 밖에 장사꾼들이 지나다 우릴 보고 생선을 사라고 하였다. 나는 옷을 벗어 주고 전갱이를 샀다. 처음에는 고등어인줄 알았는데 비늘이 있는 것을 보니 고등어 비슷한 고기였다. 구워서 먹어 보니 맛이 매우 좋았다. 나는 마른 오징어를 매우 좋아했다. "스루메[오징어]라면 사족을 못 쓰누나" 하고 나를 놀리는 사람도 있었다.

광주 상무대에서 처음으로 여군들을 보고 기뻤다. 여군이

야말로 군의 꽃이며 군의 위로와 용기를 주는 군인이라 생각했다. 인민군에만 여군이 있는 줄 알았는데 한국군에도 여군이 있었다. 사병과 장교 여군이 있었는데 남자 군인들이 여군을 대하는 것을 보니 인민군 여군만큼 대우를 해주지 않는 것 같아 마음이 언짢았다.

상무대로 나가 일을 하면서 한국군에게 친근감을 갖게 됐다. 가끔 송정리로 가서 강을 건너 도로작업을 하면서 바깥바람을 쐬며 풍경을 구경하는 게 유일한 낙이였다. 영산강 강물이 말라 고기를 잡는 모습을 구경하기도 하고 곡식들이 자라는 모습을 관찰하기도 했다. 여름에 해가 질 적에는 담양 쪽에서 해가 뜨더니 겨울에는 무등산 남쪽 남광주 쪽에서 해가 뜨곤 했다.

우리는 광주비행장 옆의 한 수용소에서 지냈는데 8월부터는 500명씩 소단위로 수용된다고 하였다. 매일같이 중장비를 동원하여 사월산을 깎아 내고 터를 닦았다. 우리는 수용소 밖에서 흙벽돌을 만들어 가져다 월동준비를 했다. 그해 나주평야에는 곡식 작황이 나빠 흉년이 들었다. 벼이삭이 나올 때 비가 많이 와 '이삭 마른 병'에 많이 걸렸기 때문이라고 했다.

우리는 신자 소대에서 성경공부를 했다. 나는 강원도 사람보다 평남, 평북, 황해도 사람들과 주로 사귀었다. 76포로수용소에서부터 황해도 황주군 영풍면 영풍리에 살면서 장동교회에 나갔던 안집사와 매우 친했다. 또 오집사와 평남 대동군에 살던 강집사, 그리고 황해도 사리원에 살던 정집사, 송화에 사는 김집사와는 거제도 포로수용소부터 함께 지내 정이 많이 들었다. 우리는 고향 얘기도 하고 언젠가 자유의 몸이 되면 서로 고향에 찾아가자고 이야기했다.

1952년 8월에 접어들자 우리는 사월산에서 500명씩 작은 수용소 생활을 하게 되었다. 그 후부터는 밖에 나가는 일이 거의 없었고 주로 영내에서만 머물게 되었다.

가을이 되면서 나주평야의 들판이 황금색 물결로 변했다. 하루는 수용소 밖에서 일을 하다가 들에서 점심을 먹게 되었다. 동네 꼬마들이 다가와 옆에서 우리가 식사하는 것을 구경하고 있었다. 우리는 배식을 하고 남은 밥을 애들에게 먹으라고 하니 모두 달려왔다. 밥을 한 그릇 퍼주었더니 애들이 받아 들고는 먹지를 않았다. "왜 안 먹고 있냐?"고 물었더니 "우리 아버지는 산에 가서 없고 엄마는 아파서 누워 있어 어제 저녁도 굶었어요. 이 밥을 갖고 가서 엄마하고 먹고 싶어요"라고 말하였다. 나는 그 아이가 불쌍해서 가까이 오라 한 후 밥을 한 그릇 더 주었다.

나중에 알고 보니 그 아이의 아버지는 빨치산으로 나갔고 엄마는 집에서 병을 앓고 있다는 것이었다. 나는 그 아이가 불쌍했다. 남한에 그런 애들이 수없이 많으리라 생각했다. 남편을 잃은 여자가 애들을 데리고 살길이 막막한 것이었다. 그렇다고 한국 정부에서 좌익분자라고 낙인찍힌 그들에게 어떤 도움도 주지 않으리라 생각하니 고생이 오죽하랴 싶었다.

1952년 10월 17일, 광주의 들판은 절반 정도 수확을 하였다. 하루는 김집사와 논을 바라보며 6·25전쟁에 대해 얘기를 하였는데 인민군이 강해서 대구까지 진격한 것이 아니라 미국 정책의 작전에 말려서 대구까지 진격한 것이라는 것이었다. 나는 그때까지만 해도 인민군이 무력이 강하고 사상이 강해 모든 면에서 국군보다 우월하여 초기에 남진을 했다고 생각하고 있었기에 무슨 말이냐고 반문을 했다.

강대국은 약소국가의 민족성을 말살하고 나라를 예속시키기 위해 동족 간에 사상 싸움을 일으키어 전쟁이 나게 한 후 쌍방을 강대국에게 예속시켜 민족주의 애국자를 제거하고 자기 앞잡이들을 내세워 정권을 잡게 한 후 그를 지원하면서 동족을 죽이는 데 수단과 방법을 가리지 않고 숙청하여 분단을 영원하게 한다는 것이다. 이것이 강대국의 속성이라는 것이다.

김십사는 이어 말하길, "휴전회담이 진행 중인데 이것은 꼭 성립될 것이야. 그래야 전쟁에 희생된 동족간의 감정 때문에 쌍방은 동족보다도 강대국에 더 의지하게 되거든. 그렇게 되면 나라를 먹게 되는 거야. 나라를 먹는 방법이 따로 있나?"라고 하였다.

나는 그 말을 듣고 서러웠다. 정작 우리가 조국을 통일하려고 전쟁을 한 것이 아니라 외국에게 나라를 제공하는 빌미를 준 꼴이었다.

전쟁을 통해서 국토를 황폐하게 하고 동족을 수없이 죽게 하고 사랑하는 이웃끼리 사상 대립을 하여 얼마나 많은 사람이 죽었는가? 대학살당한 나의 민족이여, 내 동족을 반동분자니, 빨갱이니 역도니 하며 서로 죽이고 지금 이 시간에도 비명을 지르며 죽어 가는 양민들이 얼마나 많이 있을까? 나는 이 모든 것이 '외국의 잘못이 아니라 우리 민족의 운명을 생각하지 않고 자기 권력만을 생각한 이들로 인해 비롯되었구나' 하는 생각이 들었다.

김집사 말로는 휴전협정은 반드시 성립될 것이며 성립된 후엔 국토가 분단된 채 100년이 갈지 200년 갈지 모른다고 했다. 그 후 다시 전쟁이 나고 또다시 휴전을 하는 일이 반복되어 분단이 영원히 계속될지 모른다고 하였다. 나는 그 말을 듣고 미소 양국의 희생물이 된 한국을 생각하고 가슴이 먹먹해짐을 느꼈다.

우리는 시간이 있으면 마당에서 농구도 하고 줄넘기도 하며 몸을 단련시켰다. 날씨가 점점 서늘해져 가을이 다가왔다. 우리는 창세기를 공부하였는데 재미가 있었다. 다른 책들 중에서는 창세기를 보지 못했었는데 천지창조를 처음으로 배우게 되고 인류의 발달과 오늘의 세상에 대해 공부를 하는 동안 '지금부터 몇천 년 전에 이런 훌륭한 책이 나왔다니…' 하고 감동했다. 강사 선생님이 요셉의 꿈 얘기를 하는데 얼마나 재미가 있었는지 나는 시간 가는 줄도 모르고 듣고 있었다.

우리가 5백 명 소단위로 나눠질 적에 나는 황주 출신의 안 집사와 헤어지게 되어 무척 섭섭했다. 우리 맞은편 수용소에는 이천군에 사는 형님 친구가 책임자로 있었고, 세력을 확보하고 있었다. 나는 그에게 형님의 안부를 물어보았으나 9·28 수복 이후 소식을 모른다고 하였다.

가을이 깊어 가면서 날이 더 서늘해지고 아침, 저녁에는 제법 추웠다. 흙벽돌로 집을 짓고 채 완성되지 않은 단계에 들어가 살다가 벽이 무너지는 소동이 벌어지기도 했다.

하루는 내 옆에서 자던 친구가 자다 소리를 지르며 기절했다. 모두들 자다 말고 법석을 떨었는데 한참 있다 그가 정신을 차렸는데 이마와 온몸에 땀이 흐르고 부들부들 떨고 있는 것이었나. "왜 그러냐?" 하고 물으니 "귀신이 나를 잡아끌고 땅속으로 끌고 간다"라고 하였다.

처음에는 다들 "뭐 그런 꿈을 꾸어 놀라게 하느냐?" 하고 대수롭지 않게 넘겨 버렸다. 그 다음날 그 자리에서 자던 다른 친구가 또 자다 말고 비명을 지르고 기절을 했다. 모두 깜짝 놀라 그를 흔들어 깨웠더니 정신을 차린 후 하는 말이 "귀신이 나를 땅속으로 잡아당기는 것이야" 하고 대답하였다. 공교롭게도 똑같은 대답을 듣고 이번에는 모두들 마음이 이상해졌다. 서로 얼굴을 쳐다보며 '이거 무슨 좋은 방법이 없을까?' 하고 걱정을 했다.

한 사람이 정색을 하고 "땅 밑에 시체가 있으면 그런 일이 일어난다. 잠자리 밑을 파 보면 알 것 아니냐?"라고 말했다. 모두 고개를 끄덕이며 바닥을 파보기로 했다. 방 안을 치우고 땅 밑을 파기 시작했다.

약 50센티미터가량 파니 놀랍게도 시체가 나왔다. 어린 아이의 시체였는데 물통에 애를 앉혀 넣은 열 살 미만의 여아였다. 하나도 썩지 않고 미라처럼 되어 있었는데 동료들이 이를 보고 "북어처럼 말랐네"라며 얼굴을 찌푸렸다. 모두들 땅 밑의 원혼이 자는 사람을 당기어 자기를 치워 달라고 신호를 보낸 것이었다고 수군대며 어쩌면 이런 기가 막힌 일이 있을까 야단이었다. 시체를 치우고 난 다음에는 그 자리에 다시 누워 자도 아무 일도 생기지 않았다.

14화

반공포로 석방

1952년 11월이 되자 철조망 주변을 가끔 지나가던 피난민들 사이에서 황해도 장연 사람을 만났다. 그중 한 사람이 우리 쪽의 누군가를 보고 "야, 너 거기 있었구나" 하며 반가워했다. 그리고 동료에게 "네 아내도 피난 왔다"라고 말했다.

며칠 후에 그 친구의 아내가 수용소로 찾아왔다. 그녀는 남편이 수용소에 있는 것을 보고 무척 반가워했다. 그녀가 하는 말이 부모님은 죽고 아이들과 피난 오다가 애 하나는 잃어버리고 나머지 하나만 간신히 데리고 나왔다며 흐느꼈다. 옹진에서 배를 타지 못하고 부모를 잃은 아이들이 해변을 떠나지 못하고 서성이고 있다는 소문에 다시 돌아가고 싶다고 하였다.

서울 방면으로 피난 온 사람은 어떻게든 한강을 건너 남으로 내려올 수 있었지만 옹진반도 쪽으로 나온 사람들 중 배를 타지 못한 사람들은 해변에서 추위를 못 이겨 죽은 사람들이 많았다고도 하였다. 그 말끝에 부부는 넋을 잃고 서로 부여잡고 울었다.

아내를 만난 동료는 나랑 동갑이었는데 '아버지' 하고 부르는 아들을 보니 6세가량 되어 보였다. 그는 일찍 결혼을 하였다고 했다. 나는 문득 부모님, 그리고 형님, 동생과 조카 생각이 나서 시름에 잠겼다.

하루는 수용소 인근 야산 묘소에서 시향을 지내는 것을 보게 되었다. 노인들이 와서 묘소를 정돈한 후 자리를 깔고 제례 음식을 차린 후 식구들이 와서 절을 하고 예를 올렸다. 그 중 대위 한 명이 노인에게 거수경례를 하니 노인이 인사를 어찌 받을 줄을 몰라 꾸물꾸물하다가 갓에다 거수경례로 답하는 것을 보고 모두 웃었다. 미군들은 제사 지내는 모습이 신기한 듯 지켜보다 사진을 찍기도 하였다.

그해 겨울이 되자 외부에 나가는 일이 거의 없었고 주로 내부에서 성경공부만 하였다. 창세기에서 노아 홍수에 이르기까지 배우는 내용들이 무척 재미있었다.

12월이 되자 아이젠하워 대장이 한국에 온다고 야단이었다. 그가 대통령이 되면 전쟁이 빨리 끝날 것이라는 이야기도 나돌았다.

12월 성탄 때가 되어 아이젠하워 대장이 광주 포로수용소에 온다고 하여 전부 밖에 나가 도열해 기다렸다. 그러나 그는 오지 않았다. 날씨가 얼마나 추운지 기다리다 지쳐 하늘에 뜨는 비행기만 보면 저 비행기가 아닌가 하고 쳐다보았다. 그러나 결국 광주에는 오지 않았다. 다들 밖에서 추위에 떨며 기다린 것이 허사가 되었다고 불평을 했다. 나는 이 기회에 거제도에서 광주까지 와서 헤어진 안집사와 옛 동료들을 행여 볼 수 있을까 하는 기대를 가졌으나 안타깝게도 만나지는 못했다.

광주의 겨울 날씨는 남쪽이지만 영하 14도까지 내려가는 추운 날도 있었다. 해가 남쪽으로 기울어지는 동지 때에 사월산에서 바라보니 무등산 봉우리 남쪽에서 해가 떴다. 추운 겨울에도 들에는 많은 새들이 무심히 날아다녔다.

해가 바뀌었다. 사람들 말이 광주 대도시 주변은 치안이 안정되었지만 지리산, 백운산 등지에선 지금도 빨치산과 군경의 공방이 계속되어 그 틈바구니에서 애꿎은 농민들만 희생당하고 있다고 했다. 전쟁의 비극과 북의 가족을 생각을 하니 성경공부를 해도 좀처럼 머리에 들어오지 않았다. 그래서 만사를 잊으려고 찬송가와 군가를 자주 불렀다.

우리는 이남의 노래와 군가를 여러 곡 배우고 제식훈련도 하였다. 가끔 고향 이천 사람들이 많이 있던 맞은 편 수용소로 가서 일 년 후배인 오 아무개를 만나곤 하였다.

이른 봄 어느 날, 수용소 밖에 작업을 나갔다 돌아오니 모두들 "누가 그랬을까?" 하며 수군거리고 있었다. 경비병들도 걱정을 많이 하는 눈치였다. 내가 무슨 일이냐고 물으니 우리 중에 친공포로가 있는 것 같다고 하였다. 누군가 답배갑에다 수용소에선 배가 고프다고 낙서한 것이 밖에서 발견되어 특무대에서 그가 누군지 색출하라고 명령이 떨어졌다는 것이었다.

나는 그 말을 듣고 그 일이라면 고민할 것이 없다고 말한 후 "그것은 내가 했어요"라고 하니 다들 놀라는 한편 우리는 범인이 누군지 몰라 고민했었다고 했다.

조금 있으니 헌병이 나를 데리러 왔다. 차를 타고 광주 포로수용소장인 미군 육군 대령 앞으로 불려갔다. 잠시 후 대령과 통역관이 있는 곳으로 끌려갔다.

통역이 내게 "이 글이 당신이 쓴 글이요?"라고 물었다. 나는 주저없이 "네"라고 대답했다. 그러자 통역이 "그러면 이 글을 한 번 읽어 보시오" 하였다.

"괴로운 생활, 광야 같은 쓸쓸한 이곳이여! 빨리 사회가 그립습니다. 우리는 배고프다. 우리는 몇 칼로리를 먹어야 하는데 몇 칼로리가 모자라누나."

나는 담담히 읽어 내려갔다. 통역이 수용소장에게 통역했다. 잠시 후 수용소장이 나에게 몇 칼로리가 모자라는지 어떻게 아냐고 물었다.

나는 "우리가 배우는 교재에서 보았습니다. 거기에 보면 쌀 몇 그램은 몇 칼로리, 콩 몇 그램은 몇 칼로리라고 쓰여 있지요. 그래서 그것을 보고 우리가 먹은 양을 비교해서 썼을 뿐입니다"라고 대답했다.

수용소장은 "잘 알았다"라고 말하고 통역보고 아무것도 아닌데 이런 일을 가지고 뭘 그러느냐고 한 후 웃으며 나보고 그냥 돌아가라고 하였다.

나는 곧바로 막사로 돌아왔다. 모두들 내 주위를 둘러싸고 어떻게 된 일이냐고 물었다. 나는 아무것도 아니라고 대답을 하자 다들 그런 걸 공연히 걱정했다고 안도하였다.

나는 담배를 피우지 않았으므로 내 앞으로 담배가 나오면 그것을 모아 오징어로 바꾸어 먹곤 했는데 담뱃갑에 우리가 먹는 양이 정상 건강인이 먹는 양과 비교해서 얼마가 모자라 배가 고프다고 낙서를 한 적이 있었다. 그런데 그 담뱃갑의 낙서를 본 어떤 사람이 수용소의 실정을 나쁘게 선전하려는 첩자가 잠복해 있다고 수사기관에 신고를 한 것이라고 했다. 그날 이후 나는 낙서를 일절 하지 않았다.

남들이 내게 하는 말이 "너는 책임감이 많구나. 나 같으면 꼬리를 빼었을 텐데…" 하였다. 나는 "죽을 때 죽더라도 내가 한 것은 했다 하고 안한 것은 안했다 하면 되는데 숨을 것이 무엇이냐?"라고 말했더니 사람들이 "너는 참으로 용기 있는 사람이다"라고 칭찬하였다.

겨울에는 다들 웅크리고 살았지만 봄이 되면서 몸이 근질근질해지며 바깥 생각이 났다. 지난여름에 담양에 다녀올 적에 길가에서 보았던 여학생이 얼마나 고왔던지 그 얼굴이 자꾸 떠올랐다. 한 번만 더 볼 수 있으면 좋겠다는 생각을 했다.

철조망 옆에는 기둥이 있었는데 수용소 사람들이 그 기둥에 오줌을 자꾸 싸니 염분이 나무에 스며들었다. 하도 여러 명이 오줌을 싸대니 나무에 염분이 내 키만큼 찌들어 올라왔다. 나는 그것을 보고 '염분이 나무에 번지는 것이 대단하구나'라고 생각했다.

1953년 3월 어느 날 내게 편지가 한 통 왔다. 기뻐서 받아보니 거제도에 있을 때 나와 함께 있었던 남한 의용군 출신이 아무개한테서 온 것이었다. 그는 이미 석방되어 고향에 가서 잘 있으며 죽지 않고 살아서 온 자기를 보고 집안 식구들이 얼마나 기뻐한 줄 모른다며 송씨도 몸조심하고 있다가 고향에 돌아가면 부모님이 얼마나 즐거워하시겠느냐며 아무쪼록 건강히 잘 있으라는 편지였다. 세월이 좋아지면 보고 싶다면서 사진도 보내왔다. 나는 사진 속의 그를 보고 얼마나 반가운지 눈물이 날 지경이었다. 강원도 삼척군 근덕면 동막리 본동 이 아무개, 나는 그 이름을 몇 번이고 되새

졌다.

그 후 며칠이 지났다. 아침 10시경 앰프에서 갑자기 스탈린 원수가 죽었다는 소식이 들려왔다. 나는 정말 기뻐했다. 나뿐 아니라 수용소 전체가 기뻐했다. 바로 그가 6·25전쟁을 사주한 장본인이었기 때문이었다. 모두들 왜 죽었을까 궁금해 야단들이었다. 한편으로는 그가 죽었으니 전쟁이 빨리 끝날지도 모른다고 말하는 사람도 있었다.

논에 보리싹이 자라는데 까마귀 떼들이 보리 순을 쪼아 먹어서 소리를 질러 쫓아 버리는 모습을 가끔 보았다. 하루는 새 떼가 아닌 사람을 쫓는 것을 보고 놀랐다. 양식이 떨어진 사람들이 보리 순을 먹으려고 잘라 가기 때문이었다. "야, 이놈들아. 왜 남의 보리를 잘라 가니? 나쁜 놈들아!" 하고 소리치면 다들 깜짝 놀라 도망을 가는데 한편으론 얼마나 배가 고프면 보리 순을 먹고 살까 하는 생각에 고향에서 소나무 껍질을 벗기던 기억이 떠올랐다.

우리 고향은 봄이 되면 밭을 갈고 콩이며, 강냉이며 조·감자·고구마를 심느라고 들에 사람들이 야단들인데 여기에는 사람들이 없고 논밭 가는 것도 보이지 않았다. 봄이 되어도 논에 풀이 나지 않았다. 민둥산에는 봄이 되어도 푸르러지는 기색이 없었다. 모두가 전쟁의 불길로 황폐해졌기 때문이다.

우리는 밖으로 나갈 일이 없어서 영내에만 머무르다 보니 심심해서 하루는 제일 오래 잠자기 경기를 벌이기로 하고 밤낮으로 일어나지 않고 누워 자기를 했는데 나는 사흘 밤낮을 누워 있노라니 허리가 아파서 더 이상 누워 있을 수가 없어 포기하였다.

예전에 부산 가야 포로수용소에 있었을 때에도 세수를 제일 오랫동안 안하기 내기를 했었는데 22일간 세수를 안하다가 찝찝해서 더 이상 견디지 못하고 세수를 하니 얼굴 피부가 부드러워지고 물이 닿는 것만으로 크림을 바른 것처럼 기분이 상쾌해졌던 경험을 한 적도 있었다.

이렇게 지내는 동안에도 날마다 벽보에는 쌍방간의 교전현황이 나오고 인민군과 중공군의 사상자수를 게시했다. 한국군과 유엔군의 사상자 현황도 비교해서 나오며 판문점의 정전회담 상황도 속속 게시되었다. 전쟁이 휴전을 앞두고 점점 치열해지고 있음을 한눈에 알 수 있었다. 내가 포로가 되어 앞날을 예기치 못하고 세월을 보낸 지도 근 3년 가까이 되었다.

4월이 되면서 외부로 나가 훈련장 주변을 청소하며 환경을 정비했다. 뜰에는 채소가 자라고 우리가 영내에 심었던 채소를 뽑아 부식으로 이용했다. 들리는 말에 의하면 반공포로까지 북에서 전원 송환할 것을 요구하고 있는데 유엔에서는 전쟁을 빨리 마무리 짓기 위해 응할 용의가 있다는 얘기가 흘러 나왔다. 우리는 그 말을 듣고는 설마하면서도 매우 불안했다.

또 다른 급보가 들어왔다. 스탈린이 죽고 비밀경찰 총수인 베리아가 정권을 잡았다는 보도가 나돌았는데 이어 말렌코프가 베리아를 죽이고 다시 정권을 잡았다는 보도가 나왔다. 또 이북에서는 무정 장군이 숙청되고 박헌영과 이승엽이 미제의 간첩으로 몰려 검거되었다는 소문이 나돌았다. 듣고도 믿기 힘든 일이었다. 우리는 포로송환 협정이 어찌될까 몹시 걱정되었다.

한편 이남에선 100원을 1환으로 교환하는 100대 1의 화폐개혁이 있었다. 전쟁으로 화폐 가치가 떨어졌기 때문에 이를 바로 잡기 위한 정책이라 했다. 그러는 동안에 논에 보리가 누렇게 익어 벨 때가 되었다.

1953년 6월 17일 저녁에 우리는 평소처럼 성경공부를 하며 저녁 예배를 보고는 잠이 들었다. 그런데 밤 12시가 되자 갑자기 우리를 깨웠다.

"판문점에서 유엔 측이 강제 송환에 응했기 때문에 이승만 대통령의 명령으로 여러분을 탈출시키는 것이니 신호가 있으면 빨리 수용소를 탈출하시오. 되도록 멀리 탈출하면 동이 트기 전에 여러분은 밖에서 새날을 맞이하게 될 것입니다. 그러나 아무런 짐도 갖고 나가지 마시오. 맨몸으로 나가시오"라고 말하였다.[1953년 6월 18일 새벽 0시를 기하여 대통령 이승만이 남한에 수용 중인 북한 및 남한 출신의 반공포로를 석방했다.]

우리는 조바심하면서 신호가 떨어지기를 기다렸다. 드디어 신호가 났다. 동시에 총소리도 빗발치듯 났다. 우리는 철조망 사이로 기어 나가 논과 들판으로 마구 뛰었다. 몇 백 명씩 한꺼번에 밀고 나가니 이중 삼중 철조망도 쭉쭉 넘어갔다. 총소리에 겁이 나 기어가는 사람도 있었다.

예광탄이 하늘을 밝히고 실탄이 수없이 날아왔다. 별안간 옆 초소에 있는 국군 한 사람이 "악" 하고 비명을 지르며 쓰러졌다. 미군이 쏜 총탄에 맞은 것이었다. 옆에 있는 군인이 "아무개가 총 맞았어" 하고 연락하는 소리도 들렸다.

정신없이 철조망 밖으로 빠져나왔으나 사방이 캄캄하였다. 비는 부슬부슬 오는데 하얀 곳이 길인가 하고 디디면 깊이가 한 길이나 되는 도랑에 빠지곤 했다. 우리는 논으로 밭으로 닥치는 대로 마구 뛰었다. 정신없이 뛰다 농가와 마주치기도 했다. 일부는 뒷간으로 숨어들고 몇몇은 장독을 깨뜨리며 울타리를 부수고 뛰어넘기도 하였다.

총소리가 요란하게 울리는 가운데 우리들은 미군의 추격을 뚫고 필사적으로 탈출하였다. 수백 명의 장정이 떼를 지어 마을을 달려 나가니 마을 사람들은 공포에 질려 밖을 내다보지도 못하고 방 안에서 꼼짝 못하고 밖의 동정만 몰래 살필 뿐이었다.

우리는 무조건 남쪽을 향해 달렸는데 도중에 큰 대나무 밭을 만났다. 대숲 속으로 들어서니 앞뒤가 캄캄해서 전혀 보이지 않았다. 창끝같이 날카로운 대나무를 벤 그루터기가 발끝에 걸렸다. 여길 잘못 디뎠다가는 찔릴 수도 있고, 잘못 넘어지면 크게 다칠 수도 있었다. 우리는 미끌미끌하면서 위험한 대나무 숲을 빠져나가느라 더듬거리며 무척이나 애를 먹었다. 그런 와중에서도 어둠 속에서 공포에 떨기보다는 '나의 갈 길 가도록 예수 인도하시니'라는 찬송가를 마음 속으로 부르며 숲과 마을을 지나 정신없이 뛰었다.

먼동이 트는 여명에 문득 정신을 차리고 보니 옷은 비에 젖고 논과 밭을 뛰다 도랑에 빠지면서 물이 배어 무겁고 축축하여 정말 몰골이 말이 아니었다.

날이 밝기를 기다려 지나는 행인에게 여기가 어디냐고 물으니 남평이라고 답하였다. 그는 큰길로 나가면 미군들이 총을 쏘며 잡으려고 하니 작은 길로 빨리 가라고 친절히 일러주었다. 경찰들은 길에 섰다가 우리를 보고는 마을 어느 집이든 들어가서 군복을 벗고 사복으로 갈아입으라고 일러주었다.

나는 마을의 한 집에 들어가 “아저씨 옷을 하나 주시오” 하며 군복을 몽땅 벗어 주고 무명 중의 적삼 한 벌을 얻어 입었다. 군화도 벗어 주고는 다 헤진 고무신 한 짝을 얻어 신었다. 물에 젖은 무거운 군화 대신 가벼운 고무신으로 갈아 신으니 발이 얼마나 가벼운지 금방이라도 날아갈 것 같았다.

15화

살기 위한 몸부림

오전 10시경에 한 동네에 들러 식사를 하고 쉬었다. 경찰에서 연락이 있었는지 주민들이 친절히 대해 주고 밥도 많이 주었으므로 배불리 먹고 나서 다시 걷기 시작했다. 저녁이 되어 한 마을에서 쉬게 되었는데 "여기가 어디오?" 하고 물으니 '전라남도 나주군 남평면 교원리'라고 하였다.

길에서 마주치는 경찰들은 우리를 보고는 반갑게 맞아 주었다. 우리는 그곳에서 하루를 쉬게 되었다. 주민들도 "매우 반갑소. 6·25때 인민군으로 나와 고생을 하고 수용소 생활을 하고 자유대한의 품으로 돌아와 우리의 형제가 되었으니 이제 당신은 살았소"라고 위로해 주었다.

교원리는 6·25때 전쟁의 참화를 겪지 않은 행운의 마을로 나주군에서 피해가 가장 적은 마을이라고 했다. 다들 좌익, 우익하며 서로 죽이는 살상이 유독 교원리에서는 없었다는 것이었다. 참으로 복 받은 곳이라는 생각이 들었다.

주민들은 논의 벼를 보며 "나주 들판에선 벼가 잘되면 이만큼 자라지요. 그리고 쌀도 질이 좋아 사람 살기에 좋은 곳이랍니다"라고 고향 자랑을 하였다. 그곳 사람들의 순박함을 느낄 수 있었다.

나는 그곳에서 하룻밤을 지냈는데 이튿날 비가 와서 떠나지 못하고 하루를 더 묵었다. 첫날 밤 잠을 자는데 빈대가 자꾸 달려들었다. 밤이 되니 빈대가 기어 나와 물기 시작하였다. 간신히 잠이 든 후 날이 새고 보니 내 옆에 죽은 빈대 몇 마리가 보였다. 나는 별 생각 없이 빈대를 치워 버렸다.

그 다음날 밤에는 첫날과 달리 빈대가 내 옆에 오질 않았다. 다른 사람은 빈대에 물려 가렵다고 난리인데 나는 멀쩡했다. 아침이 되어 보니 지난번처럼 내 옆에 죽은 빈대 몇 마리가 또다시 눈에 띄었다. 그때 빈대가 나를 물면 오히려 죽는다는 사실을 알게 되었다. 무슨 이유인지 궁금했지만 도무지 알 수가 없었다.

전라남도 영광을 향해 길을 떠났다. 우리의 최종 목적지가 바로 영광이었기 때문이었다. 우리는 이튿날 저녁에 영광읍에 도착하였다. 영광읍 영광군청 소재지에 1천여 명이 모였는데 거기서 각 군으로 다시 분산시킨다고 하였다.

나는 전라남도 해남군에 배치되었는데 안내원이 우리를 보고 웃으며 "해남이라는 곳을 들어나 봤소?"라고 물었다.

해남이 한반도 최남단이라고 하였다. 안내원은 “산 좋고 물 좋은 해남, 생선이 풍부한 해남, 인심도 좋은 해남으로 갑시다” 하며 우리 일행을 두 대의 트럭에 태웠다.

차를 타고 가며 뒤를 돌아보니 우뚝 솟은 월출산이 굉장히 웅장해 보였다. 트럭은 바다를 등지고 남쪽으로 달렸다. 길가의 산들은 헐벗어 나무 한 그루 보이지 않았다. 마을 인근에는 군데군데 초소가 보이고 총을 든 군경들이 지키고 있어 말로만 듣던 빨치산 투쟁이 아직도 계속되고 있음이 실감났다.

우리를 실은 트럭들은 저녁 어둠 속에서 서쪽으로 바다가 보였다 안 보였다 하며 산과 들을 지나 한참을 더 달린 끝에 해남군청에 도착했다. 차가 해남군청에 머무는 동안 옆에서 무전 치는 소리가 계속 들려왔다. 또 누군가 부르는 노랫소리도 들려왔다.

“비바람도 태산맥도 돌바위로 부수는 튼튼한 강철 남아 고함소리 듣느냐? 말하지 못하면서 죄도 없이 쓰러진 그리운 부모 형제 목소리가 들린다.”

나는 이 노래를 들을 때마다 문득 부모 형제 생각이 났다.

저녁 식사를 한 후 일행 중 50명은 계곡면으로 가게 되었다. 나는 차를 타고 전라남도 해남군 계곡면 성진리에 도착하여 하룻밤을 쉬었다.

다음날은 모두 함께 잠두리로 가서 하룻밤을 더 머물렀다. 잠두리 구장님은 성이 함씨로 키가 크고 덩치도 좋은 분이었는데 우리를 친절하게 맞았다.

우리는 구장 댁에서 투숙하였는데 구장 동생이 고등학생이었다. 그는 목포고등학교에 재학 중이라고 하였는데 6·25 때 학교 선생님 가운데 좌익에 가담하였다가 죽은 선생님도 적지 않았다고 했다.

반공포로가 동네에 왔다는 소문이 퍼지자 동네 사람들이 남녀노소 할 것 없이 모여들었다. 그들은 내게 이북에선 어떻게 사냐고 물었다. "공산주의는 정말 사람들을 마구 죽이고 재산도 빼앗는지? 여자도 강탈하고 아버지보고 동무, 엄마보고도 동무라고 부르는지? 대한민국 정치보다 나쁜지?" 등을 묻는 것이었다.

나는 이북에서 본 대로 겪은 대로 설명해 주었다. 그랬더니 "사실 이 말이 맞을 거야" 하는 사람, 내 말에 냉담한 사람, 비웃는 사람 등 반응이 제각각이었는데 원한에 찬 눈초리로 쳐다보는 한 사람이 유독 마음에 걸렸다.

이튿날 황해도 벽성에 사는 친구들은 잠두리로, 나는 만년리로 가게 되었다. 만년리 동네 뒤에는 큰 저수지가 있었고 그곳의 물로 그 근방의 농사를 짓는다고 하였다.

마을에 도착하니 동네 아이들이 〈빨치산 노래〉 〈적기가〉

〈장백산의 노래〉 등을 마음껏 부르는 것을 보고 '어떻게 이 곳에서 저런 노래를?' 하고 깜짝 놀랐다.

그날 저녁때 아이들한테 동네에 대해 물어보았다. 그랬더니 아이들이 하는 말이 "6·25전쟁 때는 동네에서 열 명이 넘게 좌익으로 몰려 죽었어요. 어젯밤에 아저씨하고 얘기하던 아무개는 빨치산에서 귀순한 사람이고 아무개는 다리 병신이 되었는데 빨치산에서 귀순해 경찰한테 맞아 병신이 되었답니다"라고 하였다.

다음날 나는 계곡면 지서를 찾아가 자초지종을 이야기한 후 이 동네가 마음에 안 드니 다른 곳으로 가게 해달라고 요청을 했다. 내 말을 들은 사찰계는 웃으면서 "여기는 다 그런 곳이요. 그렇다고 그 동네서 신변에 위협을 주거나 하진 않을 것이니 안심하고 가 계시오. 아이들이 이북 노래를 부른다고 아무 걱정할 것 없어요"라고 나를 안심을 시켰다.

나는 할 수 없이 만년리로 다시 돌아왔다. 그날부터 마음을 바꿔 그곳 사람들과 어울려 살기로 마음먹었다.

계곡면은 길이가 16킬로미터이고 너비가 2킬로미터에서 넓은 곳은 4킬로미터 정도였다. 영암군과 북쪽에 산을 경계로 하고 남쪽에는 바다를 면하고 있어 땅이 비옥하고 물도 좋고 살기 좋은 곳이었다. 성진리에서 잠두리에 이르기까지 주로 논이 많고 밭은 적은 편이라 생활이 어느 정도 괜찮아 인심도 풍부하고 인정도 많은 순수한 농촌이었다. 그런 곳이 좌익, 우익 충돌로 많은 사람이 죽었다니 참으로 불행한 일이었다.

하루는 빨치산에 있었다는 이씨가 나한테 놀러왔다. 나는 "이선생이 빨치산에서 투쟁했다는 얘기를 들었다"라고 했더니 그는 깜짝 놀라면서 "당신이 그걸 어떻게 아느냐?" 하고 물었다. 나는 "면에서 이리 올 적에 동네에 대해서 다 알고 왔어요. 그러니 숨길 필요 없어요. 공산주의에 대해 이해를 하니까요"라고 말하니 "그러냐?" 하면서 허물없이 대했다.

그는 자신의 처지를 담담하게 회상했다.

"나는 일본서 공부를 하면서 자랐지요. 해방되어 한국에 돌아왔는데 우리 민족이 해방되어 자주독립을 외치며 기뻐할 때 나도 기뻐했습니다. 해방 후 이남에서 벌어지는 일을 보고 마음이 돌아섰지요. 부정과 부패가 일어나는 걸 보고 '오직 이 나라 이 민족이 살길은 공산주의밖에 없구나' 생각하고 그 길을 택하게 되었어요. 고국에 돌아와 관료들이 하는 짓을 보니 정나미가 떨어졌고 앞으로 조국의 희망은 오직 사회주의 건설밖에 없고 남한의 자본주의는 멸망밖에 남은 것이 없는 하룻거리로밖에 안 보였어요. 백운산에서 빨치산 투쟁을 계속하다가 공산주의 사상에 환멸을 느껴 자수하기로 결심하고 기회를 틈타 산을 탈출해 내려왔지요. 무장을 버리고 하산하여 민간인으로 변신하여 광주에 왔어요. 지서에 자수해도 죽이는 일이 많았기 때문에 고민하다가 광주 경찰국으로 가서 자수하였는데 경찰국장이 좋은 사람이었지요. 나를 보고 반가워하며 그동안의 고생을 위로하면서 '과거의 모든 건 묻지 않으니 자유대한을 위해 일해 달라' 하며 격려해 주었지요. 그러면서 '만약 집에 가서도 경찰들이 과거를 물어 괴롭히면 수시로 연락하라. 신변을 내가 보장하겠소' 했어요. 해남경찰서를 들러 집에 온 지도 벌써 1년이 다 되었어요. 지금은 참 편안히 잘 있지요. 그때 만일 전투경찰이나 군인들에게 자수했다면 죽었을지도 몰라요."

나는 그의 말에 의아해 하며 그때는 자수해도 죽였냐고 되물으니 1950년에서 1952년까지는 자수해서 살았다면 기적이라고 대답했다. 좌익으로 몰려 죽은 사람들 중에는 공산주의가 좋아 악질 노릇을 하다 죽은 사람도 있었으나 대부분은 그때그때 환경에 순응하다가 '혹시나 자수하면 살려주겠지' 하고 순수한 마음으로 자수한 사람들이 많았다고 했다. 나는 그 말을 듣고 억울하게 죽어 간 그들이 매우 불쌍하게 여겨졌고, 그들 가족에 대해서도 동정이 갔다.

"6·25로 우리 만년리에서만 열 명이 넘게 죽었어요. 공산군에게 점령당한 뒤에 '민청동맹에 들라, 여성동맹에 들라'

해서 단지 살기 위해 시키는 대로 했을 뿐이고, 대한민국을 배반하고 공화국을 위해 일을 한 것은 결코 아니었어요. 아무것도 모르고 세상이 시키니 그대로 했을 뿐이지요. 그 후 다시 경찰이 들어와 민청에 가입한 사람, 여성동맹에 가입한 사람, 나가 일을 도와준 사람을 모조리 불러 쏘아 버리니 우리 동네 사람들이 그렇게 많이 죽었지요. 우리 동네만 그런 줄 아시오? 전쟁 통에 얼마나 많은 사람들이 억울하게 죽은 줄 아시오?"

그는 더 이상 말을 잇지 못했다.

다음날부터 나는 보리 추수도 도와주고 논농사도 거들어 주었다. 논에서 모내기를 하노라면 참때나 점심때가 되면 보리밥에 큰 깡다리[황석어, 황세기] 한 마리씩 밥그릇에 얹혀 주었다. 나는 처음에는 잘 먹지 못했으나 곧 익숙해졌다. 질깃질깃한 살을 입으로 물어뜯으며 먹는 밥이 참으로 별미였다.

나는 마음속으로 농민들이 먹는 음식은 건강상 좋은 것이라고 생각했다. 밥과 생선 절인 것 모두 영양가가 풍부해 보였다. 밥 한 그릇을 비우고 찬으로는 깡다리 한두 마리를 먹었을 뿐이지만 단백질과 지방질이 그만하면 충분하였다.

참두리와 만년리에서는 논과 밭이 많이 묵혀지고 있어 밭에 참외가 누렇게 익어 가는데 안타깝게도 이것을 내다 팔

수가 없었다. 땅 임자들이 6·25때 많이 죽거나 전쟁으로 인해 농사를 지을 수 없기 때문에 그렇다고 하였다.

앞집에 사는 사람은 눈앞의 먹거리를 놔둔 채 호떡 장사를 하였는데 밀가루 한 포대를 가지고 800개를 만들어 팔아야 수지타산이 들어맞는다고 했다.

우리는 김을 맬 때가 되어 논을 매고 밭을 매기도 했다. 가끔 시간이 있으면 배를 타고 나가 고기 잡는 것을 구경하기도 했다.

만년리에서 두 달간 있으면서 그 지형을 익히고 지방 사람들의 인심과 풍습을 알 수 있었다. 다들 순진하고 소박하고 인정이 넘치는 아름다운 농촌이었다.

계곡면 북으로는 영암군을 경계로 하고 물 건너는 마산면, 동쪽으로는 옥천면, 서쪽으로는 미암면을 경계로 하고 있으며 곳곳에 저수지가 있고 논이 비교적 많아 아주 살기 좋은 곳이었다.

옥천면도 옥천분지를 중심으로 땅이 비교적 넓고 살기 좋았다. 문내면 황산면은 논은 적으나 해산물이 많아 그 나름대로 살 만한 곳이었다. 해남군은 강원도의 군만큼 면적이 넓지는 않았지만 남쪽지방 군치고는 큰 편이었다. 산은 높고 많았지만 나무가 없는 민둥산이 많은 것에 놀랐다.

하루는 동네에서 돼지를 잡았는데 백씨라는 사람이 돼지

뒷다리를 들고 그것을 나뭇가지에 매달아 어깨에 둘러메고 다니면서 '붉은 깃발이 날린다' 하면서 소리 지르는 것을 보고 모두 재미있어 했다.

마을 뒤쪽에 있는 저수지에 가서 멱을 감기도 하면서 수심을 보니 무척 깊었다. 물이 맑아 헤엄치는 물고기도 훤히 보였는데 참고기들이 많이 살고 있었다. 산에서 내려오는 계곡물에는 왕종게와 참종게도 있었다.

땔감은 산에 나무가 없어 사람들이 그날그날 산에 가서 억새풀을 베어 말려 불을 때었다. 집이 낮고 굴뚝 없이 살고 있고 집은 모두 까맣게 그슬려 있는데 왜 굴뚝이 없냐고 물었더니 굴뚝에서 연기 나는 것을 보면 떡 해 먹는 줄 알고 얻어먹으러 올까봐 굴뚝을 없앴다고 했다.

나는 홀태를 들고 보리를 훑기도 하고 김도 매고 하면서 소일했다. 잠두리와 만년리에서 여러 가지 재미있는 전라도 풍습을 눈여겨보았다. 그런데 여자들이 소리하는 것을 볼 수가 없어 이상한 생각이 들었다.

16화
휴전

1953년 7월 27일 판문점에서 드디어 정전협정[1953년 7월 27일 국제연합군 총사령관과 인민군 최고사령관 및 중공인민지원군 사령원 사이에 맺은 한국 군사정전에 관한 협정]이 조인되었다는 소식이 전해졌다. 그러나 국민들 대부분은 휴전을 환영하지 않는 것 같았다. 이승만 대통령의 북진통일에 잔뜩 기대를 걸었다가 개성도 수복하지 못한 정전협정에 불만을 갖고 군대에 자원하려는 분위기가 생기기도 하였다. 반공포로인 우리들은 휴전이 되었어도 포로송환이 아직 완료되지 않아 불안하기 짝이 없었다. 그래서 우리는 멸공전사로 반공전투에 나가겠다고 국군에 지원하는 혈서를 써서 제출하였다.

8월 20일경 우리는 징집되었는데 동네에서 십시일반으로 모은 돈을 몇 백 원씩 받고 옷도 한 벌 얻어 입었다. 우리는 지난 두 달간 만년리 사람들한테 많은 신세를 졌다. 나는 동네 사람들한테 "어디를 가더라도 이 은혜를 잊지 않겠습니다” 하고 작별인사를 했다. 우리는 면으로 모였다가 함께 해남읍에 도착했다.

그 다음날 해남읍민들의 환송을 받으며 트럭으로 광주로 출발을 하였다. 옥천면의 비옥한 들을 바라보면서 계곡면으로 달렸다. 저녁 4시경 광주 병사구사령부에 도착했다. 광주시는 그런대로 좋은 건물이 남아 있는 것이 보였다. 우리는 거기서 하룻밤을 자고 그 다음날 아침 기차를 타고 군산으로 출발했다.

기차를 타고 가면서 2년간이나 살았던 광주 상무대수용소와 사월산수용소를 바라보면서 ‘두 달 전만 해도 저기서 살았는데 지금은 자유의 몸이 되었구나’ 하고 감상에 젖었다. 멀리 상무대를 바라보면서 기차는 극락강을 돌아 송정리에 도착했다.

기차는 송정리에서 다시 머리를 북으로 돌려 장성읍을 향해 달렸다. 들판의 벼들은 매우 잘자라고 있었으나 주변의 산은 벌거벗어 나무도 없고 풀도 제대로 자라지 않은 민둥산들이었다. 땅이 나빠서가 아니라 나무와 풀이 제대로 자라기도 전에 모두 땔감으로 베어 버렸기 때문이었다.

기차는 장성읍을 지나 삼거리라는 곳에 도착했다. 노령산맥 자락인 이 지역의 산은 매우 높고 나무들이 잘 자라고 있었다. 우리를 실은 기차는 사거리에 도착했다. 거기는 집들이 초가들이었는데 전란으로 대부분 타버리고 난 후에 지은 집들이었다. 얼마 안 가서 기차가 노령산맥을 통과하다가 갑자기 멈춰 섰다. 경찰과 군인들이 주변 경비를 삼엄하게 지키고 있었는데 빨치산이 공격해 올지 모르기 때문이라고 하였다. 잠시 후 군경이 안전하니 통과해도 좋다고 하자 기차는 다시 달리기 시작했다.

터널을 지나고 정읍에 도착했는데 넓은 호남평야가 눈에 띄기 시작했다. '여기가 바로 우리나라에서 제일 넓은 호남평야구나' 하고 주의 깊게 바라보았다. 신태인을 지나는데 많은 사람들이 우리를 신기한 듯 바라보았다.

넓은 벌판에 벼가 잘된 것을 기분 좋게 바라보며 고향 생각에 잠겨 있었는데 어느새 군산에 도착했다. 우리 보충역 입대 심사장인 어느 국민학교로 가서 학교 관사에서 하룻밤을 잤다.

다음날 엑스레이를 찍는 등 신체검사를 하여 대부분은 군에 입대했는데 나는 폐에 결함이 있다 하여 불합격 처리되었다. 일행 수백 명 중 나를 포함한 불합격자 56명은 다시 광주로 돌아왔다가 해남군청으로 갔더니 우리를 다시 계곡면으로 보냈다. 계곡면에서는 우리를 성진리에서 4킬로미터쯤 떨어진 강진군 성전면 경계에 있는 동네로 이관하였다.

8월 31일부터 나는 그 동네 구장인 오구장 댁에서 밥을 먹고 자며 신세를 졌다. 많은 동료들이 군에 입대하고 우리들만 남았기에 줄곧 바늘방석에 앉은 기분이었다.

나는 거기서 추석을 맞이했다. 주민들이 모처럼 좋은 음식을 차려 단정한 옷을 입고 제사를 지내는 것을 보았는데 불과 삼사 년 전에 좌익 또는 우익으로 몰려 무더기로 죽은 사람들 제사를 함께 지내는 것이었다.

유족들이 서로 천추의 한을 품고 원수 대하듯 할 만도 한데 서로 반목하지 않고 다정히 정을 나누는 것을 보고 한편으로는 '아, 저렇게 순진하고 착한 농민들을 어째서 전쟁 따위로 서로 죽게 하였단 말인가?' 하고 시절을 원망했다.

9월 중순이 되자 우리를 취업시켜 준다고 해남군 황산면 염전공사로 안내했다. 염전공사는 넓은 간척지를 둑으로 막는 공사였다. 간척지에는 물이 빠지면 수많은 짱둥어들이 펄쩍거리다가 사람이 다가가면 순식간에 어디론가 사라져 버렸다. 나는 그곳 함바에서 밥을 먹으며 흙을 파서 바다를 메우는 일을 했다.

밀물이 들어올 때와 나갈 때 물살이 몹시 거셌다. 우리는 애써 만든 둑에 게가 구멍을 뚫을까 염려되어 약을 뿌려 방지하기도 하고 한쪽에서는 소금을 만들어내었다. 이 공사를 언제부터 시작했는지 알 수 없으나 이것이 완성되면 매일 소금 5천 가마를 만들어 낸다고 하였다.

모두들 열심히 일을 했다. 우리는 품삯이 얼마인지도 모르고 일만 했다. 외부 사람과 별로 접촉을 안했기 때문에 사회 실정을 알 수는 없었다.

함바에서 일하는 스무 살가량의 처녀가 있었는데 얼마나 예쁜지 한눈에 반했다. 착하고 순진하고 아름다웠다. 그러나 인부들이 종종 그녀를 희롱하여 그 처녀가 가끔 눈물을 흘리는 것을 보고는 가여운 생각이 들었다.

하루는 밤에 비가 오려고 하자 빨리 소금을 나르라고 하였다. 물이 줄줄 흐르는 소금 가마니를 메고 논두렁을 맨발로 달리는데 어찌나 무거운지 애를 먹었다. 여기서 일을 해내려면 기운이 세야 했다.

가을로 접어든 어느 날, 해남경찰서에서 왔다는 경찰이 현장감독을 하는데 일하는 인부들을 발로 차고 욕을 하며 주먹으로 마구 때렸다. 끌려온 인부는 매를 맞고 잘못했다고 빌었다. 경찰이 현장감독을 하면서 혹사시키는 것을 보고 이것이 시베리아 강제노동수용소와 무엇이 다른가 생각을 했다. 나는 이 못된 경찰이 '혹시 이삼 년 전 양민을 죽인 장본인이 아닐까?' 하는 의구심이 들었다.

하루는 그가 우리 일행을 세워 놓고 열심히 일하라고 말하는데 언사가 경우가 없어 교육받지 못한 경관이라는 것을 금방 짐작할 수가 있었다. 거기서 계속 일을 하기는 했으나 마음이 떠나 버려 차라리 서울로 가서 월남한 친척이라도 있는지 찾아보고 싶었다.

나는 '서울로 가야지' 하고 마음먹었다. 그러나 동료들에게 "난 서울 갈래요"라고 말하면 너도나도 따라 나서 못 가게 될까봐 혼자 조용히 떠나기로 결심을 했다.

10월 10일, 거의 한 달간 일을 했지만 임금을 한 푼도 받지 못하고 몰래 빠져나왔다. 밤 11시, 나는 아무 말 없이 염전을 떠났다.

황산면에서 목포로 가는 배를 타고 새벽에 목포로 가서 서울 가는 차표를 8시 전에 사야 했으므로 여기선 5시나 6시에 배를 타야 했다. 새벽 1시경 어느 마을에 도착했다. 배를 타는 곳을 물으니 부두가 1킬로미터 정도 된다고 하였다.

동이 트자마자 곧바로 부두로 갔다. 밀물이 10시경에 들어오므로 11시경에 배가 온다는 것이었다. 하는 수 없이 인근 농가에 가서 밥을 얻어먹고 와서 배를 기다렸다.

갯벌에는 많은 돌을 드문드문 놓았는데 이것은 굴을 재배하느라고 가져다 놓았다는 것이었다. 넓은 바다에 수백 개의 돌이 깔려 있는 것이 보였다. 부두에는 많은 사람들이 배를 기다리고 있었다. 11시경 배가 들어오자 배삯이 없는 나는 맨 꼴찌에 서서 남이 다 승선하기를 기다리며 눈치를 보았다.

줄 맨 뒤에는 붉은 보따리를 든 사람이 다섯 명 서 있었는데 승객들이 모두 승선하자 선원이 그들을 보고는 갑판으로 타라 하는 것을 보고 나도 함께 얼른 갑판으로 올라갔다. 다른 사람에게는 표를 받았지만 이상하게 그들에게는 표를 받지 않고 빨리 타라는 손짓만 하였다. 나는 '오늘 운이 좋구나' 생각하였다.

나는 마지막이 될지 모르는 그곳을 떠나며 그동안의 일을 떠올렸다. '자유대한에 나와 처음으로 사회에 발을 디딘 곳, 그리고 이제 서울로 가는구나.'

멀리 완도와 진도의 산이 보이고 영암의 월출산도 보였다. 모두 경치가 아름답게만 느껴졌다. 배는 가면서 작은 부두에 닿을 때마다 손님들이 타고 내렸다. 짐도 싣고 부리기도 했다. 깊이 들어온 바다 골짜기는 '저 끝을 막으면 넓은 들판이 생기겠네?' 하는 생각도 해보았다.

붉은 보따리를 든 사람들과 함께 앉아 있었는데 얼마를 가다가 한 사람이 내게 "당신도 환자요?"라고 물었다. 나는 환자가 아니라고 얘기하니 "그럼 당신은 저리 가시오. 우리는 환자요"라고 하였다. "우린 문둥병 환자요. 당신은 아닌 것 같은데 모르시는 모양이군." 나는 그 말을 듣고 몸이 움찔했다. '문둥병 환자, 말로만 듣던 병이 정말 있구나' 하고 그들을 자세히 바라보았다. 네 사람의 얼굴과 눈은 이지러

졌어도 손가락을 분간할 수가 있었지만 나머지 한 사람의 형체는 전혀 알 수가 없었다.

배를 탄 지 세 시간 만에 목포에 도착하였다. 사람들이 모두 내리는데 부두에서 선원이 손님 하나하나마다 배표를 받다가 문둥이들이 내리니 고개를 돌리며 피하는 틈을 타 나도 얼른 따라 내렸다.

목포는 보기보다 부둣가에 이층집이 많았다. '건물이 훌륭하구나' 생각을 했으나 다른 시내 건물은 별 볼일이 없었다. 시내 구경을 하느라 서울행 기차를 놓쳐 버려 그 다음날 아침에 출발하기로 했다.

시내 구경을 하는데 웬 아이가 앞을 싹 지나면서 내 만년필을 빼내갔다. '소매치기구나' 하고 얼른 그를 붙잡았다. 아이는 아무 말을 하지 않고 씩씩대기만 했다. 주위에 몰려든 사람들이 "그 애는 벙어리요" 해서 나는 두 말 않고 그를 놓아 주었다.

그 길로 시장에 가서 십 원을 주고 국밥 한 그릇을 사먹고 온 종일 목포 시내를 다니면서 구경을 했다. 부두에는 섬을 왕래하는 작은 배들로 차 있었고, 큰 기선 두 척이 짐을 부리고 있었다.

그날밤 잠을 하숙집 처마 밑에서 잠을 자고 아침 8시 기차를 타고 서울로 향했다. 아껴둔 돈으로 차표를 사고 나니 빈

털털이가 됐다.

기차는 북으로 달리기 시작했다. 창밖으로 들판이 보이고 멀리 동쪽으로 월출산이 아침 햇살을 받고 있었다. 나주를 지날 적에 한 소년이 차에 오르는데 마중 나온 사람들이 잘 가라고 손짓을 했다. 소년은 기차에 올라 내 뒤에 앉았다.

나주를 지나 송정리에서 기차는 장성을 향해 달리는데 멀리 사월산수용소가 보였다. 넉 달 전만 해도 저곳에 갇혀 있었는데 지금은 자유의 몸이 되었다.

'수용소야, 잘 있거라. 나는 이제 영원히 간다.' 수용소를 바라보며 속으로 시원섭섭한 이별을 고했다.

장성읍을 지나 삼거리에 도착하니 군데군데 벼를 벤 것이 보였다. 우리를 태운 기차는 정읍을 지나 호남의 곡창지대를 달리기 시작했다. 끝이 안 보일 정도로 넓은 평야는 황금색으로 변해 있었다.

김제를 지날 땐 12시가 되었다. 나는 배가 고프기 시작했다. 옆에서 음식을 사 먹는 것을 보면 목에서 침이 자꾸 넘어 왔다. 멀리 보이는 계룡산, 남으로 보이는 노령산맥이 한 폭의 그림처럼 보였다.

대전을 지나니 저녁이 되었고 천안을 지나니 날이 어두워졌다. 밤 9시 영등포에 도착했다. 내 뒤에 앉은 소년에게 어디로 가냐고 물었더니 신당동으로 간다고 하였다. 사정 이야기를 하고 그를 따라 하룻밤을 지낼까 생각했으나 차마 입이 떨어지지 않았다.

영등포에서 들리는 소문에 도강증이 없으면 서울로 못 들어간다고 했다. 나는 미리 겁을 먹고 영등포에서 내렸다. 평화여관에 가서 반공포로 출신인데 하룻밤 쉬어 가자 했다가 거절을 당했다. 나는 어느 민가에 가서 마루에 쪼그리고 앉아 하룻밤을 보냈다.

날이 밝아왔다. 어제 아침부터 지금까지 아무것도 먹지 못해서 배가 몹시 고팠다. 어디 일하는 데가 있으면 일을 해서 밥을 먹어야겠다고 생각하고 이리저리 일이 있을 만한 장소를 물색하는데 누군가 노량진에서 영등포로 가는 전찻길을 닦는데 거기 가면 일을 할 수 있다고 얘기해 주었다.

공사장에 가니 감독이 하는 말이 하루 품삯이 백 원인데 오늘은 사람이 다 찼으니 내일 오라고 했다. 하는 수 없이 이리저리 주변을 두루 살피며 돌아다녔다.

잘생긴 상이용사가 의족을 짚고 부자연스럽게 서 있고 옆에는 젊은 색시가 남편을 붙들고 섰는데 상이용사는 한숨을 짓고 남산을 바라보고 아내는 눈물을 흘리며 남편을 위로하는 것이 보였다. 앞길이 구만 리 같은 젊은이가 상이용사가 되었으니 그 심정을 짐작하고도 남았다. 젊은 아내의 심정도 불구의 남편을 평생토록 받들고 살 생각을 하니 얼마나 답답할까? 하는 생각에 배고픔도 잠시 잊었다.

영등포역을 지나 둑에 오르니 멀리 여의도비행장이 보였다. 많은 비행기들이 비행장에 꽉 차 있었다. 뱃속에서 '꼬르륵' 하는 소리를 들으며 어디 공사판에 가서 일하고 요기나 해야겠다 싶어 이리저리 둘러보았다.

어느 골목을 지나는데 노인들이 있었다. 한 노인에게 "어디 일할 만한 데 없나요?" 하고 물었더니 "자네 일 좀 하겠나?" 하였다. 나는 반가운 마음에 냉큼 "일하지요" 하고 대답하니 "그러면 이리로 가게" 하고 종이에 주소를 적어 주며 '김포군 양동면 화곡리로 가서 아무개를 찾아 "영등포에 사는 아무개가 보내서 왔소" 하면 될 것이라고 일러주었다. 나는 인사를 하고 쪽지를 들고 김포를 향해 떠났다.

넓은 한강을 바라보면서 걸어갔다. 양화진에 이르자 검문을 하는데 무사통과시켜 줘 계속 걸어갔다. 배에선 연신 꼬르륵 소리가 나는 가운데 오후 3시경 양동면 화곡리 마을에 당도했다.

마을 입구에 밤나무들이 많이 있어 생밤이라도 주워 먹으려고 찾아보았으나 전혀 눈에 띄지 않았다. 힘이 빠진 나는 밤나무 밑에 누워 하늘을 보며 지난날을 돌이켜 보았다.

'지금 이북의 부모님과 형제들은 살아있을까? 만약 살아있다면 얼마나 고생하고 계실까?

보고 싶은 얼굴이 한참 동안 머리에서 떠나지 않았다.

'나와 같이 나온 친구들은 어찌 되었을까?'

이런저런 생각을 하는 동안 마음이 슬퍼졌다. 얼마나 그런 생각에 빠졌을까? 해가 서편에 기울었다. 나는 이러고 있을 때가 아니라는 생각에 정신을 퍼뜩 차리고 힘을 내어 마을로 들어가 쪽지에 적힌 주소를 찾아갔다.

수소문하여 찾아간 집은 아담한 초가집이었다. "주인 계십니까?" 하고 여쭈니 "누구요?" 하며 오십대 남자분이 나왔다. "영등포 아무개 노인이 아저씨네 가서 일을 하라 해서 왔습니다" 하고 인사를 했더니 친척을 맞이하듯 반가워하며 맞아 주었다. 뜻밖에 반가워하는 노인의 모습을 보니 안심도 되고 기뻤다.

그는 "영등포 영감은 나의 친한 친구이며 사람을 구해 준다는 소식을 기다리고 있었다" 하며 "우리 집에 일이 태산같이 많으니 잘해 달라"라고 부탁하였다.

"고향이 어디요?" 하고 묻기에 강원도 이천이라 얘기하고 부모 형제에 대해서도 사실대로 대답을 했다.

조금 있으니 저녁을 한 상 차려 내왔다. 세 끼를 굶은 형편이라 마음껏 먹고 그날밤 나는 단잠에 빠졌다.

17화
품삯 두 배

이튿날 그 집 식구들과 김포 들판에 나가 벼를 베기 시작했다. 들판의 벼가 아주 잘 익었다. 하루 종일 벼를 베고 나니 몸이 매우 피곤했다. 김포비행장에서는 쉴 새 없이 비행기가 오르내리고 북쪽의 작은 산에서는 레이더가 계속 돌고 있었다. 그날 저녁에 바람을 쐬러 나왔다가 북쪽을 바라보니 판문점 쪽에서 조명탄이 반짝이며 계속 터지고 있었다.

며칠간 벼를 베고 난 후였다. 그 집에는 열네 살짜리 어린 계집아이가 식사며 여러 가지 허드렛일을 돕고 있었는데 노인이 하는 말이 "자네 딴 생각 말고 일만 잘해 주게. 그리고 애가 어떠한가? 마음에 드는가? 얘는 우리 친척이 아니고 6·25때 부모를 잃고 우리 집에 와서 있는데 자네는 착하고 참해 보이니 내가 하는 말일세. 마음에 들면 색시로 삼고 살아도 좋다"라고 하며 "좋다 하면 당장 허락하겠네" 하였다. 자세히 보니 얼굴도 곱고 키도 나만 하였다. 그러나 아직 어리고 나도 결혼 문제를 전혀 생각해 본 적이 없어 그냥 흘려 듣고 말았다.

한 열흘간 일을 했는데 수원에 피난민이 많이 있다는 소식을 듣고 가보기로 마음먹었다. 노인한테 그동안 신세를 져서 고맙다고 인사하고 고향에서 혹시나 우리 가족이나 친척들이 내려와 있을지 모르니 가족을 찾으러 가겠다고 말하니 "식구를 찾기 위해 간다는데 할 말이 없네. 그래도 내가 가진 게 있어야지. 아무것도 없이 만나면 뭘 하나? 애를 데리고 살게. 지금이라도 원한다면 당장 데리고 자게. 방을 내 줄테니" 하며 아이를 불렀다.

그 노인의 말씀에 감사했다. 계집애는 매우 잘생겼고 살결도 고왔다. 그러나 당시 나는 색시를 얻어야겠다는 생각은 전혀 없었다. 식구들과 고향 친척을 만날 수만 있다면 살 것 같았다. 결혼보다 식구를 찾는 것이 시급한 일이라고 말하니 노인은 열흘간의 품삯을 주었다.

이튿날 떠난다는 인사를 드렸더니 언제라도 다시 오면 받아 줄테니 찾아오라고 하였다. 나는 수원으로 떠났다.

버스를 타고 수원으로 가니 수원도 영등포처럼 많이 파괴되어 있었다. 먼저 피난민수용소를 돌며 명부를 찾아보았다. 아무리 둘러봐도 고향 친구나 일가친척은 없었다. 하는 수 없이 수원서 가까운 원천으로 갔다.

원천에서도 피난민수용소에 들러 명부를 보았으나 역시 아무도 찾을 수 없었다. 그날은 수용소 기숙사에서 경비원과 함께 잠을 잤다. 저녁밥을 먹고 깊은 잠에 들었는데 이상한 소리가 나서 잠이 깼다. 방에 불이 환히 켜 있는데 경비원이 눈을 하얗게 부릅뜨고 입에 거품을 토하면서 몸을 부들부들 떨더니 발을 막 휘둘렀다. 나는 그를 보고 겁이 버럭 났다. 이 밤중에 이를 어쩌나 하여 가만히 보니 입에서 벌건 피거품을 막 토하고 온몸을 떨며 야단이었다.

옆집에 가서 자는 사람을 깨웠다. 아주머니가 나와서 "큰일 났습니다. 경비원이 죽어 갑니다"라고 말했지만 아주머니는 태연한 태도로 "걱정 말아요. 그 사람은 가끔 간질로 발작을 하는데 한참 있으면 도로 돌아와요. 가서 가만히 계세요. 금방 괜찮을 거예요"라고 했다.

다시 돌아와 그 사람이 정신 차릴 때를 기다렸다. 한참 있으니 조용해지며 언제 그랬냐는 듯이 멀쩡하게 훌훌 털고 일어났다.

그 이튿날 원천저수지 옆으로 가서 일할 곳을 구했다. 원천 일대는 집들은 초가집이었으나 큰 양조장도 있었고 동네는 살기 좋았다. 나는 백씨 할머니 댁에 들어가 당분간 일하기로 했다.

마침 추수철이라 바로 그날부터 벼를 베기 시작했다. 거기서 열흘 동안 일을 하게 되었는데 저녁에 일을 하고 나면 할머니는 나한테 기도를 해주고 북에 두고 온 가족과 나를 위해 염려를 해주기도 했다.

할머니는 자기 아들도 의용군으로 끌려가 아직도 행방불명이라면서 무척 걱정을 했다. 고향이 어디냐고 물어 강원도 이천이라 대답하니 부모 형제가 어떻게 되는지, 고향서 무엇을 했는지, 왜 혼자 월남했는지 궁금해 했다.

며칠간 일을 하니 하루는 나보고 자네 색시를 얻지 않겠냐고 묻는다. "열일곱 살 먹은 처녀가 있는데 인물이 천하일색이네. 얼굴이 얼마나 고운지 말도 못하네" 하는 것이었다. 낮에 일을 하면서도 고향 사람을 찾겠다는 생각 외엔 별다른 생각이 없었으나 얼굴이 하도 곱다는 말에 자세한 사정을 물어보았다.

마흔 살 정도 되는 과수댁에 농사일이 많아 열일곱 살 먹은 딸에게 장가와 몇 해만 잘 지내면 땅도 주고 살림도 내준다면서 데릴사위로 가라는 것이었다. 처음에는 머뭇거리다 그렇게 고운 처녀는 보기 어렵다는 말에 해볼까 하는 마음을 먹었는데 누군가가 그 집에 내가 인민군 출신이고 지금은 아무 증명도 없이 돌아다니는 떠돌이라고 소문을 내어 말을 물린다고 하여 단념하고 말았다.

날은 아침저녁으로 싸늘해지고 낮에는 반짝하고 더웠으

나 이미 늦가을로 접어들었다.

하루는 벼를 나르며 일을 하는데 수원여고생들이 소풍을 나왔다가 가는 것을 보고 '이북에 있는 여동생도 저만큼 컸겠구나' 생각하니 집이 더욱 그리워졌다. 거기서 며칠 더 일하고 9월 26일에 원주로 가기로 했다.

수원서 원천, 신갈로 가는 길에는 가로수가 매우 잘 자라고 있었다. 신작로 양쪽에 우거진 가로수는 어려서 국민학교 교과서에서 본 그림같이 보였다. 들판에 무르익는 벼와 볏단을 바라보며 걸어갔다.

얼마쯤 가니 산이 나오고 고개 넘어 용인을 지나서 신갈로 갔다. 신갈을 지나 다시 얼마쯤 가니 광주로 가는 길이 나왔다. 거기서 계속 동쪽으로 걸었다. 산은 높고 물은 맑아 매우 아름다웠다. 휴전된 지 얼마 안 되어 여기저기 전쟁의 상흔이 그대로 남아 있었다. 동네마다 타버린 집터와 부서진 다리가 그대로 남아 있었다. 길가에 탱크가 파괴된 채 방치되어 있는 것도 보였다.

그날 저녁 경기도 이천군을 채 못 가서 산 넘어 한 동네에 머물렀다. 지나는 행인에게 하룻밤을 쉬어 가자고 청을 드렸더니 객지에서 고생한다고 쉬어 가라 하여 그 집에서 하룻밤을 쉬게 되었다. 저녁밥을 먹고 나니 주인이 "어디로 가는 객이요?" 하고 물었다.

나는 6·25때 나온 얘기며 그동안 겪은 얘기를 죽 했다. 그는 내 말을 듣고 나서 고생이 많았다면서 빨리 가족을 찾아 행복한 생활을 하라고 위로해 주었다. 낯모르는 사람을 집에 재워 주며 식사도 주는 주인께 감사를 드렸다. 그는 원주로 가면 강원도 피난민이 많다고 알려 주었다.

이튿날 산을 넘어 이천읍에 갔다. 깊은 분지에 자리 잡은 이천읍은 매우 고요한 시골 마을이었다. 인구가 얼마 안 되는 자그마한 마을이었다. 잘 정리된 벌판이 마음에 들었다. 나는 이천읍을 바라보며 동쪽의 높은 산을 쳐다봤다. '저 산을 넘어가면 강원도겠지.' 나는 하루빨리 강원도로 가야겠다는 생각이 들어 발걸음을 재촉했다.

호주머니에는 얼마 안 되는 돈이 조금 남아 있었다. 이것으로 무엇을 사먹으면 노잣돈이 금방 떨어질 판이었다. 얼마를 걸어가니 세종대왕 능이 보였다. 간판에 '여기는 능서면입니다'라고 쓰여 있는 것을 보고 '세종대왕이 바로 여기에 잠드셨구나'라고 생각했다.

오후 늦게 여주에 도착했다. 여주는 평야 가운데 있는 읍이었다. 건물은 볼 것 없는 촌이나 다름없는 도시였다. 나는 거기서 '차를 타야 원주까지 갈 수 있겠구나' 생각하고 버스에 탔다. 주차장에 버스가 섰을 때 "껌이요, 담배요, 고구마 사세요, 떡이나 빵 사세요" 하는 처녀들의 소리에 눈이 휘둥

그레졌다.

전라도에선 기차가 역마다 서면, 역이 떠나가라 큰소리로 외치던데 여기 아가씨들은 얼마나 고운 목소리로 말하는지 말 한마디, 한마디가 간을 녹이듯 말하는 것을 보고 탄복을 했다. '과연 고운 얼굴에 고운 목소리구나' 하고 정신이 쏙 빠져 바라보았다.

여주에서 얼마 안 가 남한강을 건너갔다. 강변에는 떡도 팔고 술도 파는 곳이 있었다. 나는 돈이 없어 사먹지 못하고 군침만 삼킨 채 눈요기만 했다. 들판에 벼는 거의 베었고 볏단들이 산더미처럼 쌓여 있는데 공교롭게도 비가 오기 시작했다.

비를 맞으며 얼마쯤 가니 산들이 나오는데 비탈길을 따라 산길은 구불구불 오르막이었다. 산비탈에 계단식으로 만든 논을 보고 나는 저런 산에 어떻게 층층계단으로 만들어 논을 만들었나 생각했다. 높은 산은 아니었으나 산세가 험해 넘어가는 데 조금은 힘이 들었다.

문막을 지나면서 논에 매어 놓은 벼가 그대로 비를 맞는 것을 보면서 저 벼가 젖어 농민들의 마음이 얼마나 아플까 생각했다.

그날 저녁에 원주에 도착했다. 원주시는 별로 볼 것이 없었고 나는 이틀 동안 피난민수용소를 찾아다니며 살펴보았으나 친척이나 아는 친구가 한 사람도 없었다. 나는 매우 실망하여 이제는 가족을 찾는 걸 그만두고 월동준비나 하면서 우선 내 살길을 찾아야겠다고 마음먹었다.

중앙동에 방을 정하고 낮에는 시장에 나가 일을 했다. 짐을 싣기도 하고 부리기도 하며 며칠간 일했다. 그런데 들리는 말에 의하면 강원도 영월 중석 광산에 가면 돈벌이가 잘된다는 것이었다.

나는 그 말을 듣고 곧바로 영월을 향해 출발했다. 동쪽으로 뻗은 길을 따라가는데 북에는 높은 산이 있고 남에도 산들이 많지만 원주서 동으로 신림 쪽을 향하는 길은 비록 좁기는 하였지만 평지가 이어졌다.

원주시를 빠져나가는데 미군부대가 많이 있고 여러 중장비들도 눈에 띄었다. 길가에는 흙을 말려 구운 벽돌로 집을 짓고 있는 것도 보였다. 길이 넓게 닦여 있는 것을 보고 '이런 산골에도 군대 때문에 길만큼은 널찍하게 잘 닦았구나'라고 생각하며 길을 걸었다.

얼마쯤 가니 기찻길이 산자락을 돌며 똬리 모양을 한 철로가 보였다. 나는 그 고개를 넘어 저녁때 신림에 도착했다. 신림은 계곡이 유명한 곳으로 충북 제천군과 경계를 마주하고 있는 곳이었다.

신림에 도착하니 한 철도 공안원이 나를 보고 어디로 가냐고 물었다. 나는 "영월로 갑니다" 하고 대답하니 "뭐 하러 가냐?"라고 재차 물었다. "광산에 가면 돈벌이가 좋다 해서 가요"라고 말하니 "당신은 거기 가도 안 될 것이오. 군대에 나갈 연령이 된 사람은 받지 않으니 괜히 고생 말고 다른 데를 알아보는 것이 좋겠소" 하였다. 나는 그 말을 듣고 아쉽지만 발길을 돌렸다.

그날 저녁 잠을 자려 한 집에 들어가니 그 집은 정미소를 하는 집이었다. 주인은 저녁식사 후 "우리 일이 바쁜데 도와주시오. 겨울을 나도 좋고 얼마든지 있어도 좋소"라고 말하며 정미소로 안내했다. 거기에는 도정기에 낡은 일제 닛산 엔진을 걸어 놓았는데 자기가 엔진 기술이 없어 애를 먹고 있다고 했다.

다음날부터 방아 찧는 일을 시작했다. 일은 매우 바빴다. 무거운 쌀가마니를 다루는 일이 내게는 힘이 부쳤다.

며칠 일하고 나니 하루는 동네 노인이 나에게 고향이 어디며 몇 살인지, 이름이 무엇인지 물었다. 노인은 객지에서 고생이 많다며 떠돌이 생활을 그만두고 정착 생활을 하라고 일러주었다. 나도 그렇게 되길 원한다고 대답했다.

노인이 얘기하길 "우리 집에 처녀가 있는데 자네가 원한다면 당장 주겠네. 내일 저녁에 와서 구경하고 마음이 있으면 같이 살아 보라"라고 하였다. 나이가 열네 살로 아직은 어리지만 아주 예쁘고 착하니 몇 해만 지나면 좋은 색시가 된다고 했다. 한 가지 흠이라면 부모가 6·25때 돌아가서 자기가 키우고 있지만 나를 잘 봐서 여자를 주겠다는 것이었다. 나는 그때도 결혼할 생각이 없어 가타부타 대답도 않고 그냥 흘려듣고 말았다.

그 이튿날 정미소에서 일을 하고 있는데 주인집 처녀가 내게 하는 말이 "어제 저녁에 말하던 처녀가 바로 쟤예요" 하고 가리키는데 단발머리에 책보를 허리에 차고 동무들과 신림국민학교로 가는 길이었다.

산에 올라가 나무도 해오고 여러 가지 일을 거들었으나 품삯은 얼마라고 작정도 안하고 일을 했다. 주인 양반은 본처를 잃고 후처를 데리고 사는데 열아홉 먹은 큰아들과 고만고만한 딸 둘이 있었다.

그런데 재미있는 것은 부부가 무슨 비밀 얘기나 성에 관한 이야기를 할 적에는 아무도 못 알아들으라고 일본말로 했지만 바로 옆방에서 애들은 저희들끼리 지금 거시기 얘기를 한다며 킥킥대는 것을 보고 나도 웃음이 나왔다.

새엄마와 아이들 사이에 가끔 서로 시샘하는 일도 벌어졌다. 아이들은 "아버지가 새엄마한테만 관심이 많아 우리는 남인 걸" 하며 새엄마를 미워하였다.

보름 정도 일을 한 후 아무리 생각해도 여기서 겨울을 나

봐야 별 소용이 없겠다는 생각이 들어 11월 중순경 원주로 가서 다시 중앙동에 자리를 잡고 일을 했다. 11월 하순까지 일을 했는데 시골에서는 고생만 했지 앞날이 보이지 않겠다는 생각이 들어 서울행 버스를 탔다.

밤늦게 서울운동장 맞은편에 있는 경기여객 터미널에 도착했다. 서울 시내를 이리저리 돌아다니다 남대문 근처에 있는 하숙집에서 하룻밤을 지냈다.

다음날 남대문시장을 기웃거리며 돌아다니는데 지나가던 노인이 "뭘 찾느냐?" 하고 물었다. 일자리가 없냐고 하니 "그렇게 맨몸으로는 종일 돌아다녀 봐야 소용없어. 작업복에 지게를 지고 있어야 일이 생기지"라고 하였다.

그 말을 듣고 청량리로 가서 지게 하나를 700원에 산 후 허름한 군복을 검게 물들여 입고 시내로 나갔더니 진짜 여기저기에서 나를 불렀다.

지게로 한 번 짐을 나르면 2원에서 5원까지 받았다. 당시 국밥 한 그릇이 10원이었다. 손님이 끊이질 않아 하루 열 번 이상 일을 받아 돈벌이가 그런대로 잘되었다.

나는 다시 중앙시장에 하숙집을 정하고 지게 일을 하면서 고정적인 벌이를 찾으려고 하였다.

하루는 동양영화주식회사 하우스보이가 나를 보더니 일 좀 할 생각이 있냐고 물었다. 아무 일이나 다 하겠다고 하니 잠깐 기다리라고 했다. 잠시 후 뚱뚱한 사람이 나보고 "땅속에서 일하면 8시간에 2천 원이고 땅밖에서 하면 천 원인데 하겠소?"라고 물었다. "무슨 일인데요?" 하고 물었으나 그건 묻지 말고 따라만 오라고만 했다. 도착한 곳은 옛날 대륙극장이었던 단성사였다.

단성사 실내 화장실이 내려앉았는데 그것을 수리하는 작업이었다. 인부들이 체구가 작은 나를 보더니 하는 말이 "십장님, 어쩌면 그렇게 사람을 잘 구했어요?" 하며 야단들이었다.

"당신 참 잘 왔소" 하며 당신 같은 사람이 없어서 걱정이었는데 참 잘되었다며 모두들 반가워했다. 나는 영문을 모르고 있다가 작업복과 모자를 챙겨 입고 가보니 화장실 하수구가 얼마나 좁은지 양동이에 들어가 매달려서 간신히 작은 구멍으로 내려가야만 했다.

오물이 가득한 곳에서 돌과 벽돌을 통에 담아 주면 위에서 끌어올려 내다버리는 작업을 했는데 여덟 시간을 일하고 나니 나보고 여덟 시간을 더하라고 해서 할 수 없이 꼬박 열여섯 시간 일을 했다.

일을 끝마치고 나니 밤 11시가 되었다. 나는 그날 하루 4천 원을 벌었고, 다른 인부들은 2천 원을 받았다.

이튿날도, 그 다음날도 계속 야간작업을 해서 그 일을 끝마칠 수 있었다. 나는 단사흘 만에 거금 1만 2천 원을 손에 쥐었다. 그 돈이면 보름을 일했어야 했는데 시골 같으면 한 달 품삯이었다.

18화
또다시 징집

단성사 일을 소개해 준 하우스보이가 내게 또 일자리를 소개해 주었다.

"종로2가에 있는 저 집에서 사람을 쓴대요."

알려 준 곳으로 가보았다. 큰 기와집이 입구자로 생겼는데 그 안에 인부 네 명이 중석을 다루고 있다. 감독이 "중석에 대해 아시오?" 하고 물어 나도 "경험이 있어요"라고 했다. 어디서 했냐고 되물어 황해도 곡산 중석광산에서 했다고 대답하니 "아, 그래요?" 하면서 잘 부탁한다고 하였다.

바로 그날부터 일을 시작했다. 중석을 강원도 영월서 밀반출하여 여기서 가공해서 일본으로 밀수출을 한다고 하였다. 그래서 낮에는 문을 잠그고 일하고 물건은 밤에만 차에 실어 오고 나간다고 하였다. 거기서 먹고 자고 하루 800원씩 받으며 일을 했다.

어느 날 저녁 중학생들이 "메밀묵 사려~" 하며 돌아다니는 것을 보았다. 장사가 잘되는 것 같아 나도 밤에 팔아 보려고 동아극장 옆 메밀묵 공장으로 갔다. 보증금 없이 가져다 팔고 남은 것은 반납하면 된다고 했다.

30모를 받아서 묵통을 어깨에 둘러메고 '메밀묵 사려, 메밀묵 사려!'라고 외치며 아무 골목이나 돌아다녔다. 처음에는 어느 거리인지 이름을 몰랐지만 골목골목을 누비는 동안 서울 지리를 많이 익히게 되었다.

낮에는 중석을 선광하고 밤에는 메밀묵 장사를 해서 빨리 돈을 벌고자 했다. 이렇게 일을 20일간 하니 연말이 다가왔다. 23일경 중석 일이 끝났는데 새달 10일 지나서야 다시 일을 시작한다고 하였다. 앞으로 20일 정도는 놀아야 할 판이었다.

사람들은 연말이 되어 크리스마스가 있어 기쁘다고 했지만 나는 일감이 없어 전혀 기쁘지 않았다. 이남에 아는 사람도 없고 갈 곳도 없었다. 그동안 벌어 놓은 돈이 있어 23일부터 26일까지는 놀았다. 서울 거리를 이리저리 돌아다니며 구경을 했다.

27일 국제통신사 옆을 지나는데 예쁜 아가씨가 나를 불렀다. 내게 "아저씨 일좀 하실래요?" 하고 물어 하겠다고 하니 따라오라고 했다. 국제통신사 옆에 대한조선협회로 갔다.

가는 도중 그 처녀를 보니 얼마나 예쁜지 한눈에 반했다.

단발머리를 한 처녀였는데 열일곱 살 정도로 보였다. 협회에 가니 짐을 서울역까지 운반해서 부산으로 부쳐 달라고 하였다. 지게에다 짐을 지고 그 처녀를 따라 서울역으로 갔는데 힘들면 잠시 쉬고 가곤 했다. 그때마다 그 처녀를 바라보았다. 나보고 "힘들지요? 무겁지요?"라고 말을 걸어오면 기분이 좋아졌다. 서울역에서 짐을 부치고 그 처녀와 함께 조선협회로 와서 임금을 받았다. 그 후 그 처녀가 보고 싶어 가보았지만 다시는 볼 수 없었다.

그 후 국제통신사 옆에 사는 할머니와 친해졌는데 할머니는 내게 이북에서 내려와 객지 생활에 고생이 많다며 위로해주고 쓸 용품도 주었고 일자리를 알선해 주기도 했다. 나는 그 집에서 연탄도 찍어 주고 여러 가지 일을 도와주었다.

하루는 할머니가 "우리 집에 처녀애가 있는데 고향은 강원도 홍천일세. 6·25때 부모를 잃고 우리 집에 온 애인데 데리고 살지 않겠나? 원한다면 오늘 저녁부터라도 데리고 살게" 하며 사람을 소개하는데 보니 키는 컸으나 인물이 별로였다. 나는 대답을 하지 않았다.

그 후 며칠이 지나서 낮에는 놀고 밤에는 메밀묵 장사를 하였는데 어찌된 일인지 잘 팔리지 않았다.

어느 날 묵통을 어깨에 메고 남산공원에 올라갔다. 날은 흐리고 푸근하여 춥지는 않은 날이었다. 나는 서울 거리를 내려다보며 지나온 날을 떠올리며 여러 생각을 하였다.

가족들의 얼굴이 떠오르며 자꾸 생각이 났다. '잘 지내고 있는지? 얼마나 고생을 하며 살까? 무엇을 먹고 살까? 춥고 배고프지나 않을까?' 이런저런 생각에 나도 모르게 눈물이 났다. '빨리 통일이 되어 그리운 가족을 상봉해야 할텐데…' 하는 생각에 잠겼다.

남한에 와서 고생도 많이 했지만 그래도 나를 잘 봐주고 가는 곳마다 먹을 것을 주고, 재워 준 이웃의 따스한 고마운 마음도 떠올랐다. 나를 좋게 봐주는 마음, 내 동포니까 사랑해주는 마음이 고마웠다. 좌익, 우익하며 죽어 간 억울한 동포들도 생각이 났다.

얼마나 시간이 흘렀을까? 배가 고팠다. 묵이 잘 팔리지 않으니 맥이 빠졌다. 공복에 두 개를 먹고 나니 기운이 났다.

1953년 12월 30일이었다. 남대문시장에서 수용소에서 함께 지냈던 동료들을 기적같이 만났다. 한 명은 신발 장사를 하고 있었고, 다른 한 명은 지게를 지고 있었다. 그들을 만나니 매우 기뻤다. 우리는 서로 그동안 고생한 얘기를 하며 동병상련의 마음을 달랬다. 밤에 명진교회에 가서 송년예배를 보고 집에 도착했다.

12월 31일, 세모에 동대문에 있는 연탄공장에 일이 있다는 말을 듣고 가 보았다. 연탄을 지고 산 위에 있는 집에 배달

하라는 것이었다. 지게에 연탄을 스무 장씩 지고 가파른 산을 오르는데 어찌나 힘든지 일을 계속할 수 없었다. 나는 오후 2시까지 그 일을 하다 그만두었다. 그날은 다른 일을 하지 않고 저녁까지 시내를 돌아다니며 서울 구경을 했다.

1954년 1월 1일, 새해 새아침 7시경이었다. 자고 일어나니 한 사람이 "어, 도둑맞았네!"라고 소리쳤다. 그러자 너도 나도 몽땅 털렸다고 소리쳤다. 결국 방 안에 있던 사람 모두 도둑을 맞은 것이었다. 눈앞이 캄캄했다. 똥통에까지 들어가 벌어 모은 몇 만 원을 몽땅 잃어버린 것이었다. 그 돈이면 겨울을 날 수 있는 돈이었는데 망연자실하였다.

8시경 신당동파출소로 가서 어젯밤에 도둑맞은 얘기를 했더니 경찰은 나를 보고 갑자기 "당신 군대에 갔다 왔소?" 하고 물었다. 나는 "아니요. 왜요? 신체검사에 불합격 맞았습니다"라고 대답하였더니 "그럼 증명은 있소?"라고 되물었다. 나는 "증명서도 돈과 함께 도둑맞았습니다"라고 말했다. 경찰은 "잠깐 기다리시오" 하더니 잠시 후 나를 택시에 태워 성동경찰서로 연행했다. 도둑을 신고하러 갔다가 오히려 잡혀 가게 되어 황당하기 짝이 없었고 기가 막혔다.

경찰서에는 언제 붙잡혀 왔는지 젊은 사람이 몇 백 명이나 있었다. 크리스마스를 낀 연말에 일부러 통행금지를 풀어 젊은이들이 마음 놓고 거리를 다니게 하였다가 불시에 검문검색을 하여 군대 가지 않고 숨었던 사람을 죄다 잡아 온 것이었다. 그날은 종일 굶고 구속되어 있었다.

밤 11시경 저녁식사로 우동이 들어왔다. 그런데 인원을 세지 않고 주니 앞사람들이 먼저 받아먹고는 나중에 오는 것도 또다시 먹어치워 뒤에 있던 사람들은 굶을 수밖에 없었다. 결국 굶고 말았다. 배가 매우 고팠다. 어제 저녁을 먹고는 아침부터 자정이 되도록 쫄쫄 굶었기 때문이다.

날이 밝았다. 1월 2일 아침 10시경, 우리는 시내 일신국민학교로 실려 갔는데 학교에 도착하니 각 구역마다 말뚝이 꽂혀 있고 각 구역에서 잡아 온 사람들을 어느 곳에서 제일 많이 잡아왔나 수를 세고 있었다.

나는 우시장의 소처럼 주린 배를 끌어안고 서 있었다. 운동장 밖에서는 갑자기 끌려온 가족들을 찾는 소리로 야단법석이었다. 울타리 여기저기서 부모들이 아들 이름을 외치기도 하고 새색시가 남편 이름을 부르기도 했다. 이들은 교문에 매달려 경찰들에게 왜 접근을 못하게 하냐고 거칠게 항의도 하고 울부짖기도 했다.

종일 서 있다가 밤 10시경에야 학교 교실의 찬 마루에 앉아 싸늘한 도시락 한 개를 겨우 얻어먹었다.

밤을 새고 1월 3일 우리는 서울역에서 기차를 탔다. 플랫폼에서 "아무개야!" 하고 애절하게 소리 지르는 가족들의 목소리를 들으며 기차는 서울역을 출발했다. 우리는 모두 화물칸(방통)에 타는 바람에 안타깝게도 가족들의 모습을 볼 수 없었다.

기차가 용산역을 지나 한강 철교에 도달했을 때였다. 옆에 있는 사람이 "군대 나가서 죽나 여기서 도망가다 죽나 죽기는 마찬가지다"라고 소리치며 한강철교에서 뛰어내렸다. 잠시 후 이 방통, 저 방통의 문이 열리며 사람들이 한강으로 마구 뛰어내렸다. 달리는 열차에서 뛰어내리면 떨어지다 받침목에 부딪칠지, 철교 난간에 부딪칠지 몰랐다. 그런데 그걸 겁내지 않고 냅다 뛰어내렸다. 강물에 떨어지는 요행을 바라고 뛰어내리는 모양이었다.

나는 그들을 보고 '지금껏 전후방 일선에서 많은 사람들이 싸우다 죽고 젊은 나이에 한 많은 고행을 한 사람이 얼마나 많았던가?. 그들 덕으로 여태 잘 살아왔는데 휴전이 된 마당에 군대 가는 것이 저렇게 목숨을 걸 만큼 싫은가? 다른 사람의 덕택으로 살아온 것을 고맙게 여기지 않는 사람들이 많구나' 하는 생각이 들어 그들이 무작정 곱게만 보이지 않았다.

기차는 한강을 건너 노량진까지 가더니 다시 머리를 돌려 용산까지 되돌아왔다. 이번에는 방통 안에 무장한 군인을 한 사람씩 태웠다. 그리고는 다시 출발하였다.

해가 질 무렵이었다. 기차는 영등포역을 지나 남으로 달리기 시작했다. 배에서는 쪼르륵 소리가 났다. 어젯밤에 도시락 하나를 먹고 지금까지 굶었다. 사흘 동안 겨우 한 끼만 먹고 지금까지 굶은 것이었다.

수원을 지나니 날이 차츰 어두워졌다. 기차는 밤 11시경 대전에 도착해서는 잠시 정차했다. 기관차가 우리 방통을 떼놓고 다른 기관차가 와서 우리를 달고 갈 때까지 기다리는 모양이었다.

나는 돈이 한 푼도 없었지만 돈을 가진 사람들도 꽤 많이 있었다. 그들은 역에서 술과 음식을 있는 대로 사서 먹었다. 어차피 군대 가면 죽을 텐데 돈을 아껴서 뭐하냐면서 있는 대로 다 사왔다. 역에선 돈만 있으면 물건은 얼마든지 구할 수 있었다.

그들은 자기들도 먹고 마시면서 호위하는 군인에게도 술과 음식을 마구 먹였다. 군인들은 시장한 김에 술을 주는 대로 받아 마시더니만 나중에는 곤드레만드레 취해 아무것도 모르고 곯아떨어졌다.

사람들이 그 틈을 타서 도망가기 시작했다. 웬만한 사람들은 죄다 도망쳤는데 나처럼 오갈 데가 없는 사람들은 어찌할 줄을 모르다가 방통에 우두커니 남아 있었다. 이리역에 도착하고 보니 절반은 달아난 것 같았다.

새벽에 먼동이 터 환히 밝아오는 호남평야는 몹시 포근해 보였다. 8시경 기차는 군산에 도착했다. 역 앞에서는 어린 애들이 이른 아침인데도 양말을 신지 않은 맨발로 서성이는 모습이 보였다.

역에서 헌병들이 우리의 하차를 유도하다가 술 냄새가 폴폴 나는 인솔병을 마구 후려갈겼다. 그리고는 술을 먹고 정신이 없어 사람들이 다 도망을 가도 몰랐다고 호통을 쳤다. 그런데 맞은 군인들은 도리어 항의하며 말하길 "때리기는 왜 때려. 도망을 가긴 누가 가. 내가 몇 명을 인계받았는지 알기나 해? 내가 인계받은 사람은 그대로 다 있어" 하며 대거리를 했다.

사실 인원을 세어 인계받은 것도 아니고 서류도 없었으니 그 말도 틀린 말은 아니었다. 헌병은 술 취한 군인과 얘기해 봐야 아무 소용없다는 것을 깨달았는지 알았다며 우리를 군산 보충대로 인솔했다.

군산 보충대에서 조반을 먹고 나니 시장기가 가셨다. 1월 3일 오후엔 전 대원을 마당에 세우더니 "여러분 중에 군대 못 갈 사람은 알아서 이리 나오라"고 하자 대여섯 명이 앞으로 나가니 군홧발로 배를 차고 곤봉으로는 머리통을 후려갈렸다. 앞에 나갔던 사람들은 모두 얻어 터져 순식간에 땅바닥에 쭉 뻗어 버렸다. 그리고는 또다시 "다음! 군대 못 갈 사람! 이리 나와!" 하였다. 그 광경을 보고는 한 사람도 나가지 않았다.

"다들 손을 들어! 허리를 펴! 손을 내려! 팔을 앞으로 올려!"이렇게 몇 번 반복하더니 "다 됐어. 전부 합격!" 하였다. 나는 맘속으로 '신체검사를 참 간단하게 하는구나'라고 생각했다.

다음날 다시 신체검사를 하였는데 실제 심하게 아픈 환자들을 제외하고는 대부분 합격시켰다. 신체검사 도중 군대가기 싫어 고의적으로 몸에 상처를 낸 사람은 죽도록 얻어맞았다.

1월 4일에 최종 신체검사를 마친 우리는 군입대가 확정되었다. 1월 5일, 기차를 타고 군산에서 군복으로 갈아입고 논산으로 가는 기차를 탔다. 호남평야를 지나 우리는 강경역에 도착했다. 강경에서 논산훈련소까지 걸어갔는데 거리가 상당히 멀었다.

1월 5일 저녁에 훈련소에 도착했다. 도착하자마자 군기를 바로 잡는다며 복명복창을 제대로 못하면 엄한 기합을 주었다.

처음에 훈련소에 도착하니 "지원해 온 사람 손 쳐들어!" 했다. 붙잡혀 온 사람들도 몇 몇은 따라서 손을 드니 "여기 이 사람들은 이리 앉아!" 했다. 이어 "영장 받고 온 사람 영장 들고 손 쳐들어!" 하고는 그 사람들은 그냥 앉으라고 했다. 그리고는 붙잡혀 온 사람은 따로 고르더니 "이놈의 새끼들, 어디 숨어 있다 이제 끌려 왔어?" 하고는 귀 잡고 쪼그려 뛰기를 시켰다. 나는 장단지에 쥐가 나도록 토끼뜀을 뛰었다.

19화
훈련소에 가다

훈련소에 입대해 23연대 17중대에 편성되었다. 우리는 12기생이라고 했다. 입대한 바로 그날부터 훈련에 들어갔다. 50명씩 한 내무반을 편성하여 일등중사가 선임하사가 되고 훈련병 중 한 사람을 '향도'라고 반장으로 임명했다. 그리고 네 개 분대를 편성했다.

그날밤 우리는 총과 대검, 탄띠와 수통을 지급받고 직속상관 관등성명과 소속에 대한 교육을 받았다. 조교가 국방장관 손원일, 참모총장 백선엽, 훈련소장 심원봉, 연대장, 대대장, 중대장, 소대장 아무개를 선창하면 우리는 큰소리로 복창하였다.

다음날 아침, 5시 반 식사당번이 교대로 밥을 타러 가고 난 후 6시에 기상을 했다. 불침번이 "기상!" 하고 외치면 우리는 모두 재빨리 침상에서 일어나 담요를 정돈하고 복장을 단정히 한 후 연병장에 나가 정렬한 후 점호를 받았다. 아무리 추운 날에도 예외는 없었다. 제대로 못하면 따귀를 세차게 얻어맞았다. 그리고 총을 "앞에 총! 세워 총! 어깨 총!" 하며 몇 번이고 반복해서 거총훈련을 했다.

그런 후 주변청소를 간단히 하고 식사하러 들어갔다. 당번들은 밥을 항고[반합]의 따까리[뚜껑]에 신경을 곤두세워가며 하나하나 배식을 하고 국은 따로 항고에 담아서 보내면 앞사람이 뒤로 전달했다. 이렇게 해서 밥을 먹는데 나중 사람이 먹기도 전에 "전원 집합!" 명령이 떨어졌다. 밥을 채 다 먹기도 전해 조교들이 빨리 나가라고 재촉했다. 손으로 밥알을 집어 먹고 따까리는 내무반에 내던지고는 연병장에 집합하는데 늦게 나온 사람은 마구 얻어터졌다.

집합이 끝나면 훈련장까지 "구보!" 소리에 뛰어갔다. 총을 '앞에 총' 하고 마구 뛰었다. 조교의 선창에 따라 '하나 둘, 하나 둘' 하며 구령을 외쳤다. 대열에서 조금이라도 이탈하거나 낙오된 자는 또 얻어맞았다.

훈련장에 도착하면 조교들의 지시를 받아 훈련을 했다. '차렷! 쉬어! 앞으로 가! 뒤로 가! 좌로 봐! 우로 봐!' 등 제식훈련을 받고 점심을 먹은 후 오후에는 훈련장소를 옮겨 총을 분해 조립하며 부위별 명칭을 배웠다.

저녁에 부대로 돌아오는 동안에도 뛰어왔다. 내무반에 도착해선 내무반을 정돈하고 각자 무기를 손질하는 교육을 받았다.

저녁식사 후에는 군가를 배웠다. 제일 먼저 훈련소 노래를 배웠다. "백제의 옛 터전에 계백의 정기 맑고 관창의 어린 넋이 지하에 혼연하니 웅장한 황산벌에 연무대 높이 솟고 대한의 건아들이 모인 이곳이 오 젊은이의 자랑, 육군훈련소" 하고 노래를 열심히 불렀다. 그냥 배우는 것이 아니라 마룻바닥을 병으로 문지르며 노래에 장단을 맞추곤 하였다. 이렇게 얼마를 하고 난 뒤 점호 후에 취침에 들어갔다.

첫날부터 이런 일과를 반복하면서 훈련과정을 밟아 가는 것이었다. 청소가 철저하지 않다고 땅바닥에 떨어진 밥알을 입으로 핥기도 하고 밥통을 머리에 이기도 하고 때로는 반복해서 글씨를 쓰는 기합도 받았다.

훈련 도중에는 재미있는 에피소드도 많았다. 하루는 내가 식사당번이 되었다. 아침 일찍 훈련병 동기와 같이 식당에 가서 밥을 타 가지고 와서 배식을 마쳤다. 식사 후 수돗가에 가서 식기를 닦다가 용번이 급해 나는 변소에 가고 수돗가에는 동료 한 사람만 남아 있었다. 그런데 갑자기 "송씨" 하는 다급한 외침소리가 들렸다. 볼일을 다 마치지도 못한 채 허겁지겁 달려가니 동기는 울상이 되어 양동이를 잃어버렸다고 했다.

웬놈 서넛이 나타나 갑자기 밀치고 뺏어갔다는 것이다.

쫓아 가려고 해도 나머지마저 잃어 버릴까봐 못 쫓아갔다고 했다. 우리는 양동이를 잃어버린 사실을 향도에게 이실직고 했다. 선임하사가 오더니 다짜고짜 "무슨 수를 써서라도 저녁까지 보충해"라고 하고는 가버렸다.

훈련장에 가서 일과를 마치고 내무반으로 돌아온그날 저녁이었다. 향도는 우리 분대 전원을 세워 놓고 무슨 수단을 동원해서라도 양동이를 채워 놓으라고 엄포를 놓았다.

분대원 대여섯 명이 양동이를 구하려고 밖으로 나섰다. 구할 수 있는 길은 단지 남의 것을 빼앗아오는 것밖에 없었다. 우리는 남의 것을 빼앗기 위해 나간 것이었다. 마침 한 훈련병이 양동이를 들고 가는 것을 발견하고는 모두 달려들어 양동이를 발로 찼다. 멀리 굴러가는 양동이를 낚아채서 냅다 뛰었다.

며칠 후 일요일에는 영내 교회에서 신발을 벗어 놓고 예배를 보고 나오니 신발이 없어졌다. 나는 다 헤진 신발을 얻어 신고 내무반으로 돌아와야 했다.

아침마다 훈련장으로 가는 길이면 길가에서 이동주보라고 불리는 잡상인들을 자주 만났다. 고구마·떡·과일·엿·과자 등 주전부리를 우리가 가는 곳마다 따라와 팔러 다녔다. 대부분이 피난민이나 전쟁 난민들로 먹고 살기 위한 수단으로 행상을 하는 불쌍한 사람들이었는데 대부분 젊은 여자들이었다. 돈이 있는 병사들은 가다가도 사먹고 훈련장에서 조교들과 기관병에게도 사주면서 눈치껏 먹었다.

매일 아침 어김없는 나팔소리와 함께 일어났다. 군복을 부지런히 입고 나가 점호를 취하고 돌아와 무기 점검을 받았다. 그리고 식사를 마친 후 훈련장으로 구보해 갔다. 훈련장에서는 박격포 사격훈련을 받았다. 포탄의 성능과 장약(화약)을 넣는 계산법도 배웠다. 돌아오는 길에는 부대 보수용으로 돌을 하나씩 주워 들고 와 영내 도로에 깔기도 하고 산에서 나무도 캐어다가 훈련소에 심기도 했다.

훈련소가 창설된 지 얼마 안 되어 훈련장에서도 훈련을 하고 휴식 시간에는 쉬지도 못하고 훈련장 보수 작업을 했다. 영내에서도 훈련소 보수 작업을 하느라고 눈코 뜰 새가 없었다. 정말 휴식시간이나 자유시간이 조금도 없었다.

고된 훈련에 도망병이 속출하여 변소를 가더라도 혼자서는 절대 갈 수 없었다. 불침번 근무가 되면 제일 고달펐다. 동초 근무를 서다 교대근무를 하게 되어 동료를 깨워도 제때에 일어나지 않는 일이 많았기 때문이었다.

다른 사람들은 일요일이면 면회장으로 가서 면회 온 가족들을 만났지만 나를 면회오는 사람은 아무도 없었다. 사실 올 사람이 없었다. 면회객이 가져온 음식을 먹는 동기들과 주보에서 음식을 사가지고 와 먹는 동기들을 주린 배를 움

켜잡고 바라볼 뿐이었다.

어느 날, 판문점에 있던 반공포로들이 입소를 했다. 나는 광주포로수용소에 있던 친구들을 만났다. 한 사람이 내게 "김봉운 집사님이 죽었어요. 수용소에서 반공포로를 석방한다고 탈출시켰을 때 총에 맞아 죽었어요"라고 말해 주었다. 자기네들은 미처 멀리 도망가지 못하고 마을 뒷산에 숨어 있다가 미군에게 붙잡혀 판문점까지 올라갔다 오는 길이라고 했다. 김집사님은 내게 많은 가르침을 주신 분이었는데 그렇게 허무하게 죽었다니 도무지 믿어지지가 않았다. 매우 애통했다.

하루는 소대장이 "여기 서울 성동구에서 온 사람과 광주에서 온 사람은 나오라고 해" 하여 나갔더니 훈련소 본부로 데리고 갔다. 거기에는 신익희 씨와 국회의원 몇 명이 훈련소를 시찰와 있었다. 그들은 우리에게 수고한다며 격려해 주고 선물도 주었다. 나는 말로만 듣던 신익희 씨를 직접 만나 보았다.

훈련소에는 여군들도 있었다. 모두들 여군을 보면 좋아했다. 나도 마찬가지였다. 그러나 말을 건네 볼 기회는 전혀 없었다.

하루는 교관이 하는 말이 김일성에게 한 방 먹어 상이군인이 되었는데 사실은 불구자라고 하였다. 그런 몸으로 힘겨운 군 생활을 하다니 그가 매우 훌륭하게 생각되었다.

16주가 지나고 봄이 되었다. 전반기 교육을 마치고 후반기 16주 교육을 받게 되었는데 이때는 주로 공용화기, 소대공격, 중대공격, 대대공격 등 군사훈련을 한다고 했다.

여산을 지나 후반기 훈련을 받으러 갔다. 그곳에서 공용화기 훈련을 받으러 고지에 올라가면 멀리 금강이 바라보이고 호남평야도 바라볼 수가 있었다. 우리는 삼례를 지나 여러 곳으로 이동하였다. 호남평야의 지평선이 아득히 어두워지는 것을 보며 '이곳이 참으로 넓은 평야로구나' 하는 생각이 절로 들었다.

논산에서 82밀리 박격포 훈련을 받을 때였다. 논산 일대에는 좌익이 많다고 소문이 나 논산군에서만 수백 명이 좌익으로 몰려 죽었다고 했다. 그 말을 듣고 한 사람이 말하길 "나도 그때 여기에 있었다면 나라고 별 재간이 있었겠나? 다 운이 나빠서 그렇게 죽은 것이지. 죽을 죄로 죽은 자가 과연 몇이나 됐겠어?" 하며 세상을 탓하였다.

어느 날 숲으로 작업을 나간 동기들을 찾으러 두리번거리는데 군인 여러 명이 갑자기 나타나 나를 밀어 제치는 통에 탄띠에 있는 대검을 빼앗겼다. 그때는 정신이 없어 누가 대검을 빼앗아 가는지도 몰랐다. 나중에 '큰일 났다' 생각하여 어떻게 할까 골몰하다 '무슨 수단을 쓰더라도 검을 보충하지 않으면 안 되겠다' 결심하고 탄띠를 매지 않고 다니며 기회를 노렸다.

마침 다른 중대의 한 동기가 도랑 옆에서 야전삽을 닦고 있었다. 나는 살그머니 뒤로 가서 대검을 낚아챈 후 그의 엉덩이를 발로 차서 한 길 되는 도랑으로 굴러 넘어뜨렸다. 그리고는 재빨리 '걸음아 날 살려라' 도망쳐 왔다. 뒤에서 "저 놈 잡아라!" 하는 외침과 함께 여럿이 쫓아왔다. 나는 우리 막사 앞문으로 뛰어들어가 뒷문으로 빠져나온 후 다시 옆 텐트로 뛰어들어가 몸을 숨겼다.

우리 막사에 도달한 패들은 "이 내무반 대원이 우리 동기의 대검을 빼앗아 가서 찾으러 왔다" 하며 소리쳤다. 우리 소대원들은 "그런 사람은 없다" 하고 딱 잡아뗐다. 서로 "있다! 아니다!" 옥신각신하다가 그럼 "그 사람을 찾아 봐라" 하였으나 옆 천막으로 감쪽같이 숨어 버린 나를 찾지 못하고 그들은 결국 그냥 돌아갔다. 나는 그렇게 해서 대검을 보충하였다.

훈련소에서 다들 훈련을 나가고 내무반이 비어 있으면 총도 없어지고 담요, 밥그릇 등이 종종 없어졌는데 나중에 알고 보니 이는 일부 기관병이 용돈을 벌기 위해 저지른 짓이라고 했다. 훈련병들이 배급받은 관물이 없어졌을 때 돈을 주면 없어진 물건을 찾을 수 있었다.

훈련소에서 매도 많이 맞았지만 재미있는 일도 겪으면서 5월 20일경 훈련소를 마치고 일등병 계급을 달고 보충대로 나가게 되었다. 주특기에 따라 각 병과대로 배정된다고 하였다. '나는 어디로 가게 될까?' 궁금했다.

병과 배정소를 우리는 갈매기시장이라고 불렀는데 동료들이 전출되는 동안 반공포로 출신들만 따로 추린다는 소문이 나돌았다. 나는 거기서 10일간 대기하였는데 얼마 후 남은 사람 150명이 따로 차출되었다. 일등중사와 소위인 두 사람이 우리를 공병으로 인솔한다고 하여 우리는 그런 줄로만 알았다.

강경역에서 기차를 탔다. 화물 방통 하나에 150명이나 들어가니 매우 좁았다. 강경역에서 일행이 먹을 쌀과 된장, 부식도 같이 싣고 떠났다.

기차 안에서 멀리 사라지는 훈련소와 그동안 정든 산들을 바라보니 무척 아쉬운 기분이 들었다. 넓고 넓은 호남벌과 계룡산도 앞으로는 다시 보기 힘들 것이라고 생각하며 바깥 풍경을 바라보았다.

이때 갑자기 "개새끼들!" 하는 소리가 들렸다. 한 동료가 "우리가 공병이 아니라 보병이래! 우리는 춘천 보충대로 가는 거래!" 하고 외쳤다. 깜짝 놀란 우리들 사이에서는 소란이 일어나기 시작했다.

당황한 소대장이 "나도 이북 사람, 선임하사도 이북 사람, 당신들도 이북 사람, 그러니 우리 이북 사람의 사정을 누가 알아주겠소? 귀관들이나 나나 같지 않소? 여기서 우리끼리 분통을 터뜨려 봐야 무슨 소용 있소?" 하고 하소연했다. 그 말을 들은 한 사람이 일어나 "훈련소 그놈들이 나쁜 놈이군. 인솔자를 이북 사람을 시켜 보내는 것을 보니 야단을 쳐도 이남 사람보다 나을 것이라 계산하고 이렇게 했구나! 분해도 참읍시다"라고 말했다. 사실이 그랬다. 우리는 분을 삭이며 참을 수밖에 없었다.

달리는 기차에서 하룻밤을 지내고 다음날 아침 24시간 만에 영등포에 도착했다. 기관차는 우리 방통을 떼어 놓고 갔다. 영등포역에 멈춰 있을 때 미군 열차가 지나가며 우리 옆에 화물칸 한 칸을 떼어 놓고 갔다. 화물칸 문을 열고 들어가 보니 레이션(전투식량)이 많이 있었다. 먹다 남은 것과 먹지 않은 것 그리고 상자가 포장채로 많이 있었다. 우리는 '횡재다' 하며 그것들을 우리 차 방통 안으로 잔뜩 가져와 실컷 먹었다. 얼마를 먹고 나니 배가 불렀다. 남아 있는 양을 보니 앞으로 사흘은 먹을 수 있을 것 같았다. 스리쿼터로 한 차는 충분히 될 것 같았다.

우리는 인솔 장교인 소대장에게 영등포에 나가서 놀고 오자고 졸랐다. 소대장은 "시내에 지인이 있으면 만나 보고 오고, 놀고 싶은 사람은 놀다 와라. 귀관들의 양심만 믿는다" 라고 하였다.

훈련을 마치고 일선으로 향하는 군인으로서 절대로 있을 수 없는 일이었으나 소대장이 전방으로 가는 우리에게 최대한 자유를 주며 대우를 해준 것이었다.

갈 데가 없는 나는 영등포역과 근처를 배회하며 한강변에서 여의도비행장의 비행기를 바라보다 저녁에 역으로 돌아갔다. 시내로 나간 사람들은 이튿날 10시까지 한 사람도 빠짐없이 모두 돌아왔다.

영등포역을 출발한 열차는 서빙고역에서 우리가 탄 방통을 떼어 놓았다. 춘천에서 온 화물열차에 장작이 산더미처럼 쌓여 있는 것을 본 우리 일행은 장작을 한 아름씩 가져다 우리 화물칸 안으로 옮겼다. 얼마나 실었을까? 동기들은 모두 좋아했지만 나는 그것이 못마땅했다. 우리의 행실이 민폐를 끼치는 것이라 생각이 되어 마음이 편치 않았다.

서빙고에서 하룻밤을 지냈다. 역에 설 때마다 소대장이 쌀과 부식을 근방에서 얻어와 한 번도 끼니를 놓치는 일은 없었다. 식사만큼은 철저히 제공해 주는 것이었다. 불편한 것은 잠자리였으나 그것도 날씨가 춥지 않아 그런대로 참을만했다.

열차는 다시 춘천으로 향했다. 경기도의 자연 풍광은 매우 평화롭고 아름다웠지만 어디를 가더라도 전쟁의 상처가 그대로 남아 있었다. 그나마 제대로 남은 집들은 작은 초가집뿐이었다.

기차가 마석을 지나 대성리역에 섰을 때 마침 역 옆에 잔칫집이 있었다. 손님들이 들랑날랑하는 것을 보고 잔치음식을 얻어먹고 온다며 몇 명이 내려갔다. 그런데 그들이 돌아오기도 전에 기차가 출발했다. 걱정이 되어 "우리만 춘천보충대에 가도 괜찮을까요?" 하고 물었더니 소대장은 아무 말 없이 태연하게 "나는 귀관들만 믿는다" 하는 것이었다.

저녁에 춘천에 도착했다. 우리는 레이션(전투식량)과 나무뭉치를 팔았다. 소대장이 우리에게 춘천보충대로 바로 들어갈 것인지, 아니면 민가에서 하룻밤 자유롭게 놀고 내일 들어갈 것인지 의향을 물었다. 부대에 들어가기 전 하룻밤이라도 재미있게 놀고 싶다고 하니 승낙을 해주었다.

우리는 춘천 시내에 들어가 밤새도록 놀았고, 일부는 색시집에 가서 놀다 오기도 하였다. 오전 10시가 되니 보충대 앞에 150명 전원이 모였다. 어제 대성리에서 잔칫집에 갔다 낙오되었던 동기들도 모두 다 돌아왔다.

소대장은 매우 기뻐하며 "오느라 고생했다. 너희들이 신용을 지킬 줄 알고 내가 자유를 준 것이다. 신의를 지켜 줘서 고맙다" 하며 우리를 칭찬했다.

20화
최전방에서

우리는 춘천 보충대에서 배치를 기다리며 시간이 나면 소양강을 건너 벌판을 지나 산에 올라 나무를 해오는 작업을 했다.

춘천 보충대는 소양강과 비행장 옆에 있었는데 강물은 맑고 깨끗했다. 비행장에는 전투기들이 몇 대 있었고 파괴된 트럭들과 함께 화물들이 수북히 쌓여 있었다. 주로 레이션(전투식량) 박스들이었고 주변에는 피난민촌도 있었다.

6월 20일경 어느덧 보리가 누렇게 익어갈 때 50명은 7사단, 100명은 3사단에 배속되었다. 어느 날 저녁에 우리를 집합시키더니 차에 싣고 북으로 달리기 시작했다. 마을도 없고 깜깜한데 트럭은 쌩쌩 잘도 달렸다. 산 넘고 고개 넘어 밤 12시경 우리는 3사단 백골부대 본부에 도착했다.

본부에서는 인사계가 나와 "귀관들 오느라 고생이 많았다" 하며 격려를 해주고는 밤참을 주었다. 이미 저녁을 먹고 출발했었지만 출출한 탓에 밥 한 그릇을 다 비웠다.

이튿날 사단본부 앞에 모였는데 인사장교가 나오더니 종이를 주며 각자 주소와 이름을 써보라고 하였다. 각자가 써낸 종이를 보더니 필적이 좋은 사람을 골라 본부에 남기고 나머지는 공병대로 넘겼다. 예상과 달리 공병대로 배속된 우리는 전방생활을 시작하였다.

들어간 지 며칠 안 되어 공병대장이 아침 일찍 파자마 차림으로 밖에 나와 돌아다니는 것을 발견한 사단 참모장이 "이리와! 지금 여기가 어딘데 속옷 차림으로 돌아다녀?"라고 야단치며 뺨을 후려치는 것을 보았다.

양구로 내려가는 시냇물이 있었는데 물이 맑았다. 우리는 그 옆에 사단본부 작전사령실을 짓는 작업을 했다. 햇볕은 뜨겁고 무더운데 나무를 베어 오기도 하고 땅을 파서 사령실을 구축하였다. 비가 억수로 쏟아지는데도 쉬지 않고 작업을 했다. 나는 속으로 '이 정도 노력이면 산에 굴을 파고 호를 구축하는 것이 노력도 덜 들고 튼튼할 것'이라고 생각했다.

하루는 사단장실 주변에 사과나무가 있었는데 누군가 사과를 따먹었다. 그런데 누가 사과를 따먹었냐는 수소문이 있어 아무개 대위가 따먹었다는 보고가 들어가자 사단장은 대위를 불러 경고를 했다는 소문이 돌았다.

그 후 대위가 사병들을 따로 집합시켜 어느 놈이 고자질 했냐고 당장 나오라고 했으나 시간이 흘러도 아무도 나서지 않자 대위는 멀쑥하여 그냥 해 본 소리라고 하며 자리를 파했다.

우리 소대장은 함경도 북청 사람이었는데 별명이 '떼떼'였다. 말을 할 때면 입을 더듬거리기도 하였고 성이 나면 말을 몇 마디 못하다 발동이 걸려야 겨우 말을 해서 붙여진 이름이었다.

하루는 부대 인근 산에 나무를 하러갔다가 7사단 장병들을 만났다. 작업 중이라 웃옷을 벗어놓고 런닝셔츠만 입고 있으니까 계급을 알 수가 없었다. 우연히 7사단 장병들과 언쟁이 벌어졌는데 7사단 하사가 우리 소대장을 보고 뭐라 하였는데 제대로 말을 못하고 입만 씰룩거리자 '이 새끼' 하고 뺨을 후려갈겼다.

소대장은 성미는 급하지만 말은 안 나오니 어쩔 줄 모르다가 나에게 "송일병! 내 모자! 내 모자!"를 외쳤다. 나는 얼른 뛰어가 모자를 가져다줬다. 소대장이 소위 계급장이 붙은 군모를 쓰고 나자 7사단 하사는 기겁을 하여 "소대장님! 정말 죄송합니다. 잘 모르고 그랬습니다" 하고 연신 사과를 하였다.

소대장이 "야, 이 새끼야! 사람 잘 보고 때려야지!" 하였는데 그 말을 어찌나 힘들게 하는지 웃음이 절로 나오는 걸 꾹 참았다.

어느 날 밤에는 비상이 걸렸다. 비가 줄기차게 쉬지 않고 내려 강물이 불어나 다리가 끊어졌다. 강둑 흙을 밀어내고 물줄기를 약하게 하려고 밤새 야단법석을 떨며 애를 썼지만 속수무책이었다.

그 후 우리는 공병에서 보병 23연대로 전출되어 1대대 3중대 1소대로 배치되었다. 그동안 생사고락을 함께하던 동기들과 다시 만날 기약도 없이 뿔뿔이 헤어졌다.

나는 DMZ(비무장지대) 안에 있는 전초소에서 근무하게 되었다. 군사분계선 밖 2킬로미터 전방에 드문드문 있는 전초였다. 여기서 보면 적군들의 모습이 눈으로도 또렷하게 보였다. 우리는 이곳에서 적들의 상황을 망원경으로 관측하고 10분에 한 번씩 보고를 하였다. 일개 분대가 근무했는데 소대장이 가끔 순찰을 나왔고, 분대장과 분대원은 밤낮을 쉬지 않고 보초를 섰다.

산은 그리 높지 않았으나 가파른 편이었다. 바로 옆에는 미군 포병 관측소가 있었는데 거기에는 포대경(거리측정기)이 장치되어 있어 우리는 가끔 가서 구경을 했다.

우리 맞은편에는 중공군이 배치되어 있었는데 보병과 포병들이 훈련하는 것을 종종 볼 수 있었다. 휴전된 지 일 년이 채 안 되어 사방에는 무기는 물론 수습되지 않은 전사자의 유골이 여기저기 흩어져 있었다. 철조망 뭉치, 철모들도 있었고 포탄도 제법 많았다. 우리는 불발탄에 마음을 졸이며 가끔 폐품 수집도 했다.

여름철이 되니 높고 깊은 산중이어도 날씨가 무척 덥고 습했다. 장마가 닥쳐 큰비가 올 때 밤에 군사분계선 쪽으로 깊숙이 들어가 보초를 서면 기분이 무시무시하였다. 동료의 발자국 소리만 들려도 등골이 오싹하였고 짐승의 울음소리만 들려도 겁이 바짝 났다.

하루는 밤 11시 30분경에 혼자 보초를 서는데 어디선가 울음소리가 나면서 숲속에서 파란불이 반짝거려 머리털이 곤두서며 등줄기에 땀이 났다. 나는 겁이 덜컥 나서 50미터나 떨어진 내무반까지 한걸음에 줄달음쳤다.

잠자는 소대원들을 깨워 서너 명이 내가 보초 섰던 곳으로 살금살금 다가갔다. 그러나 아무도 없었다. 파란불도 보이지 않고 고요한 정적만 흘렀다. 다들 나보고 헛것을 본 거라고 무안을 주었다. 어떤 전우는 반딧불이라고도 하였고 또 근방에 해골이 많으니 인산분이 날아다니면 빛으로 보일 수도 있다고 했지만 나는 그때 본 것이 며칠이고 머리에 남아 공포로 되살아나곤 했다.

하루는 미군 흑인 병사가 전초소에 있는 우리를 찾아와

짐을 운반해 달라고 사정을 했다. 그래서 다섯 명이 따라가 산 밑에서 산꼭대기까지 짐을 날라 주었다. 주로 부식 식량이었는데 도와줘서 고맙다며 레이션(전투식량)과 여러 가지 물건을 줘서 받아왔다.

미군들이 먹는 모습을 보니 우리보다 양이 굉장히 많았다. 헬멧을 벗긴 철모통에 우유와 고기 기타 여러 가지 통조림을 막 까서 담는데 큰 철모의 7할 정도 채운 후 먹는 것을 보고 그 먹성에 놀랐다.

하루는 중사가 "중공군 있는 데 한번 구경 가자" 하여 전초소에서 북한쪽 군사분계선을 향해 슬슬 걸어갔다. 얼마쯤 갔을까? 적과의 거리가 너무 가까워 보였다. 그때였다. 바로 옆에 적병이 보였다. 깜짝 놀라서 몸을 피해 숨었다. 알고 보니 바로 코앞에 적의 초소가 있었던 것이다. 우리는 '이미 적의 경계선에 와 있구나' 하고 몸을 돌려 남쪽으로 달렸다.

군사분계선에 근무하면 작업은 없어 몸은 편안했으나 숲이 우거져 사람을 즉각 분간할 수 없어 항상 긴장 상태로 지내야 하는 것이 큰 애로사항이었다.

골짜기에는 맑은 물이 흐르고 시원한 물맛은 최고였다. 냇가에도 철조망 뭉치가 한없이 설치되어 있었다. 우리는 거기서 심심하면 노래도 불렀다. 나보고 고참병들은 "송일병, 인민군 생활과 국군 생활이 어때?" 하고 물어도 보고 6·25때의 일도 물어보았다. 아마 내가 인민군 출신이라서 호기심이 발동하는 모양이었다.

분대장 장하사는 6·25때 강원도에서 중공군에게 포로가 되어 이북의 벽동포로수용소에서 삼 년간 갇혀 있다가 휴전 후 교환되어 남한으로 돌아온 후 다시 본부대로 예속되어 남은 복무기간을 채우고 있는 중이었다. 그는 수용소에서 옥수수와 감자 등 잡곡을 조금씩 밖에 주지 않아 주린 배와 고된 기합을 받으며 온갖 고생을 다했다고 했다.

장하사는 자기가 겪은 일을 생각해서 그런지 내게 동정을 무척 베풀어 주었다. 그는 나보고 당신과 나는 남과 북에서 비슷한 입장에 처해 같은 고생을 한 사람이라면서 나한테는 기합을 주거나 그런 일은 없을 테니 알아서 잘해 달라고 당부를 했다. 나로선 여간 고맙고 다행한 일이 아니었다.

거기서 얼마간 근무하다 벼이삭이 필 무렵 인제군 남면 관대리에 있는 3군단사령부로 파견을 나가게 되었다. 민간인들이 가까이 살면서 농사를 짓는다는 게 무척 기쁘고 다행이었다. 3군단에서는 매일 제초작업, 도로 보수작업 등을 도왔다.

그러다가 장관식당에 나가 근무를 하게 되었다. 장관식당은 주로 대령급 이상과 미고문관들이 식사를 하는 곳이었는데 중앙에 군단장 식탁이 놓여 있고 그리고 좌우에 부군단장, 그 옆에는 참모급들의 식탁이 두 줄로 배치되어 있었다. 식당의 모든 업무는 백중사가 담당하고 있었고 요리사가 한 사람이 있었다. 나는 거기서 잔심부름을 하며 식당 일을 하나하나 배워 나갔다.

장관 식당의 음식 종류는 특별부식 외에는 사병과 별다른 것이 없었지만 먹고 남은 반찬은 다시 올리지 않았다. 그래서 우리는 남은 음식을 맘껏 먹을 수 있었다.

식사 시간이 되어 백중사가 미리 식기와 음식을 정돈해 놓으면 다들 와서 식사를 했다. 특이한 것은 군단장 송요찬 장군의 젓가락은 굉장히 컸다. 다른 사람의 것은 일반인 것과 다르지 않았는데 군단장의 젓가락만 유난히 길고 굵었다.

군단장은 새벽잠이 없었다. 그는 새벽 일찍이 복장을 단정히 하고 고요히 잠든 영내를 순찰하는 것으로 하루 일과를 시작하였다. 나는 식당 근무를 하면서 새벽에 남보다 일찍 일어났기 때문에 장군이 다니는 것을 자주 볼 수 있었다.

군인들은 장군을 보고 '석두'라고 불렀다. 장군이 오면 '야, 석두 온다, 석두 온다' 하였다. 나는 왜 석두라고 부르냐고 물었더니 그분은 상부에서 시키면 시키는 대로, 규칙이면 규칙대로 원칙을 지키는 사람이라 도무지 요령이 없어 그렇게 부른다고 하였다.

송요찬 장군에게는 남다른 특색이 있었다. 첫째로 그는 어느 사병이던지 경례를 하면 반드시 거수경례로 답례를 했다. 결코 본체만체하지 않았다. 웬만한 장교들은 경례를 해도 그냥 지나치거나 거수경례로 답하지 않고 고갯짓만 하는 사람이 많았는데 그는 장군임에도 그렇게 하지 않았다. 나는 그분을 볼 때마다 마음이 흐뭇했다.

둘째로 송요찬 장군은 식사 시간이 지나면 절대로 식사를 하러 오지 않았다. 그러다 보니 다른 사람들도 따라서 식사 시간을 엄수했다. 사병식당이나 장교식당에는 식사 시간이 지나서도 밥을 달라는 사람들이 많았지만 장관식당에서는 절대로 뒤늦게 와서 밥을 달라는 이가 없었다.

8월, 낮에 7사단 탄약고 옆 통신소에서 큰불이 나서 갑자기 비상소집이 발령되었다. 불길이 치솟아 3중대 전체가 화재진압에 나섰다. 송요찬 군단장이 직접 지휘를 하니 모두 고양이 앞에 쥐로 꼼짝 못하고 일사불란하게 움직였다. 먼저 탄약고를 흙으로 묻은 후 통신소에 물을 뿌려 불을 껐다.

그런데 화재진압 후 불이 난 건물에서 옷에 불이 붙은 채 빠져나오지 못하고 있던 미군을 어느 병사가 들어가 들쳐 업고 나왔다고 해서 화제가 됐다. 미군 고문관이 그를 크게 칭찬하여 순식간에 영웅이 되었는데 뜻밖에도 그는 우리 중대에서 평소에 고문관으로 놀림을 받던 병사여서 모두들 놀라 '와' 하고 탄성을 질렀다.

8월 하순, 하루는 비가 얼마나 쏟아졌는지 큰 홍수가 났다. 관대리 비행장에 물이 차 비행기를 옮기느라 법석이었고 파견된 우리 중대 막사가 침수되는 바람에 혼비백산이었다. 나는 그때 소양강물이 엄청나게 불은 것을 볼 수 있었다. 신남으로 가는 길에 있던 38교가 물에 떠내려 가고 인제로 가는 다리도 무너졌다. 미군 공병이 부교를 가설하여 다시 왕래를 하게 되었고, 군단 안에 막사를 짓고 산에 가서 풀을 베어다가 바닥에 깔고 지냈다.

밤에는 신남으로 가서 놀 기회도 있어 가끔 구경을 가기도 했다. 하루는 소양강 모래사장에서 친구들과 발가벗고 물놀이를 하고 있을 때 평강이 고향인 전우 한 사람이 고추를 만지작거리며 "나는 제대를 해서 사회에 나가더라도 걱정이야" 하였다. 그는 전쟁때 귀두 한 쪽이 부상당한 것을 치료했는데 평소에는 모르나 발기가 되면 옆으로 휘어진다는 것이었다. 실제로 발기된 것을 보니 기역자로 휘었다. 그는 "이런 모양새를 하고도 결혼할 수 있을까?" 하며 한탄을 했다.

21화
군인 학생

어느덧 10월 초순이 되었다. 산에 단풍이 들며 가을이 느껴졌다. 혈혈단신으로 해남에서 전방으로 온 지도 어느덧 일 년이 다 되었다. 세월이 참 빠르게 지나갔다.

고향에 두고 온 부모님과 형님·누이동생·조카가 몹시 그리웠다. '과연 살아 계실까? 살았으면 어떻게 살고 계실까?' 하는 생각이 짙어가는 낙엽 사이로 자꾸만 떠올랐다. 오랫동안 만나지 못했지만 어제 본 듯 그 모습이 눈에 선했다. 가을 달밤 아래에서 홀로 보초를 서고 있으려니 처량한 생각이 들어 유난히 그리움을 탔다.

11월 하순, 우리는 갑자기 양구로 원대복귀를 했다. 양구 원당으로 이동명령이 떨어진 것이다. 우리는 완전군장을 하고 행군을 시작했다. 낮부터 걷기 시작했는데 밤 10시경에 이르러 양구에서 원통으로 가는 고개를 넘어 산중턱쯤 되는 곳에서 막사를 치고 숙영을 하게 되었다. 모두들 힘이 빠져

헉헉대었다. 피곤한 몸에 우의로 천막을 치고 났더니 몸에 열이 나 잠을 자려 해도 좀처럼 잠이 오지 않았다.

소대장이 나에게 잠이 안 오면 얘기나 하자고 했다. 선임하사 몇 사람도 합석했는데 소대장이 익살맞은 얘기를 하여 사람들을 웃겼다. 그는 나와 같은 이북 출신으로 성격이 쾌활하고 음담패설을 잘했다. 낮에 힘든 행군을 한 날에도 피곤하지 않는지 밤이 새도록 재미있는 이야기보따리를 풀어놓았다. 우리 모두는 피곤한 줄도 모르고 귀를 기울였다.

날이 새자 야외에서 불을 피워 밥을 해먹고 9시경에 출발을 했다. 행군을 이틀째 계속하니 나보다 덩치가 크고 힘이 센 사람들도 지쳐 쓰러지는 이들이 많았다. 나는 전우가 허덕이는 것을 보고 대신 총을 들어 주기도 했다. 저녁 늦게 원통에서 4킬로미터쯤 떨어진 아무도 없는 산 아래의 허허벌판에 도착했다. 그곳에 새로운 병영을 짓는다고 했다.

저녁 8시경 우리는 판초 우의로 천막을 짓고 풀을 깐 후 하룻밤을 지냈다. 그 이튿날부터 산에 가서 좋은 나무를 잔뜩 베어 운반하여 스리쿼터의 앞바퀴에 피대를 건 후 발동기를 돌려 전기톱으로 나뭇가지를 쳐낸 후 제재소로 옮겼다. 작업대에 통나무를 올려놓고 제재공과 함께 밀고 당기기를 하면서 목재를 자르고 널판자를 켜기도 했다.

목공작업을 밤 11시까지 계속하기도 했고, 어떤 날은 밤을 새기도 했다. 산에서 큰 통나무를 넘어뜨리다가 다치기도 하고 과로로 쓰러지는 사람도 많았다. 사고를 당해도 야전병원이 있는 것도 아니어 달리 치료를 받지도 못했다.

임상병은 발목을 다쳤는데 입원은커녕 그대로 환자 막사에 눕혀 놓고 후송을 하지 않아 며칠 후 발목이 굳어져 결국에는 병신이 되고 말았다. 추운 날씨에 맨손으로 작업을 하다 보니 손발이 얼어 피부가 갈라져 손바닥에선 피가 줄줄 흘렀다.

나무로 기둥을 세우고 싸릿가지로 흙벽의 뼈대인 외를 엮어 흙을 바르며 서까래 위에 진흙을 얹기 위해 너스레를 올리고 풀을 베어다가 지붕을 삼은 후 방엔 온돌을 놓고 저녁이면 불을 때기 시작했다. 산속 벌판에서 대대 병력이 맨주먹으로 밤낮없이 건물을 지으니 천신만고의 고생 끝에 불과 열흘 만에 막사 수십 동이 새로 생겼다. 그러는 동안에 막사 주변의 원시림은 모두 황폐화되었다.

12월에 동계훈련을 시작하였다. 대대 주둔지 맞은편에는 소양강 강줄기가 흘렀고, 건너가면 금광 자리가 있었다. 우리는 그곳을 지나 산에 올라가 1개월간 산악훈련을 받았다.

연말연시면 떠들썩한 사회 분위기와 달리 군에서는 고된 훈련 끝에 1955년 새해를 맞았다. 나는 그간 사역과 훈련으로 몸이 쇠약해져 보육대로 가게 되었다. 보육대란 허약한 사병이 몸을 회복하며 휴양을 하는 곳이었는데 화천댐 상류에 자리 잡고 있었다.

화천댐은 크고 넓어 마치 내륙의 바다를 보는 것 같았다. 물도 맑고 깨끗했으며 주위의 무성한 숲으로 호반이 더욱 아름다웠다. 산자락에는 군데군데 원두막을 지어 여름철에는 올라가 쉴 수 있도록 하였다. 보육대 급식은 일반 군부대보다 나은 것은 없었고, 다만 이곳에서는 사역이 없어 편했다. 나는 보육대에서 한 달을 푹 쉬고 건강한 몸으로 부대로 복귀했다.

그해 나는 연대 공민학교에도 갔다. 공민학교란 2개월 동안 국민학교 6개 년 과정을 배우도록 속성과정을 운영하는 학교였다. 나는 일제강점기에 국민학교를 나와 일본어 교육을 받았다. 그러나 어깨너머로 배운 한글을 다소나마 읽고 쓸 수준은 되었으나 한글을 정식으로 배우지 못했기 때문에 공민학교에서 배우게 된 것이었다. 공민학교에서 한글과 역사와 지리를 배웠다. 거기서 처음으로 우리나라 역사를 공부했고 민요도 배웠다.

아침에 기상하면 주위를 청소하고 점호한 후 식사를 시작하는 것은 일반부대와 같았지만 일과시간에는 훈련 대신 공부만 했다. 나는 기왕 배우는 것이라면 열심히 배워야겠다고 마음먹고 열심히 공부했다. 교관은 전라도 김제 사람이었는데 나이가 불과 스물두 살로 매우 어려 보였다. 엄격하고 성깔이 무척 사나웠지만 얼굴이 희고 이목구비가 뚜렷한 미남이었다.

처음 공부를 시작할 때는 국민학교 과정이야 별 것 있겠나 싶어 두 달 동안 뭐 공부할 일이 있을까 했는데 막상 공부를 해보니 얼마나 힘든지 애를 먹었다. 한글 문법을 배우고 역사·산수·수신 등을 공부했고 시도 약간 배웠다. 그러나 남들은 힘든 군사훈련을 하느라고 정신이 없는데 방에 앉아 공부를 하게 되니 몹시 편하고 좋았다.

불편한 점은 집이 두 달 전에 밤새워 속성으로 지은 집이라 여기저기에서 찬바람이 숭숭 들어왔다. 방 안의 보온이 사람의 온기로 겨우 유지되어 숙소 방 안 어디를 가나 냉기가 올라와 바닥에 담요를 깔고 자야 했는데 여전히 얼음장이었다.

그렇게 두 달 동안 공부를 하고 4월 공부를 마치었는데 5월이 되니 나보고 또다시 양구에 있는 보육대로 가서 휴양을 하고 오라는 것이었다. 나는 다시 보육대로 가서 휴양을 하게 되었다. 따스한 봄날을 만끽하며 몸을 수양했다.

6월초에는 인제읍으로 파견을 나가 집을 짓는 일을 도왔다. 소양강 강변에 움막집을 짓고 산에 가서 땔감을 해오기도 하며 여러 가지 일을 했다. 한 달간 일을 끝내고 원통으로 오자 이번에는 수영교육을 받으러 인제로 가게 되었다.

수영 교관의 말이 6·25때 화천 일대에서 국군과 중공군이 대격전을 벌였는데 중공군 수천 명이 화천저수지로 도망가다 수영을 못해 모두 물에 빠져 몰살당했다고 했다. 전투훈련에서 수영교육이 절실히 필요한 사례라며 우리에게 수영을 열심히 배우라고 하였다.

매일 네 시간씩 물에서 오리처럼 수영 연습을 했다. 마침 일본서 수영을 체계적으로 배웠다는 김상병이 있어서 우리는 그가 시키는 대로 따라했다. 그는 수영을 얼마나 잘하는지 사람이 서 있기 힘들 정도로 물살이 센 물줄기를 거슬러 헤엄쳐 올라가는 수영 실력 소유자였다. 나는 거기서 '스트로그' '사이드 스트로그' '백 스트로그' 하는 구령에 맞춰 헤엄을 배웠다. 그런데 어떤 사람은 매일같이 물속에서 발버둥치며 수영을 배웠지만 사람이 잡아 줄 때만 헤엄치는 시늉을 내지 손을 놓으면 바로 물속으로 가라앉아 버리는 경우도 있었다. 교관은 그를 보고 무척 답답해하며 야단을 쳤지만 소용이 없었다.

수영교육을 한 달간 받고 본대로 돌아오자 이번에는 휴가를 가라고 하였다. 그러나 나는 휴가를 보내 줘도 갈 때가 없었다. 분대장 장하사가 자기와 같이 휴가를 가자고 하여 8월 1일 인천시 청학동으로 함께 휴가를 가기로 했다.

휴가비로 열흘치 쌀을 배낭에 받아 가지고 길을 떠났다. 쌀은 홍천읍에서 팔아 돈으로 바꾸고 때마침 서울로 가는 군인 트럭을 얻어 타고 서울에 도착했다.

서울에서 인천까지는 쌀판 돈으로 시외버스를 타고 주안에 온 후 산을 넘고 들을 건너 저녁때 인천 청학동에 도착했다. 거기에는 부모님 두 분이 농사를 지으며 살고 계셨다. 인사를 드렸더니 무척 반가워하셨다.

이튿날까지 쭉 쉬고 나서 그 다음날부터 우리는 논에 가 김을 매고 집안일도 도와주었다. 그러면서도 날마다 짬이 날 때마다 마실 다녔다. 송도해수욕장에 구경도 가고 해변에 나가 놀기도 했다.

인천은 참 살기 좋은 곳이었다. 산은 낮았고 들은 매우 기름지고 교통이 편리했다. 연안부두에는 많은 화물선들이 드나들었고 각종 수산물의 집결지였다.

우리는 모처럼 월미도에 갔다가 데모대에 막혀 제대로 둘러볼 수가 없었다. 유엔평화휴전협정 감시위원국인 공산국가대표들의 철수를 주장하는 데모대들이 "공산감시단은 물러가라!" 하고 구호를 외쳤다. 우리는 할 수 없이 월미도 대신 인천 시내 구경을 했는데 인천상륙작전 당시 폭격으로 파괴된 건물들이 여태 복구를 못한 채 그대로 방치된 곳도 많았고 그나마 남은 건물들도 보잘것없었다.

인천에 머무는 동안 가끔 송도의 교회에 나가 예배에 참석했다. 해수욕장에는 영국군이 주둔하고 있었는데 고사포 대공사격 연습을 하고 있었다. 매일 무인기를 띄우고 사격 연습을 하는데 좀처럼 명중이 되지 않았다.

인천만이 썰물이 될 때 드러나는 드넓은 땅을 보고 깜짝 놀랐다. 멀리 섬이 보이는데 까지 갯벌이 드러난 것을 보고 이 넓은 벌판을 논으로 만들면 얼마나 좋을까 생각했다.

장하사의 집에서 열흘 간 휴가를 즐기고 5월 12일경 사단으로 되돌아왔는데 장하사 어머님께서 특별히 시루떡을 배낭에다 한 가득 담아 주어서 고맙다고 인사를 한 후 다시 부대를 향해 출발했다.

인천과 매일반으로 황폐된 서울을 지나 청량리에 와서 강원도 춘천 방면으로 가는 트럭을 얻어 탔다. 춘천에 와보니 저녁때가 다 되었다. 춘천에서 저녁을 사먹고 나서 원통리로 향하는 트럭을 탈 계획으로 양구까지 왔지만 별이 초롱초롱한 밤이 다 되도록 트럭이 안 보여 헤매다가 밤늦게야 겨우 차를 만나 가까스로 귀대했다.

다음날 고향에 갔다 온 선물이라고 전우들에게 떡을 나눠주었다. 떡을 보고 모두들 기뻐했다.

어느새 가을이 되었다. 벼이삭이 올라오기 시작했다. 나는 중대 사격 선수로 뽑혀 날마다 사격연습에 열중하였다.

연대 사격대회에 나갔으나 안타깝게도 좋은 점수를 얻진 못했다.

9월 중순, 갑자기 우리 부대는 강원도 거진 방면으로 이동하라는 명령을 받았다. 다들 장거리 행군이라며 걱정을 했다. 분대장은 나보고 "송일병, 걸을 수 있겠나?" 하고 물었다. 나는 문제없다고 대답했다.

드디어 행군하는 날이 다가왔다. 우리는 건빵을 몸에 휴대하고 완전군장을 하고 길을 떠났다. 가면서 건빵을 연신 먹으며 피로를 달랬다. 다들 나보고 덩치는 작은데 뭘 그렇게 많이 먹느냐고 힐난했다. 나는 먹어야 기운을 낼 수 있다고 하면서 동료들에게도 건빵을 먹으라고 권했다.

행군대열은 출발할 때는 속도가 나더니 20킬로미터쯤 걸어가니 더 이상 못 걷겠다는 동료들이 나오기 시작했다. 날은맑고 따스했다. 긴 행군 대열은 몇 킬로미터나 이어지는지 알 수 없었으나 옆으로는 순찰차가 수시로 앞뒤로 왔다갔다 했다.

힘들어도 사방에 우거진 나무들과 바위 절벽을 바라보면서 가는 것이 즐거웠다. 주변 산의 높은 봉우리로부터 뻗어나온 구릉과 골짜기며 우거진 나무숲과 자연을 바라보며 곳곳이 민둥산인 이 땅에도 아직 원시림이 그대로 남아 있어서 반가웠다.

가파른 산비탈에 심은 옥수수 이삭이 큼직하게 삐져나오고 있었다. 김하사는 "전라도에선 좋은 땅에 심고 거름을 많이 줘도 저렇게 큰 이삭은 나오지 않는데 잘되는 것이 기후 덕택인가 보다"라고 하였다. 나도 고향에 있을 때를 생각했다. 우리 고장은 강냉이를 많이 심는 곳인데 강냉이 자루가 팔뚝처럼 큰 것이 자라는 곳도 있었다. 이것은 기후가 서늘한 탓이라 생각을 했다.

진부령을 넘어 동해로 빠져나오는 길은 험한 편이었으나 산천은 아름다웠다.

행군에 지친 전우들이 길바닥에 여럿 쓰러졌다. 저녁때가 되어 비실비실하는 전우들의 총을 들어 주었다. 사람의 힘이 빠지면 총 한 자루도 큰 짐이다.

오후에 진부령에 도착했다. 여기서부터 동해 바다까지는 내리막길이고 신작로도 구불구불 꼬부라져 커브가 시작되었다. 산천이 무척 험했다. 옛날 사람들은 진부령이 힘든 인생살이와 비슷하다고 한탄하며 넘어갔다고 했다.

진부령을 넘으니 동해의 맑고 푸른 바닷물이 아름답게 보였다. 주변의 계곡과 산에서 내려오는 시원한 물줄기며 우거진 숲들의 경관과 계곡의 아름다움에 감탄하면서 행군을 계속하여 저녁 늦게 숙영지에 도달했다.

하천 바닥에 천막을 치고 일개 소대마다 불침번 두 사람이 교대로 보초를 섰다. 피곤한 행군 끝에 보초를 서는 탓인지 한 시간 불침번도 무척이나 지루하고 길게 느껴졌다.

그 이튿날에도 우리는 행군을 계속했다. 고성군 간성면을 지나 거진쪽으로 행군을 했다. 동해의 높은 산과 맑은 하늘 아래 계곡과 간간히 펼쳐지는 땅 좋은 평지는 옥토였다. 나는 여기가 물과 공기가 맑아 사람 살기에 참으로 좋은 곳이구나 하고 몇 번이고 탄복을 했다.

저녁때가 되어 우리는 부대에 도착했다. 부대의 초가집에 각자 막사를 정하고 정착을 했다. 나는 대대본부 중대 병기소대에 배치되었다. 날마다 병기고에서 화약과 탄약을 수리하고 정비하는 게 우리의 임무였다. 나는 그곳에서도 전령노릇을 했다.

11월 15일, 상사를 따라 거진항 뒤 큰 호수에 갔다. 화약을 멀리 가지고 가서 불을 붙여 물에 던지니 폭음소리와 함께 고기가 수없이 물 위로 떠올랐다. 물고기를 손에 닿는 대로 건져 담으니 두 양동이나 되었다. 죽은 물고기를 미처 줍지 못하면 잠시 후 물속으로 가라앉았다. 나중에 알고 보니 건진 물고기는 죽은 물고기의 십분의 일에도 미치지 못했다. 그만큼 물고기가 많이 죽었으나 실제로 잡은 숫자는 적었던 것이었다.

강원도 이천군에선 10월 20일경이면 완전히 낙엽이 들어

푸른 잎이라곤 볼 수 없는데 이곳은 11월 중순인데도 밤나무 잎이나 오리나무 잎이 푸르게 남아 있었다.

그러나 높은 산에는 벌써 지난달에 첫눈이 내려 하얀 눈이 보이기도 했다. 평지에는 누렇게 논이 익어 가고 산과 들에 푸른 나무가 그대로 있었지만 태백산맥에는 큰 눈이 많이 내렸다.

돌아오는 길엔 넓은 논 가운데 숲으로 우거진 밭을 보았다. 만 평 정도로 보이는데 나무와 잡초가 앞이 안 보일 정도로 무성하고 말뚝에 위험 표식이 매달려 있었다. 김상사는 나에게 이 숲은 지뢰가 많이 매설되어 있어 개간을 하지 못하고 있다고 일러주었다.

몇 달 전에도 열아홉 살 먹은 처녀가 소를 몰고 가다 소가 고삐를 채는 바람이 소고삐를 놓쳐 소가 이리 뛰고 저리 뛰다가 이 숲으로 뛰어들어가 소를 따라온 처녀가 지뢰를 밟아 죽었다고 했다. 그런데 신기하게도 소는 멀쩡히 살아 나왔다고 했다. 그 얘기를 듣던 전우 하나가 "아, 그 처녀 아깝다. 결혼도 한 번 못해 보고 죽다니…" 하고 안타까워했다.

추수 때가 되니 벼가 잘 익었다. 산에선 참나무에 도토리도 아주 튼실하게 잘 달렸다. 도토리를 보니 고향 생각이 절로 났다.

우리 고향에선 가을이 되면 온 식구가 자루를 몇 개씩 가지고 산에 가서 도토리를 두세 가마씩 소달구지에 실어 오곤 했었다. 가을 내내 스무 가마 이상을 주워다가 양식 보탬도 하고 돼지 사료도 만들었던 생각이 떠올랐다.

22화

폭설

그해 높은 산에 눈이 일찍 왔으나 추운 날씨는 아니었다. 우리는 산에 가서 풀을 베어다 막사에 차곡차곡 쌓아놓으며 월동 준비에 매우 바빴다. 거진, 간성 부근의 산들은 매우 아름다웠다. 어디를 둘러봐도 솔밭이고 계곡의 물도 맑고 바닷가는 다양한 해산물이 넘쳐나는 참으로 좋은 곳이었다.

12월초, 우리는 전방부대와 교대하여 건봉산으로 이동했다. 산 밑에는 신라 때 창건된 천년고찰 건봉사 사찰이 전쟁으로 모두 무너지고 일주문만 덩그라니 남아 있었다.

험한 산길을 돌고 돌아 정상에 올랐다. 건봉산 911고지는 산세가 험했으나 때마침 내린 눈으로 설경이 매우 아름다웠다. 정상에 오르니 동북으로는 해금강을 비롯해 고향의 금강산이 보이며 남으로는 설악산, 동해안, 남단 쪽으로 보면 삼척까지 훤히 내려다보였다. 서로는 인제군의 산들도 보였다. 실로 천혜의 대자연이 파노라마처럼 펼쳐진 전망이 대단하고 볼 만했다. 푸른 동해 바다가 끝없는 펼쳐졌다.

구름이 산 밑으로 끼어 흰 구름 위에서 멀리 동해를 바라보노라니 신선이 된 것 같았고 마치 비행기를 타고 구름 위를 나는 기분이었다. 일출 때면 목화송이처럼 하얀 구름이 끝없이 펼쳐진 운해 너머로 동해에 해가 뜨는 모습도 장관이었다.

멀리 바다를 바라보면 지구가 둥글다는 말은 들었으나 해발고도 천 미터의 높은 산에서 망망대해 수평선의 배를 보면 지구가 둥글다는 말이 실감이 났다. 나는 내 마음도 바다처럼 넓었으면 좋겠다는 생각을 여러 번 했다.

손을 뻗치면 닿을 것만 같은 고향을 바로 앞두고 GP(경계초소)에서 근무하게 되었다. 전방을 바라보면 적군의 진지들은 전부 나무로 둘러싸여 있고 초소가 전혀 눈에 띄지 않았는데 우리 쪽은 산이 벌거벗겨지고 호들이 환하게 보이며 나무라곤 하나도 없었다. 땔감이 필요해 나무를 하려면 산중턱까지 내려가서 나무를 해가지고 올라오느라 매우 힘들었다.

날마다 산중턱에 있는 우물에 가서 스페어깡(철제통)에다 물을 길어 왔다. 물 한 통으로 네 사람이 세수를 하고 나면 없었다. 십여 명이 쓰는 물을 혼자 길어 나르자니 힘이 들었다. 건봉산 꼭대기는 바람이 정말 세차게 불었다. 철모가 벗겨지면 바람에 휩쓸려 가파른 비탈로 굴러 떨어지고 빈 물통도 바람에 날려 날아갈 정도였다. 바람이 거셀 땐 서 있기조차 어려웠다. 한번은 지프차가 상자를 가득 싣고 산길을 오르다 바람에 넘어간 일도 있었다. 건봉산은 언제나 세찬 바람이 몰아쳤다.

나는 날마다 초소에서 적의 동향을 감시하다가 저녁때면 어두어지는 동해 바다의 수평선을 하염없이 바라보곤 했다. 수면 위에 까만 줄 같은 것이 보이면 바로 어둠이 깔리는 신호였다. 검푸름이 점점 굵어지고 퍼지면서 어둠이 밀려올 때에는 서산에 해가 졌다.

밤에는 검은 하늘에서 수없이 반짝이는 별들을 바라보며 산 너머 고향을 생각하곤 했다. '지금 이북에 계신 우리 부모님도 저 별을 보시겠지. 형님, 형수, 여동생과 조카는 지금 살아 있을까?' 하는 생각에 잠겼다. 시도 때도 없이 혼자서 묻고 또 되물은 가족의 안부, 모두 그리워 야간 초소에서 근무할 때면 더욱 생각이 났다.

나는 매일 물을 길어 소대원들이 쓰는 물을 담당했다. 아침, 저녁 세수와 세 끼 밥을 하고 남는 물을 허드렛물로 써도 언제나 물이 모자랐다. 스페어깡 한 통에 물을 가득 담아 들려면 만만치가 않았다. 그래서 열다섯 명이 쓰는 물을 종일토록 날라야만 했다.

하루는 분대장이 나에게 우리가 하루 물을 얼마나 쓰냐고 물어서 보통 예닐곱 통은 들어간다고 하니 깜짝 놀랐다. 왜 그렇게 많이 쓰냐고 해서 나는 “한 통 가지고 세수를 하면 몇 사람이 쓸 수 있을 것 같아도 세 사람이면 다 씁니다. 비누질하고 맑은 물로 닦아내고 하면 한 통도 아껴 써야 쓸 수 있습니다”라고 했더니 “정말 그렇군” 하면서 “앞으로는 물을 아껴 쓰도록 해야지” 하였다.

그러는 동안 2월이 되었다. 휴가를 가려 해도 갈 곳이 없어서 내 차례가 되면 다른 전우들에게 양보를 했다. 나는 가끔 해상리에 있는 해상교회에 가서 마을 사람들과 대화도 나누었다.

주말이면 교회에서 이하사가 주일학교 어린이를 가르쳤다. 나도 함께 가서 ‘탄일종이 땡땡땡’ 하는 노래를 아이들과 함께 힘차게 불렀다.

건봉산 정상의 경계초소에서 대대 지휘소인 CP까지 거리는 8킬로미터 정도 떨어졌고, 연대본부까지는 12킬로미터 거리였다. 오가는 길에 마주하는 원시림에는 수백 년 자란 큰 나무들이 울창하게 우거졌고 산골짜기에서 흐르는 물은 그야말로 천연약수였다. 하얀 눈에 덮인 산들을 바라보면 가슴이 벅찰 정도로 아름다웠다. 크고 작은 산들이 하얀 눈에 덮여 아름다운 설국을 이루고 있었다.

동지를 지나 낮이 차차 길어졌으나 추위는 오히려 점점 심해졌다. 우리는 산중턱까지 내려와서 나물을 캐어 가지고 산꼭대기 초소로 올라가 그것으로 밥을 해 먹었다. 아군의 초소는 나무나 풀 한 그루 없는 벌거숭이고 조석으로 연기가 하얗게 나서 누구나 아군 초소임을 쉽게 알 수 있었다. 그러나 북의 초소는 나무가 짙게 우거진 곳에 자리 잡고 호에서 연기도 나질 않아 병력의 출입 여부를 여간해선 알 수가 없었다.

해가 바뀌어 1956년 2월 하순이 되었다. 20일이 넘어서니 날씨가 매우 푸근해졌다. 그런 날씨가 이삼 일 계속되다가 날이 흐리고 눈이 오기 시작했다. 전에도 눈이 오긴 했으나 이번처럼 굵은 눈발이 내리긴 처음이었다. 날이 흐리고 구름이 끼고 바람이 불면서 눈이 세차게 쏟아졌다.

처음에는 눈을 별로 대수롭지 않게 생각했으나 눈이 30센티미터가 넘기 시작하자 조금씩 걱정되기 시작했다. 교통호며 진지호 출입구에 쌓이는 눈이 많아져 출입에 지장이 있었다. 그래서 너도나도 싸리 빗자루를 들고 호 앞에 쌓이는 눈을 부지런히 쓸었다. 그러나 눈은 쉬지 않고 내렸다. 날씨는 몹시 추웠고 세찬 바람이 불어 눈을 쓸어도 금방 또 쌓이고 거센 눈보라에 눈조차 뜰 수가 없었다.

밤이 되어도 계속해서 함박눈이 펑펑 쏟아졌다. 호 앞의 눈을 치우지 않으면 문이 막히게 될 상황이 되어 눈이 쌓이는 대로 쉴 새 없이 치웠지만 눈더미가 1미터 이상 되니 문제가 심각해져 큰일이라는 생각이 들었다. 밤이 깊도록 눈을 치우며 모닥불을 피워 언 몸을 녹여 가면서 교대로 열심히 제설작업을 하였으나 폭설은 그치지 않았다.

그날밤은 그런대로 잠을 잤다. 눈을 뜨니 새벽이 되었을 법한데 주변이 몹시 어두웠다. 밤새 벙커가 눈더미에 파묻혀 버린 것이었다. 시계를 보니 벌써 아침 9시가 되었다. 불침번도, 누구나 할 것 없이 전원 눈을 치우다 지쳐서 잠에 곯아떨어져 깊은 잠을 잤기 때문에 아무도 깨어나지 못한 것이었다.

"모두 정신 차려!" 하고 일어나서 야전삽으로 호 밖에 쌓인 눈을 파내 굴을 뚫기 시작했다. 간신히 하늘을 향해 길을 뚫고 밖으로 나오니 눈이 두 길이나 넘게 쌓여 있었다.

길을 뚫느라고 눈더미가 벙커 안으로 들어왔다. 쏟아져 들어온 눈덩이와 몸과 군화에 묻은 눈이 진지호 안에서 녹다 보니 벙커 안이 순식간에 물바다가 되었다.

하늘이 구멍이 났는지 이틀이 지나도 폭설은 멈추지 않고 계속해서 쏟아졌다. 눈보라가 휘몰아쳐 사방 천지를 전혀 볼 수 없었다. 눈이 호 위로 네 길 정도 쌓이고 보니 눈을 치다 미끄러지면 내무반까지 미끄러져 들어왔다.

내무반은 불을 땔 수도 없고 식사를 못해 쌀알을 먹으면서 지내는 상황이었다. 배설물은 내무반에서 동료들이 보는 앞에서 싼 후 눈에 섞어 삽에 담아서 "하나! 둘!" 하며 위로 힘껏 던져 올렸다. 밖으로 잘 던지지 못하면 그 똥이 다시 내무반으로 밀려들어와 "으악" 하며 피하느라 야단이었다.

밤낮으로 모두 추위에 몸을 떨기 시작했다. 방한복에 묻은 눈이 호안에 들어와 녹아 버려 옷이 젖었는데 마르질 않았다. 밖에 나가 쉴 새 없이 교대로 계속 눈을 치워야 하기 때문이었다. 바람이 불기 때문에 10분만 눈을 안 치우면 눈이 금방 한 길 정도 메워졌다. 그러므로 쉴 새 없이 눈을 치우고 있어야만 했다.

눈이 두 길 이상 쌓인 후부터는 동료와 모든 교통과 신호가 끊기고 말았다. 한밤중에 전원 철수하라는 소리가 들렸다. 우리 모두 끔찍한 벙커에서 빠져나왔다.

모든 장비를 호에 그대로 놔두고 총만 든 채 눈 위를 배로 포복하면서 기어 나오는데 자칫 잘못하면 눈에 빠져 30분쯤 헤매야 간신히 눈을 헤쳐 나올 수 있었다. 우리는 걸어서 3분 걸릴 거리를 한 시간이나 걸려 전원 무사히 안전지대로 피신했다.

전원 25명 정도가 모였다. 다들 속옷까지 젖어 추위에 떨었지만 그래도 살 것 같았다. 그곳에서는 제설작업을 위해 교대하는 시간이 길어 몸을 녹이는 시간이 제법 길었고 눈을 치우는 시간은 짧았기 때문에 틈틈이 새우잠을 잘 시간도 있었다.

사흘간은 눈과 안개와 구름이 끼고 바람이 몹시 불어 눈도 제대로 뜰 수가 없었고 눈발이 뺨을 치면 우박을 맞은 듯 몹시 아팠다.

그 다음날 눈이 비로소 멎었는데 전화가 전부 두절되었고 무전도 완전히 불통이었다. 날이 밝아 오고 눈이 그쳐 호 밖으로 나와 봤더니 실로 딴세상이 되었다. 산봉우리와 골짜기가 바람에 날린 눈으로 완전히 메워져 천지가 하얀 눈밖에 보이지 않았다.

백설의 설원에 바람이 불면 세찬 눈보라가 일어 바다에 파도가 치는 듯했다. 구름 사이로 파란 하늘이 보였다. 모두들 다른 중대의 방향을 바라보며 '그간 어떻게 되었나?' 걱정하며 서로를 바라보았다. 큰소리로 안부도 물었다. 멀리서 "이상 없어?" "그동안 밥 대신 건빵으로 요기했어요" 등의 소리가 메아리쳤다.

눈사태가 난 지 열흘이 지나 비행기가 날아왔다. 우리는 비행기를 바라보고 손을 흔들었다. 그랬더니 무엇을 떨어뜨렸다. 재빨리 가보았더니 배터리였다. 배터리를 주워다가 그것으로 불꽃을 일으켜 볏짚을 태웠다. 검은 연기가 호 속에 가득하고 앞이 안 보였다. 그러나 며칠씩 불을 못 피우고 있던 터라 눈은 따가웠지만 그나마 언 몸이 녹는 듯했다.

산 위에 구름이 걷혀 먼 산들이 바라보였지만 모든 곳이 다 하얗게 변했다. 고지 아래 얕은 산봉우리들이 있었는데 눈에 파묻혀 골짜기가 사라져 버렸다. 작은 봉우리가 둘이 있던 곳은 눈으로 연결되어 하나로 보이는 곳도 있었다. 눈이 골짜기를 메웠기 때문이었다. 실로 대자연의 엄청난 위력에 놀라지 않을 수 없었다.

중대장이 아침으로 건빵을 나눠 주었다. 이제부터 연락이 끊긴 각 소대원들의 생사여부를 확인하는 것이 급선무라고 명령했다. 우선 눈에 파묻힌 호 속에 있던 연락병의 생사를 확인하러 갔다. 장소를 정확히 알 수가 없었으나 '여기쯤 되겠다' 짐작하고는 눈더미에 구멍을 뚫었다. "아무개야!" 하고 몇 번을 부르니 눈더미 속에서 대답하는 소리가 들려왔다. 모두들 전우의 생환에 박수를 쳤다. 두 길을 파니 호가 나왔다. 문 쪽으로 구멍을 뚫고 들어가 연락병을 구출했다.

사상 최악의 폭설로 여기저기에서 사망자가 속출하였다. 우리 중대에서만 다섯 명이 죽었다. 산골짜기에서 숯을 굽던 가건물 천막이 눈더미에 내려앉으면서 네 명이 묻혀 있다가 한 사람만 구사일생으로 살아났다.

2중대는 열아홉 명이나 희생되었다. 벙커가 산비탈에 있어 바람이 불면서 눈이 자꾸만 쌓이는 곳이라서 질식사한 병사가 많았다. 또 곳곳에 파견 나갔던 근무병들도 폭설에 묻혀 많이 죽었다.

눈이 그치고 날이 며칠간 맑았으나 강추위가 계속되어 구조작업에 지장이 많았다. 또 세찬 바람이 불어와 쌓인 눈에서 거대한 눈보라가 일어 하늘을 덮어 시야확보에 애를 먹기도 했다.

며칠 후 구조헬기가 도착해 눈을 다지고 착륙하였다. 눈 속에 묻혔던 병사 한 명을 곧바로 싸서 헬기에 실어 이륙하려고 하였지만 뜨지 못하였다. 결국 우리는 사망자를 들것에 싣고 나섰으나 눈 속으로 발이 빠지면서 한 걸음도 내디딜 수 없었다. 할 수 없이 들것을 질질 끌면서 CP(지휘소)까지 12킬로미터 길을 내려갔다. 가파른 언덕길에선 들것이 사람보다 먼저 내려갔는데 돌과 나무에 이리저리 부딪히고 눈에 끌려 내려가 나중에 보면 들것은 온데간데 없고 꽁꽁 언 사체만 눈을 뒤집어쓰고 있었다.

저녁때 건봉사 옆에 도달하여 사체를 인계하고 우리는 다시 고지로 올라왔다. 눈은 그쳤지만 산에선 가끔 눈사태가 났다. 우리는 보급물자를 나르느라 매일 고지를 오르내리면서 눈사태에 대비했다. 산에서 눈길을 타고 중턱까지 내려와서 나무를 해 가지고 눈더미를 헤치며 고지까지 올라가는 일은 참으로 힘들었다.

거울처럼 변한 눈에 햇빛이 반사되어 갑자기 눈병이 걸리는 병사들이 늘었다. 부대에서 안전조치로 색안경이 지급되어 모두 착용하라는 지시가 내려왔다. 그러나 나는 안경이 얼굴에 맞질 않아 쓰지 못하고 그 대신 시력 보호를 위해 손바닥으로 눈을 가려야만 했다.

23화
만기제대

긴 겨울 동안 눈과의 사투를 벌이다 보니 어느덧 봄이 다가오고 있었다. 3월 하순이 되어도 쌓인 눈의 깊이가 한 길이 넘었지만 눈 표면이 얼어 눈 위를 뛰어다녀도 별다른 지장이 없었다. 밖의 온도가 영하 15도 아래로 내려가는 매서운 추위에 몸을 떨었다. 바람의 윙윙거리는 굉음이 들리는 밤에는 밖을 내다보며 먼바다를 바라보곤 했다. 동해 바다에는 흰 파도가 끊임없이 밀려오고 파도 소리까지 요란하게 들려왔다.

둥근 보름달이 떠오른 달 밝은 밤에는 고향 생각이 절로 났다. 그리운 부모님, 가족들을 생각하면 눈물이 났다. 양덕에서 매를 맞아 거의 죽게 된 나를 재워 주고 상처 난 몸을 닦아 주던 고마운 처녀의 얼굴도 떠올랐다.

"치안대가 알면 당신하고 나하곤 죽습니다" 하던 그 고운 얼굴이 보고 싶었다. '그 처녀를 꼭 만나 고맙다고 사례하고 사랑을 청해 들어만 준다면 평생토록 두고두고 은혜를 갚아야지' 하고 몇 번이나 마음속으로 다짐했다.

'언제 통일이 되어 그리운 가족과 그 처녀를 상봉할 날이 있을까?'

한번은 진지 사이를 오가다 비탈에서 미끄러져 넘어졌는데 지뢰 위로 쓰러졌다. 눈에 덮여 있어 매설되어 있는 것을 몰랐다가 지뢰가 눈 사이로 삐져나오고서야 비로소 알게 된 것이었다. 다행히 불발탄이었는지 터지지는 않았으나 정말 죽을 고비를 넘겼다. 나는 간신히 일어서며 '살았다'라고 생각했다.

4월이 되니 대통령 선거전의 열기가 후방에서는 대단하다고 하였다. 그러나 전방에서는 자세한 소식을 들을 수 없어 대부분 신경을 쓰지 않았다.

그런데 선거날 대대장이 전 대대원을 집합시켜 놓고 하는 말이 "우리의 대통령은 오직 이승만, 반공의 대통령, 우리 민족의 갈 길을 밝힐 수 있는 유일한 분이며, 공로를 보나 인품으로 보나 대통령은 오직 그분이라야 한다" 하고 힘주어 얘기했다.

대대장은 계속해서 신익희는 일본물을 먹어 어떻고 조봉암은 북한과 어떻고 하지만 다 필요 없고 우리의 지도자는 오직 이승만 그분뿐이며 우리의 영원한 대통령감이라고 역

설했다. 병사들은 그저 묵묵히 듣고만 있었다.

4월 초순. 평지에는 진달래가 피기 시작했지만 산 위는 여전히 하얀 눈세상이었다. 골짜기에서 눈 속에 묻힌 나뭇가지에는 싹이 트지 못했지만 눈 위로 삐져나온 가지에서는 다행히 싹이 터 꽃이 피었다. 혹독한 추위와 폭설을 이겨내고 봄꽃을 피워내는 자연의 힘은 건봉산 산자락마다 살구꽃·왕벚꽃·진달래꽃 등 수많은 꽃으로 뒤덮이게 했다.

5월 5일, 갑자기 신익희 후보가 호남선 열차에서 뇌일혈로 급서했다는 비보가 전해졌다. 병사들은 애도했고 선거에 대한 관심도 급격히 식어 버렸다.

5월 15일, 정부통령 선거일[1956년 5월 15일에 실시된 제3대 정·부통령 선거. 대통령 후보로는 자유당의 이승만, 민주당의 신익희, 진보당의 조봉암이, 부통령 후보로는 자유당의 이기붕과 민주당의 장면이 출마하여 경합을 벌인 결과 대통령에 이승만, 부통령에 장면이 당선되었다]이 되었다.

우리 중대는 "대통령에는 이박사를 찍어 줘라"라는 지시로 대부분 이승만에게 투표를 했다. 후에 다른 중대가 투표하러 내려왔다가 다 끝났으니 돌아가라고 해서 투표도 못하고 그냥 올라갔다. 알고 보니 표를 다 이승만을 지지하는 것으로 찍어 놓고 올라가라고 한 것이었다. 결국 이승만 대통령이 조봉암 후보를 물리치고 제3대 대통령에 당선되었다.

5월 중순이 넘어 건봉산 고지에도 완연한 봄이 찾아와 골짜기에선 신감초도 자라고 있었다. '깊은 산이라 좋은 약초들이 많이 있구나' 하는 생각에 산골짜기 풀들을 유심히 살펴 여기저기서 산나물을 캐어 반찬을 해서 먹기도 했다.

나는 바람이 세차게 불어도 촛불이 꺼지지 않도록 링겔병 아래를 군화끈으로 잘라서 야외등을 만들었다. 동료들은 군화끈으로 유리병을 자른 것에 감탄하며 더 만들어 달라고 졸라대어 두 개를 더 만들어 주었다.

건봉산은 매우 아름다운 산이었다. 태백산맥이 동해를 끼고 남북으로 뻗어 모두 다 아름답긴 하였지만 푸른 해안을 끼고 멀리 펼쳐 있는 산 가운데 건봉산에서 내려다보는 경치가 특히 일품이었다. 산에는 자작나무·박달나무·물푸레나무 등도 있었고, 이북에서나 볼 수 있는 참피나무도 보였다.

5월 하순에는 사단본부가 있는 곳의 고등공민학교로 공부를 하러 가게 되었다. 전에 국민학교 과정인 공민학교를 이수하였기에 이번에는 중학교 과정인 고등공민학교에서 공부를 하게 되었다. 그간 갖은 고생도 하였지만 정든 건봉산을 떠나는 것이 매우 섭섭했다. 한계령 밑에 있는 고등공민학교에서 중학교 일학년 과정을 공부하기 시작했다.

6월 초순인데도 아침 날씨는 추웠다. 우리는 공부를 시작한 지 한 달이 못 되어 인제읍 사단사령부 뒤쪽에 있는 골짜기로 고등공민학교를 옮겨 세운 후 거기서 매일 공부를 하였다.

아침 6시에 기상하면 7시에 식사하고 7시 40분쯤 모여 8시부터 공부를 시작했다. 그리고 오후 5시가 되면 학과는 끝났다. 나는 거기서 영어와 국어, 역사를 배우고 지리, 수학도 배우기 시작했다. 한국 역사와 국어 공부 등이 매우 재미있었다. 학과가 끝나면 산골짝에 올라가 취사반이 사용할 나무를 해갖고 오는 것이 우리의 일과였다. 일요일에는 인제감리교회로 예배를 보러 가기도 했다.

여름이 지나자 강원도 인제에도 가을이 찾아와 산에 단풍이 물들기 시작했다. 1956년 10월 17일, 고등공민학교에서 공부를 하고 있었는데 돌연 중대에서 사람이 나와서 "너 제대하니까 나오래"라고 했다. 그래서 그날 고등공민학교에서 인사하고 중대로 왔다. 동료들이 모두 나에게 "야! 너 제대됐어" 라고 말해 제대가 비로소 실감이 되었다. 그날 개인화기와 보급품 반납 등을 다 끝내고 나니 깨끗한 카키복을 한 벌 주며 입고 나가라고 하였다.

1954년 1월에 입대하여 군번 9658174번으로 만 2년 10개월 동안 복무하였다. 미운정 고운정이 다 들었던 군대를 상등병 계급을 끝으로 제대하게 되었다.

인사계가 불러 그동안 고생이 많았다면서 연고지가 있느냐고 물어 없다고 대답하니 그럼 어디로 가기를 원하느냐고 물었다. 아는 사람이 없어도 사람 많은 데 가서 벌이를 하면 좋겠다고 대답했더니 귀향증 행선지를 서울 병사구사령부로 써 주었다. 귀향증을 서울 병사구사령부로 가서 등록하면 제대증이 나올 것이라고 했다. 그날 3사단에서 제대하는 사람은 반공포로 출신들만 근 백 명에 달했다.

이튿날 우리는 전역비로 달랑 쌀 한 말씩을 받아들고 사단 정문을 나섰다. 정문 앞에서 그동안 정든 전우들과 마지막 인사를 했다. 중대장·소대장, 그리고 선임하사 모두에게 인사를 하고 부대를 나올 때 진한 아쉬움이 느껴졌다.

아침 일찍 인제에서 서울로 가는 버스를 타고 출발했다. 차비는 미리 내는 것이 아니고 내릴 때 지불하면 되어 홍천에 도착했을 때 차부에서 쌀을 팔아 노잣돈을 마련했다.

그날 저녁, 우리는 서울 용두동 시외버스터미널에 도착했다. 차비를 내고 나니 돈이 밥 몇 끼 사먹을 것밖에 남지 않았다. 저녁을 사먹고 하숙집에서 잔 후 이튿날 후암동에 있는 서울 병사구사령부를 찾아가니 함께 전역한 동료들이 여럿 모여 있었다. 우리는 귀향증을 접수시키고 각자 뿔뿔이 흩어졌다.

당장 끼니가 없어 집을 짓는 현장에 가서 써달라고 애원

하여 그날부터 일을 시작했다. 며칠간 일을 하고 여비를 벌어 인천시 청학동에 있는 군시절 분대장으로 있던 장하사를 찾아갔다. 그는 벌써 결혼을 해서 예쁜 색시와 함께 있었다. 그는 나를 반갑게 맞이하며 자기 집에 머물게 한 후 그 이튿날 동네 부잣집으로 나를 안내해 주었다.

그 집은 농사를 크게 하고 인천 시내에 상점도 갖고 있었다. 주인은 그간 얼마나 고생이 많았느냐고 위로하며 집에 일손이 모자라니 도와 달라고 하면서 일만 착실히 하면 결혼도 시켜 주고 땅도 떼어 주어 살림 밑천을 장만해 주겠다고 하면서 아무쪼록 잘해 달라고 부탁하였다.

나는 매일 아침 일찍 일어나 소 여물죽을 쑤었다. 이어 닭장을 청소하고 추수한 벼를 타작하였는데 일이 매우 고단하였다. 열흘 정도 일을 했는데 힘에 부쳤다.

하루는 "서울에 직장을 부탁하고 왔는데 취직이 되면 안 내려오고 직장이 없으면 오겠습니다"라고 말하니 주인은 가보고 안 되면 꼭 다시 내려오라고 몇 번이나 당부를 했다. 나는 주인한테 고맙다고 말하고 장하사에게 가서 작별인사를 한 후 서울로 올라왔다.

노동을 하면서 직장을 구하기 시작했다. 신설동에서 중학교를 짓는 데 가서 노동을 했다. 하루는 노가다 일을 하는데 군인 한 분이 나를 보고 젊은 청년이 어찌해서 이런 곳에서 일을 하냐고 말을 건넸다. "달리 갈 데가 없는데 할 수 있나요?" 했더니 "미군부대에 들어만 가면 먹여 주고 재워 주고 옷도 주고 한 달에 1만 2천 원이나 주는데 일이 얼마나 편한지 여기 하루 일이면 거기서는 한 달 걸려 일하는 정도 될 것이요"라고 했다.

그 말을 듣자 눈이 휘둥그레졌다. "정말이요?" 했더니 "그럼 내가 거짓말을 하는 것 같으냐?"라고 반문했다. 이 겨울을 어떻게 날까 걱정이었기에 "어디서 뽑나요?" 물었더니 용산 삼각지에 가면 미8군 종업원을 모집한다고 하면서 그리고 가보라고 했다.

이튿날 삼각지로 갔다. 과연 들은 대로 모집 간판이 있었다. 지금도 접수하냐고 물으니 그렇다고 했다. 그런데 접수하려면 증명서를 내라고 했다. 도민증이나 시민증을 내라는 것이었다. 나는 아무 증명도 없다고 말하고 방금 제대를 해서 연고가 없다고 말하자 그는 접수를 받을 수 없다고 했다. 아무 증명도 없는 사람을 어떻게 믿고 쓰냐는 것이었다.

곰곰이 생각한 끝에 서울 병사구사령부로 와서 인사장교를 만나 사정 이야기를 했다. "저는 반공청년으로 방금 제대를 했는데 이남에 아직 거류지를 정하지 못해 일을 못하고 있습니다. 지금 미군부대에 취직을 하려는데 신분보장이 안 되어 취직을 못합니다. 무슨 뾰족한 수가 없습니까?"라고 문의했더니 잠시 기다리라고 하였다. 한참 후 인사장교는 나를 병사구사령관에게 안내해 주었다. 병사구사령관은 내게 요구사항이 무엇이냐고 물어보았다.

나는 사정을 얘기하며 "지금 미군부대 군속으로 취직을 하려는데 신분보장이 안 되니 좋은 수가 없습니까?"라고 말했다. 사령관은 그동안 군에서 고생을 많이 했다고 위로하며 자신이 물질적으로는 도움을 못 주지만 마음으로는 돕고 싶다며 사진이 있느냐고 물었다. 마침 가지고 있던 증명사진 한 장을 내보였더니 흰 종이에 '서울지구 병사구사령관은 이 사람의 신변을 보장한다'라고 쓰고 거기에 사진을 붙인 후 철인을 찍어 주면서 이것을 가지고 가보라고 하였다.

나는 그것을 가지고 재빨리 삼각지에 있는 미8군 접수처에 가서 접수를 했다. 마침 그날 오전이 마감이라고 했다. 오후에 청량리로 가서 하룻밤을 지내고 그 이튿날 집합 장소인 반도호텔로 갔다.

약속시간이 다 되도록 원서를 낸 노무자들이 다 모이질 않았다. 책임자는 인원이 차지 않았다며 난처해 하다가 아무나 지나가는 사람들을 붙들고 돈을 많이 주고 일도 편한데 미군부대로 일하러 가지 않겠냐고 물어보았다. 결국 근처를 지나던 지게꾼 등 일거리가 없는 사람들도 즉석에서 채용되었다. 그 광경을 보고 나는 어처구니가 없어 '괜히 힘들게 신원보증을 받느라 고생했구나' 하는 생각이 들었다.

우리는 곧바로 용산 미8군사령부로 가서 하루 일을 했다. 하는 일은 영내에서 휴지를 줍거나 물건을 옮기는 등 쉽고 간단하였다. 다음날 나는 의정부 미군단으로 가게 되었다. 거기서 각 부대로 배치를 하였는데 나는 송산에 있는 미군 부대에 배치되었다.

미 군속들에게는 한국군 편제가 적용되어 나는 19중대 1 소대에 배치되었다. 중대장은 현역인 민대위였다. 우리는 국군과 같이 생활을 하게 되었는데 우리 소대는 나를 포함해 도합 네 명이었다. 대원들이 서로 자기소개를 했다. 내무반에는 먼지가 자욱하고 시끄러웠다.

이튿날 7시 30분에 우리는 영내에 집합하여 일을 시작했다. 나는 POL(유류부서)에 배치되어 미군 흑인 병사와 함께 트럭이 들어오면 차에 기름을 넣어 주는 작업을 하였다. 휘발유 드럼 마개를 열고 수채에 쏟아 부으면 기름은 파이프를 타고 밖에 대기한 차의 탱크 속으로 흘러들어갔다. 이렇게 주유하는 일을 하루에 수십 번씩 되풀이했다.

우리의 일과는 아침 6시 30분에 일어나 내무반을 정돈하고 외부 청소를 한 후 식사를 7시 30분까지 완료하고 40분에 모여 영내에 50분까지 도착하면 통역 승씨가 본부 앞에서 일거리를 배당했다. 점심때면 막사로 돌아와 식사를 하고 오후에 다시 나가서 일을 한 후 막사로 돌아오는 것이 일과였다. 첫날은 매우 힘들었다. 일과를 마친 저녁에 식사당번이 밥을 타오면 내무반에서 밥을 먹고 외출할 사람은 외출하고 나머지는 내무반에서 쉬기도 하며 자유시간을 가질 수 있었다.

부대를 종별로 보면 본부중대, 633공병중대, 512·526교량중대, 항공수송대대, 그리고 보급소가 있었고, 그밖에 102·109 한국군 공병대대도 예속되어 있었다. 우리 19중대는 외부 일은 하지 않고 영내만 지원하는 임무를 띠고 있었다. 중대 안에서도 식당·수송부를 비롯해서 여러 가지로 일이 나뉘었는데 부서에 따라 신수가 좋은 곳도 있었고 신통치 않은 곳도 있었다. 어떤 부서는 종일토록 고된 일만 했지만 별일 없이 노는 부서도 있었고, 간간히 부수입을 챙기는 사람도 있어 서로 조금이라도 여건이 좋은 곳으로 갔으면 했다.

24화
정착과 결혼

미군 노무장교의 지시에 따라 통역 승씨가 작업을 배치하고 우리는 하루 종일 열심히 일을 하였다. 부대 밖의 사회일에 비하면 정말 아무것도 아니었다. 오후 4시 30분이면 일이 끝나고 5시면 부대로 돌아와서 저녁 식사를 했다.

나는 POL(유류부서)에서 며칠 일을 하면서 카투사들이 기름을 몰래 빼먹는 것을 알게 되었다. 자동차 기름 탱크에 가득 넣고 나가서 기름을 팔고 빈 탱크로 들어와 또 기름을 넣는 일도 있었다. 이렇게 해서 돈을 벌어 기름을 넣는 사람과 내통해 분배를 했다. 그렇다고 거기 일하는 사람들이 돈을 골고루 나누는 것도 아니었다. 먹는 놈만 먹고 나머지 사람들에게는 한 푼도 주지 않았다. 나는 뒷구멍으로 돈을 버는 사람들이 못마땅해서 그러한 일에 욕심을 내지도 않았고 결코 바라지도 않았다.

며칠 지나고 나서 나는 디젤통을 차에 싣고 부대 담장 감시탑으로 가서 각 초소에서 사용할 유류 탱크에 기름을 붓는 작업을 했다. 옷이 솜옷이라 춥지는 않았으나 기름이 배어 얼룩이 져 냄새도 나고 더러워졌다. 기름을 다루는 일은 무척 힘들었는데 며칠이 지나니 이리저리 옮겨 다니며 여러 다른 일도 하게 되어 조금 나아졌다.

미군부대에 취직한 초기 주일에는 대대교회에 가서 예배를 보곤 하다가 정자말에 있는 벧엘교회에 나가기 시작했다. 벧엘교회는 교인이 얼마 되지 않는 개척교회였는데 천막 교회였다. 김집사의 집 마당에 천막을 짓고 거기에서 예배를 보았다. 정장로님이 교회를 인도하고 계셨다. 찬송가를 부를 때는 정남이 누이가 풍금으로 반주를 쳤다. 당시 의정부읍에서 고산리까지 운행하는 버스는 없었고, 군용 스리쿼터 한 대가 왕래하여 버스 요금을 받고 있어 교회에 다니기가 쉽지 않았지만 열심히 나갔다.

크리스마스 이브 예배를 보고 아동극을 보았다. 내가 연극 장면을 사진으로 찍으니 한 여자가 소리를 질렀다. 사진을 찍을 때마다 '펑' 하는 소리와 함께 하얀 연기가 났는데 그 연기가 사람에게 나쁘다고 사진을 못 찍게 난리를 쳤다. 나는 자녀를 선교극단에 참석시키면서 공연 사진을 찍지 못하게 하는 심사를 이해할 수 없었다.

부대가 위치한 송산은 산천이 아름답고 땅도 비옥하여 살기 좋은 곳이었다. 나는 19중대에서 기거하면서 여러 친구들을 사귀기 시작하고 다른 소대 동료들도 차츰 알게 되어 내무반 생활이 재미있었다.

아침 6시에 기상하여 청소를 하고 아침식사를 했다. 소대마다 식사당번이 취사반에 가서 밥을 타오면 내무반 안에서 배식을 했다. 먼지가 뽀얀 내무반에서 밥 한 그릇과 국 한 그릇에 식사를 담았다. 모두 자기 밥이 많이 오기를 바랐지만 국이라곤 국물만 멀겋고 건더기는 별로 없었다. 그나마 그것이라도 먹어야지 먹지 않으면 자기만 손해였다.

쌀은 안남미와 비슷한 수준으로 미국 캘리포니아산이었는데 몇 해 묵어 풀기라곤 하나도 없었다. 파리가 실컷 빨아먹은 밥 느낌이 났고, 질도 떨어졌지만 달리 먹을 것이 없었다. 우리는 그 쌀밥을 씹으며 다들 우리나라 쌀만 못하다고 한마디씩 했다.

날씨가 점점 추워져 우리는 방한복을 입은 채 나가서 일을 하고 들어와 옷을 갈아입지도 못하고 그대로 쓰러져 자곤 했다. POL(유류부서)에서 얼마간 일을 하고 난 후에 통역 한 명이 작업부서로 옮겨 주었다. 영내에서 여러 가지 보수작업이나 돌 깔기 작업 등을 매일같이 계속했다.

드디어 봄이 되자 날이 따뜻해졌다. 나는 등산을 간 수락산 정상에 올라 사방을 바라보며 지형을 감상했다. 수락산은 높지 않았으나 전망은 매우 넓었다. 남으로 청계산, 동으로 천마산, 동북으론 포천 운천산까지 다 보였다.

당시 나는 돌을 실으러 사방으로 트럭을 타고 다녔다. 부대 내에 필요한 돌을 줍기 위해 수유리, 우이동까지 가기도 하고 또는 광릉 퇴계원까지 가기도 했다. 그때 처음 광릉에 그렇게 좋은 숲이 있는 줄 알았다. 광릉은 세조의 묘로 숲이 울창하게 우거지고 숲길이 너무 좋아 마치 우리 고향에 간 기분이었다.

일요일에는 일을 쉬었기 때문에 고산리 일대를 바라보며 자연을 감상하고 동네 구경도 하면서 정자말에 있는 벧엘교회에 나가 예배도 보고 때로는 대대본부 교회에 가서 예배를 보았다. 그러면서 성도들과도 차츰 알게 되었다.

종종 서울로 나들이를 가기도 했다. 토요일엔 가끔 신당동 중앙시장 사람들과 사귀게 되었다. 군복을 하고 다니니 나를 군인으로 오인한 사람도 있었다.

하루는 외출증을 끊고 서울에 갔다. 돈암동 종점에서 내려 시장으로 가는데 처녀 하나가 사과를 천막에 깔고 파는 것이 보였다. 사과를 사먹으며 처녀가 맘에 들어 몇 번 말을 붙여 보았는데 인물도 좋고 말씨도 좋았다.

처음에는 낯만 익히고 그냥 돌아온 후 다음 토요일에 또 외출을 하여 처녀한테 갔다. 서로 사귀어 보자는 뜻을 비쳤더니 자기는 아직 어리고 그럴 생각이 없다면서 냉정하게 거절하였다.

그날은 더 이상 말을 않고 다음 토요일에 다시 갔다. 용기를 내어 처녀에게 일평생 사랑하며 살고 싶다는 말을 하였으나 부모님이 알면 큰일 난다고 펄쩍 뛰었다. 그 다음 토요일에 다시 돈암시장에 가보았지만 처녀는 어디로 갔는지 종적을 찾을 수가 없었다.

1957년 여름이 되니 정장로님은 송산교회(벧엘교회에서 개명)를 떠나고 유전도사님이 새로 부임하셨다. 나는 송산교회 신도들과 점점 낯을 익히며 송산에서의 생활에 적응하기 시작했다.

그간 부대에서 하는 일도 바뀌어 36공병단 본부중대 식당에서 일을 하게 되었다. 식당에서 음식 만드는 시중을 들었다. 몇 달을 하니 요리하는 것을 대략 알게 되었고, 생전 처음 먹어 보는 양식도 얼마든지 먹을 수 있었다.

서울로 외출을 나갔을 때 중앙시장에서 빵 도매상을 하는 사람을 만나 알게 되었다. 밤이 늦으면 집에서 자고 가라고도 하며 나를 수양아들로 삼는다며 매우 아껴 주었다. 봉급을 타도 딱히 맡길 데가 없어 관리를 부탁드렸더니 참한 처녀까지 소개시켜 주었다. 처녀를 만나 보았는데 인물이 별로 없었다. 그분은 내 명의로 김포비행장 부근에 자그마한 집을 사주었다.

가을이 되어 추수를 끝내고 1957년 10월 하순, 교회를 새로 짓기로 하고 대지를 닦는 데만 일주일가량 걸렸다. 전 교인이 모두 나와서 공사를 했고, 나도 짬짬이 시간을 내어 열심히 일을 했다.

11월 초순이 되었다. 나무를 사다 대들보를 올리고 상량식을 하게 되어 의정부 제일교회 유목사님이 오셔서 기공예배를 집도해 주셨다.

교회 대들보를 올리고 서까래를 걸고 나니 건축비가 떨어졌다. 다들 다른 데서 도움을 구하려고 노력하였으나 도움을 더이상 받을 곳이 없었다. 이에 유전도사님이 나서 우리 부대의 통역 승씨를 만나 미군부대의 도움을 받을 수 있도록 교섭을 했다.

통역 승씨는 신의주 출신으로 춘천사범학교를 나왔다는데 교인은 아니었지만 그의 부인은 교회에 가끔 나오기도 했다. 부대 단장을 찾아가 교회 사정을 하소연했더니 다행히 미군부대에서 자재와 인력까지 다 대어서 교회를 짓도록 도와주겠다는 승낙을 받았다.

그 후 부대의 과장까지 현장에 나와서 시간이 나는 대로 도와주었지만 매일 하는 것이 아니어서 건축 일정이 자꾸 지연되었다. 재료는 새것이 아니고 부대에서 철거되는 콘셋 막사에서 가져온 자재를 썼다. 부대에서 물품을 공급해 주고 현장감독은 내가 일하는 526중대 식당책임자인 서전(미군 병장)이라 나름 편리한 점도 있었다.

전도사님이 모든 것을 내게 부탁하면 서전에게 일일이 말하거나 때로는 통역 승씨에게 부탁하기도 했다. 일이 자꾸 지연되고 보니 제일 안타까워 한 이는 전도사님이었다. 무엇보다 지붕이 급했다. 그래서 서전에게 함석 중에서 제일 길고 좋은 것으로 지붕을 올리자고 졸랐지만 새것을 쓸 수 없고 부대에서 철거되는 콘셋 막사에서 걷어 와야 했으므로 서전도 어려운 모양이었다. 행여 비라도 오면 어쩌나 노심초사했는데 별일 없이 지붕을 얹어 조금은 마음이 놓이게 되었다.

흙벽인 상태로 겨울을 났다. 봄이 되면서 바깥벽에다 함석 조각을 대고 바닥에 마루를 깔기 시작하였다. 그때까지 19중대 대원들이 틈틈이 나와서 일을 도와주었다.

하루는 마루를 놓게 되었는데 내가 서전보고 마루는 땅바닥과 마루 사이를 높게 해야 바람이 잘 통해서 썩지 않고 오래 버틸 거라고 설명했다. 서전은 나보고 그렇게 하는 것이 좋겠다며 자신이 깔고 있는 마루에 대해 설명해 주었다.

땅에 자갈을 깔고 그 위에 투바이포(방부목)를 간격을 맞춰 깔고 다시 그 위에 종이를 깔고 마루를 깔아서 겨울에는 냉기를 막고 여름에는 습기를 막아 튼튼하고 좋을 것이라고 하였다. 그 말을 들으니 참으로 과학적이구나 생각했다. 그렇게 마루를 놓으니 모두들 좋아했다.

그간 교회 건설에 여러 가지 애타는 일이 많았고 심적 고통도 적지 않았으나 모두의 노력으로 교회가 무사히 완공되었다. 특히 인력과 자재를 지원해 준 미군부대의 도움이 절대적이었다.

1958년, 내 나이 서른 살이 되었다. 주변에서 남자 나이 서른이 넘으면 장가가기 힘들다고 중매를 알선해 주었다. 여러 집사님들이 나서서 좋은 신부감을 소개해 주려고 무척이나 애써 주었다.

하루는 교회에 가 있는데 김집사님이 "요전에 얘기하던 처녀가 친구 결혼식에 갔다가 지금 저기 오고 있어요. 나이는 스물다섯에 심성은 아직 잘 모르지만 얼마나 예쁜지 몰라요"라고 했다. 얼굴이 예쁘다는 말에 호기심이 생겨 나가 보니 키가 나보다 큰 처녀 하나가 걸어오고 있었다. 바로 마주치기가 쑥스러워 얼른 부근에 있는 볏집더미 옆에 숨어 기다렸는데 처녀는 앞만 보며 지나쳤다. 슬쩍 쳐다보았더니 얼굴이 눈같이 희고 보름달 같았다. 처녀가 지나가고 난 다음에 김집사님이 어떠냐고 묻기에 괜찮다고 대답했다.

주변에서 결혼은 빨리 해야지 질질 끌면 안 된다고 해서

선을 보고 한 달 뒤인 5월 3일 송산교회에서 결혼식을 올리기로 날을 잡았다.

결혼식 하루 전부터 사람들이 교회에 모여 미리 국수도 만들고 준비를 했지만 결혼식 전날 낮 12시에 오기로 했던 신부는 정작 자정이 되도록 아무 연락도 없이 나타나지 않았다. 걱정이 된 나는 이튿날 아침 일찍 나갔다가 길에서 신부를 만났다. 화장하고 오겠다고 말을 하여 나는 결혼식이 10시 30분이니 늦어도 10시 전까지는 꼭 오라고 당부했다.

그런데 결혼식 당일, 신부가 예식 시간이 지나도 나타나지 않았다. 사진을 찍어 준다며 카메라를 들고 와 기다리던 서전은 점심을 준비해야 한다고 부대로 복귀해 버렸다.

'무슨 일이 생겼나? 신부 맘이 변했나?' 하며 걱정과 초조 속에 신부를 기다렸다. 마침 11시가 넘었을 때 신부가 도착하여 무사히 결혼식을 올릴 수 있었다.

해설

한국전쟁 비망록

박도 소설가

역사의 교훈

불나방은 제 무리가 불에 타죽는 것을 빤히 보고도 뛰어든다. 파리란 놈도 마찬가지다. 파리통에 새까맣게 빠져죽은 제 무리의 시체를 보고도 꾸역꾸역 들어가 똑같은 처지가 되고 만다. 이처럼 하등동물은 지혜나 학습이 없기 때문에 거듭되는 시행착오로 제 목숨을 잃고 만다.

그러면 자칭 고등동물이라고 하는 사람은 어떤가. 전임 대통령이 무리한 장기집권 끝에 비극적인 최후를 맞이하는 것을 보고도, 후임자는 자기만은 예외라고 부득불 같은 길을 걷다가 똑같은 비극을 반복하고 있다. 또 고위공직자들은 재임 중 비리를 저질러 교도소나 한강다리로 가는 것을 수없이 보고도 후임자들은 똑같은 일을 반복하는 것이 대한민국 현대사의 한 단면이요, 또한 비극이다. 이는 역사의 교훈이 없기 때문이요, 또한 이를 외면한 자기 오만의 결과다.

이른바 선진국일수록 백성들은 역사를 아끼고, 사랑하며, 이를 올곧게 기록하여 역사를 쌓아 가고 있다. 한 역사학자(김성식)는 "영국 사람은 역사를 아끼며, 프랑스 사람은 역사를 감상하고, 미국 사람은 역사를 쌓아 간다"라고 말했다. 내가 이들 나라 역사기행에서 그 말씀을 체감할 수 있었다. 그들은 사소한 역사자료라도 이를 아끼고, 보존하며, 그 원형을 손상치 않고자 고심한다. 심지어 그들은 역사현장을 그대로 보존키 위하여 건물의 먼지를 닦는 것조차도 주저한다고 할 정도다. 그들은 조상의 어둡고 부끄러운 역사도 있는 그대로 보존하면서 그들 세대뿐 아니라, 후손들에게 바른 역사를 전하며 역사의 교훈을 일깨워 주고 있었다.

1950년 6월 25일, 먼동과 함께 북위 38선 일직선에서 울려 퍼진 포성과 탱크의 캐더필러 굉음으로 시작한 6·25전쟁은 1953년 7월 27일 밤 10시에야 북위 38선을 걸치는 곡선의 전선에서 그 포성이 멎었다. 3년 남짓 동안 지루하게 계속된 한국전쟁은 승자도 패자도 없는, '끝나지 않은 전쟁' '잠시 쉬는 전쟁'으로 일단 그 막을 내렸다. 세계전쟁사에서 가장 '더티(Dirty)한 동족상잔의 전쟁'이란 오명을 남긴 채….

이 전쟁으로 빚어진 피해는 피아 140만여 명의 전사자와 360만여 명의 부상자를 낳았고, 1000만 명 이상의 이산가족을 쏟아냈다. 그리고 그 포성이 멈추자 한반도 전역은 초토

화로 도시와 마을은 온통 잿더미였다.

6·25전쟁이 발발한 지 그새 65년의 세월이 훌쩍 지나갔다. 그때 혹독한 전쟁을 겪거나 길거리를 헤매던 전쟁고아들은 여든, 아흔의 노인이 되거나 대부분 저세상 사람이 되었다. 이제 6·25전쟁에 대한 기억은 전쟁을 체험한 일부 세대에게만 가물가물한 기억으로 남아 있을 뿐이다.

진솔한 수기

눈빛출판사로부터 송관호 수기, 김종운 정리의 『전쟁포로』 원고를 전달받은 즉시 단숨에 다 읽었다. 그 까닭은 지난 2015년 2월에 펴낸 나의 장편소설 『약속』의 주인공과 송관호 선생의 삶이 비슷하여 흥미가 있었기 때문이요, 또 다른 하나는 박진감 넘치는 얘기로 나를 전혀 새로운 세계로 몰입시켰기 때문이다. 사실 나는 6·25전쟁을 배경으로 한 『약속』을 쓰면서 자료수집에 엄청 곤욕을 치렀다. 한국전쟁에 참전한 장군들의 회고록은 전쟁사나 자신들의 전공, 상대방에 대한 비난 일색으로 전쟁 중 일반 백성들의 처절한 삶은 찾아보기가 매우 힘들었다. 또 역사학자들의 전쟁사 역시 마찬가지로 전쟁의 가장 피해자인 일반 백성들의 처절한 체험적 삶은 거의 읽을 수 없었다. 그런데 이 책의 주인공 송관호 선생은 당신이 온몸으로 겪은 6·25전쟁을 담담히, 아주 정직하게 기록하였기에, 마치 삼촌이나 큰형이 들려주는 얘기처럼 다정하고도 진솔한 목소리로 내 가슴에 다가왔다. 그러면 이 책 속으로 들어가 보자.

> 1950년 9월 18일, 나는 스물한 살의 나이로 고향인 강원도 이천군 판교면 명덕리를 떠났다. 부엌에서 일을 하고 계시는 어머님께 "어머니, 잠시 면에 다녀올게요" 하고 떠난 것이 오늘까지의 이별이 될 줄을 몰랐다. (45쪽)

> 우리 일행은 덕원으로 가는 도중 폭격을 서너 차례 당했는데 다행히 죽은 사람은 한 명도 없었다. 저녁때 어느 골짜기에 모였는데 여기서 인민군 45사단을 창설한다고 하였다. 그래서 우리는 인민군 45사단 1연대 1대대 2중대 1소대가 되었다. 우리 동네 친구들은 대부분 같은 부대로 편성되었다. (51쪽)

> 징병된 사연을 들어 보니 동네에서 인민군이 갑자기 모두 학교로 모이라고 해서 책가방만 달랑 들고 왔다가 그 길로 끌려왔다는 것이다. 아무도 드러내고 말은 못하였지만 남쪽 고향에서 끌려와 고향이 멀어질수록 북으로 향하는 것에 대해 두렵고 걱정하는 빛이 역력해 보였다. (55쪽)

그의 인민군 생활은 그렇게 시작되었다. 그뿐 아니라, 전쟁 발발 후 남에서나 북에서는 대부분 장정이나 청소년들은 그렇게 마구잡이로 전쟁터에 끌려 나갔다. 심지어 길거리에서 누구에게 붙잡히느냐에 따라 인민군이 되거나 국군이 되었다.

우리 대열은 영흥읍을 빠져나와 북으로 향하였다. 길을 걷는 동안 철길에서 멀어져 고갯길로 접어들었다. 고개로 올라가는데 인민군 트럭 한 대가 전복되어 있었고, 사람들이 우리를 보고는 도와 달라고 하였다. 우리 일행 수십 명이 달려들어 차를 밀어 바로 세웠다. 그런데 뜻밖의 일이 벌어졌다. 인민군 전사들이 차에 치어 신음하는 동료 부상병을 치료하기는커녕 바로 그 자리서 총창으로 찔러 죽이는 것이었다. 그리고는 아무 일도 없었다는 듯이 행군을 재촉하여 원산 방향으로 전투를 하러 간다고 하였다. 나는 처음에는 아군이 아군을 죽이는 모습에 영문을 몰라 어리둥절하였다. 이유를 들어 본즉 사랑하는 전우지만 중상을 당한 그들을 후방으로 후송할 시간도 없고 그렇다고 놔두면 적군에게 포로가 될 것이므로 불가피하게 죽인 것이라고 했다. (56-55쪽)

전쟁의 비정함은 적군 총에만 죽는 게 아니라는 점이다. 때로는 아군에게, 때로는 아군도 적군도 없는 무차별 폭격으로 떼죽음을 당하기도 했다. 내가 어린 시절 어른들에게 들은바, 6·25전쟁 기간 중 기찻길 터널에는 영아의 시체들이 더러 있었는데, 빗발치는 총탄과 포탄 속에서 부모가 살겠다고 핏덩이를 컴컴한 터널을 지나면서 몰래 버렸기 때문이라고 했다.

얼마쯤 가니 한 동네에선 사람들이 모여 야단법석이었다. 무슨 일인가 가보니 부역자들을 잡아 처결에 대해 갑론을박하고 있었다. 누군가 "저놈은 빨갱이로 남을 죽이고 재산을 압수하는 등 악질을 많이 했으니 저놈을 죽여라"라고 말하면 그는 곧바로 트럭에 실렸다. 또 어떤 사람은 "빨갱이지만 하고 싶어 했던 것도 아니고, 마지못해 했으니 살려 주자"라고 말하고 주위에 찬성하는 사람이 많으면 그는 놓아 주었다. 풀려난 사람은 감격해서 사람들에게 절을 대여섯 번씩이나 하며 고맙다고 하였다. 사람의 생과 사가 그 자리에서 말 한 마디에 갈렸다. …

우여곡절 끝에 순천탄광에 도착했다. 순천탄광은 광복 이후 북한 지역에서 공산정권에 반대하는 정치사상범 수백 명을 강제노동을 시키던 곳으로 알려진 곳이었다. … 탄광 주변에는 학살당한 시체들이 즐비했다. 시신더미 사이로는 가족의 주검을 수습하려는 사람들이 썩어 가는 시체의 악취에 코를 막고 일일이 시신을 확인하고 있었다. 순천탄광은 산 자와 죽은 자가 뒤섞여 생지옥이 되었다. (98-99쪽)

그가 탈출 길에서 본 마을 풍경이었다. 전쟁 중에는 말 한 마디로, 심지어는 목격자의 손가락질로 한 생명의 목숨이 이승과 저승으로 갈렸다. 전쟁시 일반 백성들은 그저 파리 목숨이나 다름이 없었다.

나는 천신만고 끝에 고향을 눈앞에 두고 미군에게 포로가 되었다. 미군 네 명이 내 뒤에서 총을 겨누고 날 연행하였다. 나는 아무 말도 못하고 비행장으로 끌려갔다. 비행장에는 큰 창고가 있었다. 그 속에 들어가니 어림잡아 수백 명도 넘는 사람들이 붙잡혀 와 있었다. (115쪽)

또 하나의 전쟁터

그는 고향으로 가려다가 그렇게 포로가 되었다. 그는 부산포로수용소에서 머물다가 거제도포로수용소로 갔다.

야전병원에서는 포로수용소에 도는 전염병 탓에 하루에도 백 명이 넘게 사람이 죽어 나갔다. 한 차에 시신을 70여 구 가득 실어 어디론가 나르곤 했다. 많은 사람이 병사한 이유는 수용소의 열악한 위생 환경으로 돌림병인 이질 환자가 급증하고 의료진과 치료약 및 의료장비 모두가 턱없이 부족한 탓이었다.
천막 안 병상에서 환자들끼리 이야기를 나누다 잠이 들었다 아침 식사 때가 되어 밥을 먹으라고 깨워도 아무 대답이 없으면 그 사람은 밤새 죽은 사람이었다. 나는 내 옆에서 이렇게 소리 소문도 없이 죽어 간 사람을 여럿이나 보았다. (130쪽)

철조망 밖에서는 때로는 이상한 장면이 벌어지기도 하였다. 어여쁜 아가씨가 양놈들의 손을 잡고 뽀뽀를 하고 다니며 몸을 드러내고 있는 것을 얼마든지 볼 수 있었다. 포로들은 그걸 보고 희롱을 하고 욕도 종종 하였지만 나는 그런 일을 볼 때마다 가슴이 찢어지게 아팠다.
불과 몇 달 전만 해도 그들은 자기 고향에서 아무 일도 없이 행복하게 잘살던 사람들이 아니었는가? 그러던 어느 날 전쟁으로 인해 자유를 찾아 살겠다고 이 땅으로 피난 온 피난민들이 아닌가? 땅 설고 물 설은 여기에 와서 가족을 살리기 위해 어쩔 수 없이 저런 생활을 하는 처지가 얼마나 가슴 아플까 하는 생각이 들었다. (148쪽)

포로수용소는 또 하나의 전쟁터였다. 이른바 포로수용소 내에서 좌우익의 암투는 제3전선으로 그는 그 소용돌이에서 용케 살아남았고, 또 다시 살기 위해 송환을 앞두고 반공포로로 남녘을 선택했다. 그는 그 첫 번째 이유를 다음과 같이 밝히고 있다.

나는 마음속으로 이남에 남기로 한 것을 참 잘했다고 생각하였다. 북으로 송환되더라도 "포로가 되어 얼마나 고생이 많았소" 하고 위로하며 우릴 가족의 품으로 절대 돌려보내 주지 않을 것이라는 확신이 들었기 때문이다.
그 이유는 첫째는 조국과 인민을 위하여 피 한 방울 남지 않을 때까지 싸우겠다고 인민군 군인선서를 했는데 거기에 보면 조국과 인민을 위해 싸우지 않을 때는 인민의 심판을 달게 받겠다는 선서를 했기 때문에 인민군을 이탈하여 귀순한 나를 그냥 놔둘 리가 없었기 때문이었다. (168쪽)

그 시절 백성 태반은 무지렁이들이었지만, 그래도 전쟁이 오랫동안 계속되자 어렴풋이 전쟁의 주체를 깨닫는 이도 나타났다.

하루는 김집사와 논을 바라보며 6·25전쟁에 대해 얘기를 하였는데 인민군이 강해서 대구까지 진격한 것이 아니라 미국 정책의 작전에 말려서 대구까지 진격한 것이라는 것이었다. 나는 그때까지만 해도 인민군이 무력이 강하고 사상이 강해 모든 면에서 국군보다 우월하여 초기에 남진을 했다고 생각하고 있었기에 무슨 말이냐고 반문을 했다.
강대국은 약소국가의 민족성을 말살하고 나라를 예속시키기 위해 동족 간에 사상싸움을 일으키어 전쟁이 나게 한 후 쌍방을 강대국에게 예속시켜 민족주의 애국자를 제거하고 자기 앞잡이들을 내세워 정권을 잡게 한 후 그를 지원하면서 동족을 죽이는 데 수단과 방법을 가리지 않고 숙청하여 분단을 영원하게 한다는 것이다. 이것이 강대국의 속성이라는 것이다. (180쪽)

한국전쟁 비망록

나는 2004년 2월 미국 메릴랜드 주 칼리지파크에 있는 미국 국립문서기록관리청(NARA, National Archives and Records Administration)에 갔다. 그곳은 최신 6층 건물로 그 규모도 엄청 컸지만, 거기에 소장한 수천만 파일의 각종 기록물의 방대함을 보고는 더욱 놀랐다. 그곳에 보관된 문서들 가운데는 독일 누렘베르그의 재판기록, 히틀러의 두개골 사진, 태평양전쟁 당시 도쿄 로즈의 라디오 원고, 베트콩의 지하통로, 이승만 대통령과 김구 선생간의 언쟁 등, 별별 희귀한 자료까지 다 갈무리돼 있었다.

그때 나는 5층 자료실에서 비밀 해제된 한국 관련사진(주로 6·25전쟁 사진)들을 보자 전쟁이 일어난 그때가 마치 어제의 일처럼 떠올랐다. 나는 그해 여섯 살 소년으로 숱한 장면들이 기억에 뚜렷이 남아 있었다. 그 사진을 보는 순간 나는 그 모두 우리나라에다 옮겨 놓고 싶은 충동을 느꼈다. 다행히 자료실에서 사진 스캔은 허용되기에 재미동포에게 스캐너를 빌려서 40여 일 동안 수십만 장의 사진 가운데 480여 매를 골라 컴퓨터에 담아 왔다. 귀국 뒤 눈빛출판사에서 『지울 수 없는 이미지』라는 제목의 사진집을 엮었다. 이 사진집이 나온 뒤 분외의 호응을 받았다. 그리하여 2005년, 2007년에도 그곳을 찾아갔다.

특히 3차 방문 때는 20여 년 NARA를 드나들며 리서치 작업에 전력하신 재미 사학자 방선주 박사를 만나 그분 도움으로 북한측 노획물 180 파일 자료상자를 일일이 검색할 수 있었다.

미군의 북한 노획물(RG 242) 상자에서는 별것이 다 나왔다. 각종 작전보고서, 지령문, 신문 잡지 등이 마치 빗자루로 쓸어 담은 것처럼 북한 문서들이 고스란히 NARA에 옮겨져 있었다.

특히 박스 23에서 나온 '남하(남파) 공작원 명단'을 보고서는 새삼 기록의 무서움을 깨달았다. 그들이 바로 간첩들이 아닌가. 세포수첩의 암호문에서는 비밀 공산당 조직의 한 단면을 엿볼 수 있었는데, 내 실력으로는 암호들을 풀이할 수가 없었다. 심지어 그 상자 속에는 북한 군관들의 견장까지 담겨 있었다. 귀국 후 『지울 수 없는 이미지 2·3』『나를 울린 한국전쟁 100장면』『한국전쟁·Ⅱ』 등을 펴냈다.

미국은 이처럼 적대국 기밀과 문서를 샅샅이 보관하고, 이를 통해 정보를 수집하고 있었다. '정보는 곧 국력'으로, 오늘날 미국은 세계 정보 제1위 국가다. 그리하여 오늘날 미국은 '팍스아메리카나(Pax Americana)'로 세계 평화를 좌지우지하고 있다. 그런데 우리나라는 우리 백성들이 체험한 한국전쟁의 진솔한 기록조차 찾아보기 힘들다. 한국의 귀중한 자료는 국내보다는 미국·일본·러시아·영국· 중국 등지에 더 많이 있다. 고대사는 중국에, 근대사는 일본에, 근현대사 자료는 미국·러시아·중국·일본 등에 산재돼 있다. 우리나라의 자료를 다른 나라가 더 많이 소장하고 있다는 것은 단적으로 지난날 우리의 국력이 그만큼 약했다고 볼 수도 있지만, 다른 한편으로는 우리나라가 기록을 중요시하지 않은 탓도 있고, 있는 자료조차도 역사의 진실을 왜곡하거나 은폐하기 위해 훼손한 일도 없지 않았다. 이러한 때에 이 책 『전쟁포로』의 발간은 늦은 감이 있지만, 그래도 다행한 일이 아닐 수 없다.

나는 이웃 중국을 최근 10여 년 새 모두 네 차례 다녀왔다. 내가 중국을 갈 때마다 그네들의 놀라운 발전상에 눈을 비볐다. 지난 세기 '종이호랑이'로 세계인의 조롱을 받았던 중국이 이즈음에는 러시아를 제치고, 미국과 맞설 정도로 초강대국이 된 것은 해방 후 역대 지도자들의 대 인민 역사교육에 있었다고 나는 단정하고 싶다. 중국의 역사현장 곳곳에는 그들 지도자들이 '勿忘國恥(물망국치, 나라의 치욕을 잊지 말자)' '前事不忘後事之師(전사불망후사지사, 지난 일을 잊지 말고 후세의 교훈으로 삼자)'라는 말을 돌로 새겨 인민의 마음을 감화시킨 탓으로 국운이 융성케 되었으리라.

나는 『전쟁포로』의 마지막 문장 "마침 11시가 넘었을 때 신부가 도착하여 무사히 결혼식을 올릴 수 있었다"를 읽은 뒤, 이 원고를 덮었다. 그 순간 이 책은 소중한 '한국전쟁의 비망록'으로 두고두고 역사의 한 자료로 남겨지리라 믿어 의심치 않았다.